KB233260

존 바스

-고갈과 소생의 변증법-

존 바스

-고갈과 소생의 변증법-

심영보 著

들어가는 말

역사는 변증법이다. 인생도 변증법이다. 문학도 변증법이다. 당신도 변증법적으로 걸어간다. 나도 변증법적으로 흘러간다. 그래서 인생은 의미가 있는 것이다. 굽이굽이 흐르는 실개천이나 강물도 변증이라는 생명의 줄기를 타고 바다로 흐른다.

인생은 즐거운 것이다. 생은 단순한 즐거움이 아닌 "고통의 자유"(suffering freedom)를 누리면서 변증적 유희를 즐길 줄 알아야 한다. "보물에 이르는 열쇠는 보물이다"(The key to the treasure is treasure)라는 바스의 언급은 바로 변증의 과정이 얼마나 중요한 것인가를 말해준다. 생의 즐거움을 누려왔던 솔로몬은 말년에 염세주의에 빠져 "헛되고 헛되며 헛되니 모든 것이 헛되도다"라고 인생을 노래한다. 화려한 인생을 살아온 그에게 고갈과 소생의 변증법을 알았더라면, 그렇게 허무주의에 빠지지 안했을 것이다.

인생과 문학에는 6R이 있다고 한다. 첫째, Recreation, 둘째, Recognition 셋째, Revelation 넷째, Redemption 다섯째, Resist 여섯째, Reform이 그것이다. 이 6R을 어떻게 조화를 이루어 통합해 나갈 것인가는 저마다의 몫이다. 이 여섯 가지 요소들은 새로운 활력과 생기, 자극을 던져 준다. "Cyberspace"라는 용어를 처음 사용한 인물은 다름 아닌 윌리엄 깁슨(William Gibson)이다. 그는 1984년 자신의 소설 [*Neuromancer*]에서 넷 자체가 인간의 의식처럼 신경을 소유한 것처럼 보인다고 주장했다. 즉 문학과 과학의 이질성을 변증법적으로 적용하여 동질성을 회복시키는가하면 과정의 멋과 미를 보여준다. 문학적 소프트웨어가 과학적 하드웨어의 표출을 창조하도록 모티프를 제공해주고 있다는 점이다.

텍스트에는 3가지 종류가 있다. 첫째, 프리텍스트(pretext),

둘째, 텍스트(text), 셋째, 컨텍스트(context)이다. 일반적으로 텍스트의 죽음은 소설의 죽음이며 저자의 죽음을 말한다. 저자의 죽음은 다름 아닌 신의 죽음까지 소급하여 적용시키고 있는 것이 21세기 사이버문학의 흐름이다. 다행스러운 것은 컨텍스트가 아직도 우리의 "근거-상황"(Ground-Situation)이 되어 죽고 싶지 않을 만큼 욕망의 밤바다를 제공해주고 있다는 점이다. 텍스트는 마치 정자가 아버지를 떠나 칠흑같이 어두운 밤바다를 고독과 절망을 느끼면서 수초에 꼬리가 감기어 익사직전에 이르는 역경과 시련을 극복하도록 하는 시공간을 부여해준다. 이러한 시공간은 2억 5천만 명의 엄선된 수영선수들과 치열한 경쟁을 통하여 자신만의 젖과 꿀이 흐르는 "약속의 땅"(The Promised Land)을 향하여 유영하는 세계이다. 즉, 난자가 기다리는 그 해변을 점령하기 위하여 육체적 정신적 소진과 고갈을 느끼면서 헤엄쳐 갈 수 밖에 없는 운명적 공간이다. 지금 이 순간에도 정자는 "후진과 하강"이 아닌 "전진과 상승"으로 고갈과 소생의 치열한 과정을 기진맥진한 채 텍스트의 빈 공간을 글자의 덩어리로 채우고 있다. 자신의 역사를 변증법적으로 기록하고 있는 것이다. 희망적인 것은 신이 정자인 저자들에게 정신적이며 영적 모티프인 프리텍스트를 아낌없이 제공해 주고 있다는 점이다.

프리텍스트란 독창적인 소프트웨어로 생산적인 하드웨어를 창출해내도록 신이 인간을 "푸쉬"(Push)하는 것이다. 즉 눈에 보이지 않는 마음과 믿음을 "고통의 자유"라는 변증을 통하여 눈에 보이는 걸작품을 생성시키는 어쩔 수 없는 필연적 과정을 걸어가라는 것이다. "푸쉬"의 이니셜 레터는 "Pray Until Something Happens"로써 사건이 발생할 때까지, 작품이 생성될 때까지, 목표가 달성될 때까지 고뇌의 과정을 겪어야만 한다는 것이다.

바스가 말하는 "고갈의 문학"은 무의 고갈이 아니라 유의 고갈을 말한다. 모던이즘 시대의 작가들은 상상력의 탈진으로 무기력해졌다는 경고를 한다. 더 이상 신이 제공하고 있는 프리텍스트를 주어 담을 만한 그릇이나 잔이 손에 없다는 것이다. 내 손의 잔이 넘칠 수 있도록 상상력을 발휘해야 한다.

"성경은 하나님에 관한 인간의 말이 아니라 인간에 관한 하나님의 말씀이다"라고 바스는 말한다. 그는 또한 "만약 당신이 소설가라면, 당신이 진정으로 원하는 세계를 재창조하는 것이다. 하나님은 자신이 리얼리스트였다는 것을 제외하고는 그렇게 나쁜 소설가는 아니다"라고 주장한다. 하나님을 소설가로 규정하는 바스에 의하면, 하나님은 진정한 리얼리스트라는 것이다. 바스의 이러한 주장은 E. J. Tinsley가 "말씀은 어떤 면에서 전능하신 하나님의 예술이다"라고 한 것과 일맥상통하고 있다. 텍스트 이전의 텍스트, 즉 프리텍스트를 주어 담을 마음의 그릇, 영혼의 두레박으로 "내 잔이 넘치나이다"라고 고백할 수 있는 변증문학이 새롭게 태어날 수 있기를 기대해 본다.

하드웨어로 볼 수 있도록 배려해 주신 한국학술정보(주)의 채종준 사장님과 권현옥 팀장님, 출판기획팀원들에게 감사의 마음을 전합니다.

용운골 연구실에서
심영보

목 차

I. 서 론

전통적인 소설의 형식과 기법으로는 새로운 시대변화와 격변하는 시대정신에 적합한 소설을 더 이상 발전시켜 나가기가 어렵다고 주장한 John Barth의 "고갈의 문학"은 미국 소설계에 중대한 전환점이 된다. 1960년대 이후로 antinovel의식에 바탕을 둔 새로운 저널리즘 소설이 등장하기도 하고 이전의 작품을 패러디하는 형식의 소설이 시험되기도 하며 Black comedy를 도입한 새로운 부조리소설이 발표되기도 한다. 또한 science fiction과 역사소설을 혼용하는 형태의 소설이 등장하기도 하고 평론과 소설이 혼합된 장르 파괴의 새로운 실험소설이 등장하기도 한다. 이처럼 새로운 실험정신에 입각한 다양한 소설형식을 추구하면서 포스트모던 작가들은 어떤 면에서 분명하게 정의할 수 없는 것이 오히려 특색으로 드러나는 시대적 특성 때문에 새로운 변화의식과 개성적 리얼리티를 추구하는 실험적 소설을 다양하게 쓰고 있다.

그들의 새로운 형태의 소설은 작가가 작가 자신에 관해 자신들에게 말하는 자아 반영적 글쓰기이며 시대적 혼돈의식을 나타내는 언어의 유희이기도 하다고 주장한다. 모더니즘이 쇠퇴해 버린 60년대 이후 포스트모던 작가들은 흔히 분열 상태와 정체성(identity)의 다양성을 추구하며 동시에 부분적이며 파편성을 내세우고, 인생의 대부분은 스토리텔링으로 구성되며 사실, 즉 팩트(fact) 혹은 픽션을 "부유케 하는 방법"(a way of keeping afloat)으로 유도하면서 카오스(Chaos)이론에 근거한 언어의 기능분석과 소설의 외형적 구조의 해석을 새롭게 시도하고 있다.

동시에 그들은 "무질서 속의 질서"를 지향하면서 이 양면을 모두 포용하는 하나의 변증법적 관계로 종합적이며 혼합적인 내러티브를 추구한다. 실험적 인간의 삶은 개성의 파편화 현상에 의하여 통제를 받을 수 있다고 생각한다. 포스트모더니즘의 대표적 이론가이며 작가이기도 한 John Barth는 인간은 스스로 창조의 주역이 될 수 있다는 작가의식을 추구한다. 그의 실험소설에 등장하는 인물들의 개성과 감성은 의식적으로 혹은 자의식적으로 단절이 되거나 조작이 되어 주인공으로 하여금 공포, 분노, 절망 등의 공통적 감성들과 거리를 유지하게 한다. "고갈의 문학"(The Literature of Exhaustion, 1967)에 이어 "소생의 문학"(The Literature of Replenishment, 1980)을 발표한 Barth는 포스트모더니즘의 개념을 명쾌하게 확립시켰을 뿐만 아니라 자신의 문학이론을 자신의 작품 속에 진지하고 다양하게 실험하여 가장 뛰어난 포스트모던 작가 중 하나로 자리 잡고 있다. 따라서 Barth의 작품연구는 포스트모던 소설을 이해하기 위한 가장 중요한 디딤돌이라 생각된다. 현대 미국 소설계는 뛰어난 문학적 재능을 갖춘 많은 작가들이 활약하고 있는데 Donald Barthelme, Jerzy Kosinski, Richard Brautigan, Thomas Pynchon, Kurt Vonnegut 등의 포스트모던 소설가들의 작품세계도 근본적으로 Barth를 연구하지 않으면 그들의 소설을 이해하는 데 어려움이 있기 때문에 Barth연구야말로 어느 작가의 연구보다도 중요한 비중을 차지하고 있다고 생각된다.

허무주의에서 출발한 Barth의 초기 소설들은 포스트모던 내러티브 기법들을 구체적으로 사용하고 있지는 않지만 허무주의에 안주하지 않으면서 오히려 극복하기 위한 그 자신의 몸부림, 즉 모더니즘을 극복하기 위한 고뇌의 산물이라고 볼 수 있다. 독자가 그의 소설에서 기대하는 것과는 달리 Barth는 메타픽션의 방법을 통하여 20세기 후반의 시대적 허무주의에 대처할 가능성을 "열린 결말"(open ending)로써 제시하고 있기 때문에 그의 소설은 "신학술소설"(new academic novel)이라고 명명된다.

리얼리티의 부재 현상을 더 이상 모더니즘 내러티브 기법으로는 묘사해 낼 수 없기 때문에 이 시대의 문학성을 다양한 내러티브 기법으로 극복해 보려는 Barth의 작품들은 "도의적 공정성”(PC, Political Correctness)과 상호공존(juxtaposition)을 지향하고 있다. 즉 내러티브 전략의 일환으로 탈장르화 전략을 구체적이며 다양하게 제시한다. 아울러 로고센트리즘(Logocentrism)의 부정적인 요소들을 지양하고 있는 그의 인식론은 “수평적 관계”를 작품 속에서 구체적으로 추구하고 있다.

Barth는 1956년에 *The Floating Opera*를 첫 작품으로 발표하고 1958년에 *The End of the Road*를 출판한다. 초기의 두 소설은 간결하고 난해하지 않은 내용으로 구성면에서 급진적이지 않으며 아이러니컬한 테크닉을 이용하여 자살과 허무주의를 다루고 있다. 또한 직선적이며 행동 지향적 내러티브의 종말을 제시하고 있다는 점에서 20세기말의 종말론적 현상을 대변하고 있다고 볼 수 있다.

이 두 소설로 인하여 Barth는 재능 있는 작가로 인정받으면서 National Book Award에 추천되기도 한다. 1960년에 *The Sot-Weed Factor*가 출판되는데 이 소설은 17세기 영국과 미국을 배경으로 자칭 계관시인이라는 Ebenzer Cooke가 펼치는 파란만장한 모험기라고 할 수 있다. 특히 이 작품은 역사와 미국적 특성의 척도를 강조하고 있으며, 역사를 패러디하는 내러티브 기법을 활용한다. 그런데 새로운 표현기법으로 활용된 “트윈 시스템(Twin System)”이 많은 관심을 모은다. 1966년에 Doubleday에서 *Giles Goat-Boy*가 출판되었는데 이 소설 역시 장편소설로써 대학을 배경으로 가공할 만한 거대한 컴퓨터가 반인반수 영웅을 기록한 것으로 성서, 서양문화, 종교적 구조에 관한 패러디이며 *Oedipus Rex*를 현대적 해석으로 패러디하고 있는데 Barth는 이 작품으로 미국 예술원상을 받게 된다. 1967년 8월에 리얼리티의 고갈을 선언하는 논문 “The Literature of Exhaustion”이 *Atlantic*지 제220호에 게재되었는데 이 논문은 소설의 주제를 논하기보다는 내러티브 기법에 관한 포스트모던적 선언문으로 오랫동안 미국문학의 흐름을 주도해 온 모더니즘적 내러티브에 대한 비판으로 볼 수 있다.

1968년 출판된 *Lost in the Funhouse: Fiction for Print, Tape Live Voice*는 단편소설집으로 픽션이라기보다는 넌픽션에 가까우며 소설 내러티브의 한계를 실험한 작품이다. 이 소설에서는 작가 자신의 육성 녹음도 일부 내러티브 기법으로 제시되고 있는데 모더니즘적 내러티브의 플롯, 등장인물, 주제, 배경에 이의를 제기하는 새로운 글쓰기의 방법론이 표현되고 있다. 1972년 발표한 *Chimera*는 *Barth* 자신이 선호하는 신화에 대한 재해석으로 세 개의 소품(novellas)으로 구성되어 있는데, 그리스 신화에 등장하는 Perseus와 Bellerophon, *The Thousand and One Nights*에 등장하는 Scheherazade의 스토리를 새로운 기법으로 재구성하고 있다. 1979년에 장편소설인 *LETTERS*가 출판되었는데 이 소설은 초기 작품들에 대한 속편형식의 내러티브 기법으로 자아 반영적 소설이라고 볼 수 있다. 이전에 출판된 작품 속의 등장인물들이 소설 속의 작가로 등장한 Barth와 서신교환을 하게 되는데 서신의 형식이 "수문학"(Numerature)의 형식을 띠고 있기 때문에 이미 발표된 작품들을 읽지 않은 독자에게는 이해하기 난해한 소설이며 88통의 편지 하나하나가 넌픽션의 성격을 띠고 있다.

"고갈의 문학"이 60년대 후반에 커다란 논쟁의 대상이었던 "소설의 죽음" 문제를 다루었다면 1980년 1월 *The Atlantic Monthly*에 발표한 "The Literature of Replenishment"은 "포스트모더니즘이란 무엇인가?"를 대변하는 Barth의 문학성을 집약한 것이라고 볼 수 있다. 그가 추구하는 포스트모더니즘은 "전통적인 현대성"(traditional up-to-date)을 어떻게 유지할 것인가를 강조하고 있다는 점에서 역설적이라고 볼 수 있다 (Lindsay 112).

1983년에 *Sabbatical: A Romance*가 출판되는데 로맨스라는 타이틀이 표현되어 있지만 이 소설은 로맨스와 거리가 먼 정치 사회적 이슈를 다루고 있다. 특히 미국 CIA의 역할과 그 기능에 대한 비판과 함께 문학작품에 등장한 인물들의 비평서로서

Chesapeake Bay에서 Caribbean Bay까지 항해하고 돌아온 Fenwick Turner와 Susan Secker의 내러티브에 대한 평가보고서라고 할 수 있는데, Barth는 이 소설에서 "레퍼런스"(reference)에 대한 새로운 해석과 대화체의 내러티브를 활용하여 전혀 새로운 소설형식을 추구하고 있다.

*Sabbatical*과 대비될 수 있는 작품으로 1987년에 *The Tidewater Tales: A Novel*이 발표되는데 이 소설은 Peter와 Katherine이 "Story"라는 보트를 타고 Chesapeake Bay를 항해하는 소설이지만 이중 내레이터, 패스티쉬, 미니멀리즘, 뫼비우스 띠, 독자와 저자의 새로운 역할 등 모더니즘 소설과는 전혀 다른 독특한 내러티브 기법을 보여 주고 있다.

Barth는 *The Tidewater Tales*의 "WYDIWYD CONTINUED: TKTTTITT, or A MONTH OF MONDAYS"(589)에서 지금까지 진행된 모든 스토리들은 넌픽션(nonfiction)임을 강조한다. 또한, 이 소설은 후기 포스트모더니즘(late-post-modernism)시대의 도래를 암시하면서 포스트모더니즘의 역사를 재해석한다.

1991년에 *The Last Voyage of Somebody the Sailor*가 출판되었는데 이 작품은 *The End of the Road*(1958)이 출판된 이래로 가장 많은 독자층을 확보한 작품으로 텍스트와 섹스, 언어와 욕망 사이의 관계를 가장 명백하게 제시하고 있다. Barth는 이 소설에서 쾌락의 텍스트가 무엇인지 독자들에게 보여준다.

대부분의 포스트모던 소설가들은 문학적 상상의 세계를 대부분 비유적이며 환유적인 것으로 생각한다. 인간의 감성적 체계와 사실적 세계를 지속적으로 분리시키고 있기 때문에 포스트모던 문학은 "환상과 기상, 소극과 패러디적 농담"을 추구하지 않으면 설 자리를 잃게 될 정도이다. 특히 Barth의 상징체계는 "보도 위에 나타나는 이상한 조약돌"(odd pebbles turned up on the path of one's daily walk)과 같다고 평가한다.(Hoffman 316).

포스트모던 픽션은 다음과 같은 두 가지 특징이 있다. 첫째,

플롯, 주제, 이미지와 주체를 밝히기 위하여 작품의 양식 혹은 구조를 중요시한다. 즉 포스트모던 픽션은 자의식적으로 그 테크닉을 조정하여 독자 혹은 대중을 끌어 들여 피상적으로 공모한다. 둘째, 포스트모던 픽션은 작가의 체계적인 담론을 통하여 독자에게 전적으로 의사소통이 가능한지의 여부에 관하여 대단히 회의적이며 전통적 담론형식에 대한 플롯 불신이 보편적이다. 이 같은 불신 때문에 언어적 표현체계의 의도적 해체 현상이 시도된다. 복잡하고 지나치게 변형된 아이러니 혹은 역설적 창조가 내러티브 테크닉으로 등장하기도 하고 "자아파괴적"(self-dismantling) 혹은 "자아해체적"(self-undermining) 내러티브를 보여 주고 있는데 Barth의 대부분의 소설들이 이와 같은 특징을 지니고 있다고 할 수 있다

포스트모던 작가들은 리얼리티가 고갈된 사회적 상황 때문에 언어, 문체, 형식주의적 실험의 협소하면서도 상당히 황폐한 샛길로 들어 설 수밖에 없는 모습을 나타내기도 한다. 그러나 다른 한편으로는 과학과 문학의 상보적 관계의 시대적 요청으로 과학언어의 등장과 아이러니컬한 "자아해체"(self deconstruction) 그리고 반형식주의적 형식주의 때문에 "인공두뇌형 픽션"(cybernetic fiction), "공상과학소설", "하이퍼 픽션"(hyper fiction), "테크노 픽션"(techno fiction), "사이버 픽션"(cyber fiction) 등을 실험하기도 한다.

Barth는 Leonard Meyer가 주장한 정보이론에 관심을 기울여 자신의 작품구성을 휘한 새로운 기법으로 등장시킨다. Meyer의 정보이론은 물리학, 생물학, 경제학, 음악, 그리고 문학과 같은 이질적인 원리들을 이론적으로 연결해 주는 교량역할을 추구한다. 즉 "서로 다른 미학적 연구 결과들을 연결해 줄 수 있는 이론적 교량역할을 형성하려는 것"이다. 즉 문학에서 텍스트와 잉여 텍스트 사이에 존재하는 희박한 관계를 분명히 묘사할 수 있는 장르모형을 형성하려는 것이다. 또한 Thomas Kent는 순수 장르보다도 불확실성과 정보 면에서 훨씬 더 고급스럽고 정

보 차원에서 분류되는 분류학적 전략과 이론적 가정들을 제시
하기 위하여 10개항의 장르적 범주를 제시한다(Kent 67).
Barth는 메이어의 정보이론과 켄트의 혼합장르의 이론적 정보
를 자신의 내러티브 테크닉에 최대한 활용하고 있다.

Barth는 *Giles Goat-Boy*에서 WESCAC 컴퓨터가 세계를 지배
하며 컴퓨터에 의하여 태어난 주인공 Giles를 소개하고 있는데
철학자, 고고학자, 역사 인류학자, 비교언어학자, 문헌학자 그리
고4 21세기를 지배하게 될 "인지과학"(cognitive science)을 연
구하는 인공두뇌학자들을 Giles에게 소개한다. 그는 코드와 암
호해독의 전문가들로 하여금 텍스트들을 생성시키며 분석적인
컴퓨터를 최대한 활용한다(*GGB* 662). *Chimera*에 나오는 "혁명
소설"(*CH* 256)의 Polyeidus와 *LETTERS*에 등장하는 Propp와
Rosenberg 교수는 "백조-거위"(Swan-Geese)의 민담을 극적
인 형태학을 통하여 과학적으로 공식화하는 등 Barth는 다양한
정보이론들을 자신의 내러티브 전략에 도입시키고 있다(L 33).

특히, Barth의 정보요법(Informational Therapy)은 자신의 실
천적인 내러티브를 다양하게 활용하기 위한 것으로 첫째 보편
적 진리의 부정을 암시하는 신앙요법(Agapotherapy), 둘째 동
성연애를 옹호하는 성적요법(Sexual Therapy), 셋째 두 가지
중 한 가지를 선택해야 할 경우에 둘 다 비슷하면 왼쪽 것을
선택하라는 좌측원칙(the principles of sinistrality), 넷째 시간
적인 선택의 상황에 직면했을 때 빠른 것을 선택하라는 선행원
칙(the principles of antecedence), 다섯째 이것도 저것도 아닌
선택을 할 경우 이름을 보고 알파벳순으로 선택하라는 알파벳
순 원칙(Alphabetical Priority), 그리고 여섯째로 "인간의 실존
은 인간의 본질에 선행한다(human existence precedes human
essence.)"는 가정과 "인간에겐 자기 본질을 선택하는 자유뿐만
아니라 자기 본질을 변화시키는 자유도 있다"(a man is free
not only to choose his own essence but to change it at
will.)는 가정을 전제로 한 신화요법(Mythotherapy) 등 여러 가

지 요법이 제시되고 있다(*ER* 330-38).

포스트모더니즘과 포스트구조주의가 모더니즘에 대한 새로운 해석과 실험적인 수정이라는 관점에 대하여 많은 비평가들이 동의하고 있지만 모더니즘에 대한 포스트구조주의와 포스트모더니즘의 새로운 해석과 수정은 각각 동일한 방향에서 진행되고 있기 때문에 필자는 포스트모던 텍스트는 반드시 바르트, Derrida, Foucault 등의 이론을 도입할 수밖에 없기 때문에 포스트모던 소설을 이해하기 위해서는 무엇보다도 우선적으로 포스트구조주의의 기본적 개념을 이해해야 한다고 생각한다.

무엇보다도 Barth의 텍스트들은 포스트구조주의 이론과 관련된 가치들 즉, 비결정성(indeterminacy), 침묵, 거대담론의 죽음(the death of metanarrative), 현 상태에 대한 저항(resistance to the status quo), 주체의 죽음(the death of subject), 혼성모방(pastiche), 정신분열증(schizophrenia) 등을 반영하고 있기 때문이다.

포스트구조주의와 포스트모더니즘의 상관성을 고려해 볼 때, Barth는 갈등이나 긴장보다는 오히려 상호공존의 관계를 지향해 간다고 할 수 있다. 포스트모던 작가들의 새로운 기법으로 등장하는 전략은 가능한 한 "차연"(differance)의 많은 지표와 영향들을 포함시키기 위하여 "거대(meta)" 혹은 유사한 객관적 비평언어들의 개념을 포기하는 것이다. "차연"은 기호의 개념보다는 더 근본적이며 시니피앙/시니피에의 차이보다는 더 우선적인 것으로 기초적인 언어의 가능성을 제시하는 개념으로 볼 수 있다(Lindsay 25).

Barth는 자신의 글쓰기 스타일을 "펜의 춤"으로 규정하고 어휘들이 어떻게 의미를 나타내는가 그리고 어휘들이 의미를 표현하고자 하는 것이 무엇인가를 보여 주기 위한 전략으로 어휘들을 교차시킨다. 그의 전략은 언어의 분산 잠재력을 부각시키며 "삭제의 기호"를 통하여 본질적 어휘의 부적절성을 상기시키려는 것이다. 언어는 지속적으로 의도적인 의미를 초월, 반박,

붕괴시키는 또 다른 의미를 야기시키며 특히 기록된 텍스트는 반드시 다른 의미로써 읽혀지도록 유도한다. 의미를 부여하기 위하여 노력하기보다는 오히려 탐색하려는 Barth의 글쓰기 전략은 Derrida의 전략을 차용하고 있다.

Barth는 이와 같은 차연전략을 효과적으로 활용하고 있는데 특히 "암소를 기르는 데는 한 가지 방법이 있다."(*GGB* 407)고 주장하면서도 그 세부적인 방법론으로 8가지 이론이나 제시하고 있기 때문에 아주 간단한 문장이라 할지라도 모든 문장은 다르게 해석될 수 있다는 점을 강조한다. "컨텍스트는 텍스트가 된다"라는 언어 자체의 구조 때문에 완전하게 충족시켜 주는 텍스트와 컨텍스트는 존재하지 않는다고 볼 수 있다. 따라서 기호는 곧 차연이다라는 주장은 시니피앙/시니피에의 차이보다는 언어의 무한한 가능성을 제시해주는 내러티브 기법으로 볼 수 있다(Lindsay 25).

계층구조적 의미(주체/객체)가 언어 속에서 어떻게 작용하고 있는가에 대한 탐색은 포스트모던작가들이 새롭게 시도하는 기법 중 하나이다. Barth는 지배권력 집단과 주변집단의 담론 사이에 존재하는 취약한 경계공간의 특성뿐만 아니라 모더니즘작가들의 "대비적"(antithetical) 혹은 "타자적"(other) 담론을 분석하고 있다. 또한 그는 지배권력(거대담론)이 그 자체의 우위성을 확보하기 위하여 억압을 이용하지만 지배적 담론(모더니즘적 캐논)의 특성을 표출시키기 위하여 억압의 흔적을 추적하는 주변적이거나 지속적으로 사라지고 있는 작가들의 텍스트를 찾아내서 분석한다(Sellers 5-6).

Foucault는 작가를 주체라기보다는 "지표"(index)로 보려고 하며 작가는 언제나 담론의 생성자로서 인격체를 지닌 한 개인을 의미하는 것이 아니라고 주장한다. 즉 하나의 개념으로서 그것이 사용되는 담론에 따라서 다양한 개념들을 지칭할 수 있다는 것이다. 따라서 저자의 기능은 담론적 시스템(discursive system) 안에서 발휘할 수 있다. 텍스트에 대한 작가의 선정은 실천기능으로서 원 텍스트에 독서의 전략을 투영시키는 기능이어야 하며 텍스트는 저자의 구체적인 해석을 생성시킬 수 없기 때문에 저자는 텍스트를 위한 특별한 용도를 지니고 있는 담론에서 전략적인 기능을 수행해야 한다는 것이다. 특수한 상황에서 저자의 역할이란 포섭과 배제의 수단이 되는 "현상적 표지"(status marker)가 되어야 한다는 것이다.

로랑 바르트가 주장하는 "저자의 죽음"이란 논리에 대하여 Foucault는 저자는 언제나 텍스트 이면에 존재하고 있다고 주장한다. 저자의 죽음이란 외형적 부재 현상을 의미할 뿐이며 저자의 부재로 인한 공간은 수많은 담론들에 의하여 점유된 공간이면서 또한 "창조자"(Author)의 "흔적"(trace)은 채워져야 할 빈 공간이라는 것이다. 이와 같은 빈 공간은 Barth의 "Blank System"과 밀접한 관련성이 있는데 이와 같은 관점에서 볼 때, 저자는 파편적이며 분산적인 하나의 카테고리라고 볼 수 있다.

Barth의 작가의식은 주체적 담론과 저자를 보는 관점에 중심을 두고 있으며 "저자 속의 저자"의 Frame Tale을 "저자의 저자의 저자들"이라는 스토리텔링의 주체로 중기 이후 대부분의 작품에서 활용하고 있다. 독자의 지루함을 막기 위하여 과거를 오독(misread)하는 것이 작가들의 기능이라고 믿고 있는 Harold Bloom은 "창의적 오해"(creative misunderstanding)로써 "영향의 이론"을 옹호한다(Robinson 255). 작가들은 "애스트럴 질병(astral disease; 영향은 인플루엔자이다. Influence is Influenza)"에 걸리기 쉽기 때문에 "구속적 경멸"(a saving misprision)을 통하여 스스로 자신을 방어해야 하며 창조적으로 "위대한 원작"(Great Originals)을 오역함으로 모더니스트들에 의하여 야기된 불안한 영향들을 극복하여 낭만주의 전통을 "창조적 빗나감"(creative swerves)으로 재해석해야 한다고 Bloom은 주장한다.

"우리는 우리 자신들을 아방가르드적 고전주의자로 생각하기를 좋아한다"(*GGB* 663)고 생각하는 Barth는 "여담과 터무니없는 생각은 어원적으로 서로 맞닿는 관계이다.”(digression and extravagance were etymological kissing cousins.)(*GGB* 663) 라고 생각하면서 “모든 텍스트들은 복제의 복제의 복제본들이며 정오표(正誤表)와 공백으로 가득 차 있기 때문에 순수성을 잃은 것들이다(All the texts are corrupt, you know, even these-copies of copies of copies, full of errata and lacunae.)”(*GGB* 663)라고 말한다. 텍스트의 순수성이 없으면 독서 행위 자체는 하나의 “반해석”(against interpretation)과 “오독”이 될 수 있다. 예술과 문학을 사회 변혁의 수단으로 삼는 소위, “분노의 학파”(The school of resentment)가 오늘날 서구의 대학들에서 주도권을 잡고 있는 것에 대해 모더니즘 문학비평가들이 대단히 못마땅하게 생각하는 것은 문학의 효용성은 타자에게가 아니라, 바로 자기 자신에게 이야기하는 법을 가르쳐 준다는 데 있다고 생각하기 때문이다(Newsweek November 7 1994). 셰익스피어나 단테나 톨스토이는 모두 우리로 하여금 스스로에게 이야기하는 것을 가르쳐 준다. 하지만 현대문학에서 사회적 효용성을 찾는 것은 그 어느 때보다도 더 허구적으로 보인다.

Deleuze와 Guattari는 자신들의 논문 “What is the Minor Literature?”에서 “소수문학”(Minor Literature)의 3가지 특징으로 언어의 탈영역화, 개인의 정치적 직접성과의 관계, 담론의 집합적 조립을 내세우고 이른바 “다수문학"(Major Literature) 혹은 “기존문학"(established literature)의 기득권에 이의를 제기한다. 즉 소수문학의 특성이 다수문학 내에서 새로운 변혁을 이끌어 내는 혁명적 조건으로 부각되어야 한다고 주장한다 (Richter 276).

90년대에 접어들면서 미국 대학들은 “도의적 공정성”(Political Correctness)의 문제를 제기하여 탈서구 중심과 탈정전에 관심을 기울여 소수문학 혹은 주변과 소외 문학에 대한 재평가를 이룩해 내고 있다.(Newsweek August 9 1994) 즉, 현대에는 중심이 될 만한 "매스터 텍스트"(Master Text)는 존재할 수 없으며 모든 텍스트는 제3세계 문학을 포함하여 기본적으로 평등하고 동등하게 취급되어야 한다는 것이다. 이처럼 상대적이며 다문화주의에 근거하고 있는 "도의적 공정성"의 문제는 Deleuze와 Guattari의 "리조옴 시스템"(rhizome system)을 연상시키는데 "리조옴"(rhizome)은 근경(根莖)이라고 번역되는 것으로 여기저기 사방으로 복잡하게 얽혀있는 실뿌리를 말한다. 이와 같은 리조옴 시스템은 Barth의 *Lost in Funhouse*에서 시작되어 *The Last Voyage of Somebody the Sailor*에 이르고 있고 특히 *LETTERS, The Floating Opera, Giles Goat-Boy*까지 얽히고 섞여 있다.

또한 Barth는 포스트모던 소설은 "문학적 게임"(literary game) 혹은 "어휘 퍼즐"(word puzzle)이라고도 생각한다. 그는 작품 구성의 새로운 실험적 전략으로 독자들에게 구멍을 뚫어 놓고 미리 내용을 보게 하는 방법을 사용하기도 하고, 빈 공간을 남겨 놓고 분할시켜 이야기를 미완성 구조로 만드는 등 새로운 기법을 구사하고 있다. 그래서 이 시대의 신소설은 "사이보그 같은 엉터리"(bionic bullshit)소설이라고 불리워지기도 하며 이러한 포스트모던 소설은 내용보다는 기교와 형식에 치우친 나머지 인생의 의미를 느끼고 탐구하려는 독자들에게는 무미건조한 메아리처럼 느껴지기도 한다. 평론가 비달(Vidal)은 포스트모던 소설이란 대학의 엘리트 지성인들에게 적합한 "신학술소설"로서 대중성이 결여되었으며 낯선 포스트모던 내러티브 기법 때문에 Barth의 소설은 대중성을 상실해 왔다고 비평한다 (Hoffman 124). Per Gedin은 *Literature in the Market Place*(1982)에서 Barth의 소설은 어렵고, 지루하며, 학술적인 내러티브 기법을 이용하고 있기 때문에 미래의 출판 비전이 밝지 않다고 비판한다.

미국의 출판업계에 의하면 포스트모던 소설가들은 독자를 의식하지 않고 "유아론적 글쓰기"(solipsistic kind of writing)를 시도하고 있으며 글쓰기를 통해 지나치게 많은 정보를 전달해 주려고 하기 때문에 독자층이 적은 "폐쇄된 시스템"에 빠져 있다고 비판한다. Barth가 새로운 실험기법으로 활용한 이러한 글쓰기 전략은 Derrida, Foucault, Lacan, Bloom, Deleuze 그리고 Guattari의 이론에 많은 영향을 받았는데 Barth도 자신의 작품 구성에 이러한 글쓰기 전략을 다양하게 활용하고 있다.

Barth의 텍스트들은 새로운 "학술소설"이라고 인식될 만큼 일반 독자에게는 이해하기가 난해하다. 그러나 1990년대 이후 미국 문학계에서는 Barth의 텍스트들을 포스트구조주의자와 연계하여 다양한 논문들이 발표되고 있고 포스트모더니즘 내러티브 기법들을 구체적으로 분석하고 있으며 Barth의 텍스트들에 대한 다양한 분석과 비평이 활발하게 이루어지고 있다.

Barth에 관한 최근 연구동향을 개관하면 Alan Lindsay의 "*Death in the Funhouse*"(1995)는 Barth의 텍스트와 포스트구조주의 미학을 접목시킨 내용으로 바르트, Derrida, Foucault 등 포스트구조주의자들의 이론이 포스트모더니즘 이론 속에서 텍스트의 즐거움이 무엇인지를 밝히고 있지만 Barth의 *Sot-Weed Factor, LETTERS, Sabbatical, A Romanace* 작품을 구체적으로 다루고 있지 않은 점이 아쉬운 점이라고 볼 수 있다. Lisa Ann Carl의 "Omniscience Obscured: A New Mimetics for the Late Twentieth Century"(1994)에서는 다양한 내레이터들을 연구한 논문으로 전지적 작가의 시점을 탈피하고 물리적인 텍스트로서 내러티브를 이야기하는 내레이터, 실제 작가와 동일시하는 내레이터, 1인칭 시점을 탈피하여 독자에게 직접 전달하는 내레이터, "이질적인 주제의 영역"(heterotopic zone)을 설정하는 내레이터, 전지적 음성을 희화화(burlesque)하는 내레이터 등을 소개한다. 또한 Carl은 기존의 모더니즘적인 텍스트들을 왜곡시켜 재해석함으로써 이른바, "수정소설"(Revisionist Novel)들을 제시하여 이러한 텍스트가 과거의 텍스트보다도 새롭게, 더 가치 있게 이야기를 전달할 수 있다고 주장한다.

Denis A. Mildon의 "*Narrative Inquiry in Education in the*

Light of Contemporary Canadian Fiction"(1993)에서는 Echo, Borges, Bellow, Barth의 텍스트들을 통하여 포스트모던 소설들이 언어 속에서, 특히 스토리 속에서의 경험을 재구성시키는 방법들과 경험을 표현하는 것은 끊임없는 과정의 표현으로 포스트모던 소설가들이 어떠한 방법으로 내러티브 행위와 경험을 인식하고 그 관련성을 천착시키고 있는지를 제시해 주고 있다. Sunka Simon의 *"Contemporary Epistolary Fiction and Theory: a Postmodern Poetics"*(1993)에서는 현대문학과 비평에서 상당한 비중을 차지하고 있는 서간체 문학이론과 픽션의 상관관계, 포스트모더니즘과 서간체 내러티브 전략 사이의 상호텍스트성을 주장하고 있으며 특히 포스트구조주의와 포스트모더니즘의 대비적 방법론, 즉 Ihab Hassan과 Jean Francois Lyotard의 포스트모더니티-다양한 포스트구조주의 아이디어들을 구체화시키고 Charles Jencks와 포스트모더니티-탈중심화에 대한 반발로서 포스트구조주의를 거부함-를 제시해 주고 있다.

 "저자의 죽음"에 대한 개념도 바르트적인 죽은 저자가 아니라 분열된 저자, 즉 Foucault와 Bakhtin에 의하여 창조된 패러다임들을 통하여 가장 잘 이해될 수 있으며 Barth의 텍스트는 쾌락의 예술을 공개적으로 옹호하고 있으며 현존과 부재 사이에서 하나의 공간을 창조하여 독자들로 하여금 쾌락의 독자가 되도록 유도하고 있다. 따라서 Barth의 텍스트는 포스트구조주의 테크닉을 이해할 수 있을 때 가장 쉽게 이해될 수 있다고 강조한다.

 본 연구에서 필자는 Barth의 내러티브 전략을 "변증법적 문학론"으로 규정하고 로고센트리즘(Logocentrism)과 이분법(Binary System)의 해체를 이론적 배경으로 하는 Barth의 텍스트들이 어떻게 내러티브 전략을 제시하고 있는지 분석하고 그러한 전략이 어떻게 일관성 있게 실험적으로 텍스트에 접목되고 있는지를 구체적으로 연구하고자 한다.

 첫째 *Sabbatical*(1982)에 특징적으로 제시되고 있는 공동협력

시스템인 시너지 시스템(Synergism System)과 Y 구조 및 쌍둥이구조인 트윈 시스템(Twin System)에 초점을 맞추고, 둘째 *The Tidewater Tales*(1987)에서는 반복을 통한 통합을 의미하는 "애너디프로시스 시스템"(Anadiplosis System)과 미로와도 같은 "리조옴 시스템"(Rhizome System)의 다양한 실험적 활용을 밝혀내고, 셋째 *The Last Voyage of Somebody the Sailor*(1991)에서는 블랙홀 시스템(Black Hole System)과 존재 자체를 의도와 목적을 가지고 비우는 전략의 "케노시스 시스템"(Kenosis System)을 중심으로 그 특이한 내러티브 기법을 연구하여 Barth의 작품에 내러티브 전략으로 활용되고 있는 탈중심화(decentering)와 탈영역화(deterritoricalization), 타이포그라피 시스템(typography system) 현상의 가치와 그 효용성을 집중적으로 조명하고자 한다.

Ⅱ. John Barth 내러티브 전략의 기본 명제들

1. 로고센트리즘(Logocentrism)과 이분법(Binary System) 의 해체

포스트모더니즘은 서양에서 오랫동안 지배적인 위치를 차지해 온 로고센트리즘, 즉 로고중심주의에 대한 반발로서 나타난 현상이라 할 수 있다. 서양 철학에서 로고센트리즘을 중요시하는 이유는 로고스(logos)가 서양에서 가지는 중요성에 그 이유가 있기 때문이다. 서양사회에서는 오랜 역사에 걸쳐 로고스보다 앞선 존재와 로고스 밖에 존재하는 것은 있을 수 없으며 "존재의 로고스, 즉 '존재의 소리에 복종하는 사유'는 기호의 처음이자 최후의 수단이다"(The logos of being, 'Thought obeying the Voice of Being', is the first and the last resource of the sign.)라고 인식되어 왔기 때문이다(Derrida 1974, 20).

Martin Heidegger는 "존재의 소리는 침묵이며 말이 없는 비공명성으로 기본적으로 비음성적이다"(It[voice of being] is silent, mute, insonorous, wordless, originarily aphonic.)라고 주장한다. 말하자면 근원의 소리는 들리지 않는다는 것이다. 그러므로 존재의 일반적 의미와 어휘, 의미와 소리, 존재의 소리와 음성, 존재의 부름과 정확한 소리 사이의 균열, 그와 같은 균열은 기본적인 은유를 가능케 한다. 그리고 은유적 균열을 강조함으로써 "현존"(presence)과 로고센트리즘의 형이상학에 관하여 헤겔은 중의적 상황을 해석해 주지만 그러나 이 둘을 분리시키는 것은 불가능하다(Derrida 1974, 22).

"로고스"라는 단어에는 두 가지 근본적인 의미가 있다. "로고스"가 가지는 첫 번째 의미는 신약성서 요한복음 1장 1절에 나오는 "말씀"(Word)으로서의 로고스이다. 이는 곧 기독교의 근본 가치이며, 존재 이유이기도 하다. 로고스는 하나님의 말씀이며, 또한 하나님의 아들로서 세상에 태어나 우리(여기서는 서양 사람으로서의 "우리"가 후에는 예수(Jesus)를 믿는 "우리"가 되었다)를 구원하러 오신 예수의 말씀이기도 하다. 그러므로 말씀은 곧 하나님(예수)의 뜻이며, 그의 "현존"을 나타내며, 성서에 현존으로 남아 있는 것으로 여겨진다. 그러므로 신약성서는 "정전"(Canon)으로서 정전이 아닌 "외경"(Apocrypha)을 억압하고 배제하는 절대적인 도그마를 갖는다. 외경이라는 그리스어는 "숨겨진 것들"을 의미하며 매우 중요하고 소중하다고 생각되는 작품들에게 적용되는 용어이다. 외경은 작품과 자료들의 희귀성 혹은 문제성, 이단성 등으로 현대적 응용과 그 일례들이 제한을 받고 있다.

"로고스"가 갖는 두 번째 의미는 이 단어가 가지는 이성으로서의 로고스의 힘이다. 이성으로서의 로고스는 "말씀"(Word)으로서의 로고스와 질적으로 같은 것은 아니지만, "말씀"으로서의 로고스를 많은 경우 도와주고 강화시켜 주었다. 예를 들면 세상에는 처음과 끝이 있다든지 또는 세상의 모든 생물과 무생물은 창조된 것이며, 창조되기 위해서는 지은이(창조주)가 있어야 한다는 생각이 그것이다. 그러나 창조주는 출애굽기(Exodus 3:13)에서 "스스로 존재하는 이"(I am; that is who I am)로서 누구에 의해서도 지음을 받지 않은 제1원인이기 때문에 움직이지 않으면서 움직이는 존재이다. 다시 말하면 창조된 세계에서는 이성으로써 모든 것이 설명되지만, 스스로 존재하는 창조주는 인간의 이성의 한계를 넘는 세계에 존재하므로 인간 이성의 자로 잴 수가 없다는 것이다. 그럼에도 불구하고, 우리는 우리가 필요한 한도 내에서는 거의 부족함을 느끼지 않고 이성을 유용하게 활용할 수가 있다.

이성은 한결같이 자아와 법 사이의 매개체로 생각되어 왔다. 자율성의 의미는 문자 그대로 "자신에게 법이 된다"라는 의미로 해석된다. 법에 순종할 수 있는 것은 이성적 존재이기 때문이다. 법은 이성의 법이라는 주장이 서양의 공통적인 전통이며 이성은 "이는 내 뼈 중의 뼈요, 살 중의 살이라"(Now this, at last, bone from my bones, flesh from my flesh.)(Genesis 2: 23)이라는 담론이 법이 될 수 있다. 이것은 Immanuel Kant가 말하는 "타율성"도 아니며 기독교인, 유대인, 이슬람교도들이 옹호하는 "신율"의 관점도 아니다.

이성은 하나의 법정으로서 지식의 신뢰성에 대한 주장을 검토하는 데 활용된다. 또한 이성은 어떻게 실천적으로, 도덕적으로 행동할 것인가를 보여주는 나침판의 기능을 수행한다. 하나의 규범으로서 이성은 자기 충족적인가 하는 문제에 대하여 이성은 언제나 기본적인 신뢰에 의존한다(Fgothey 101). 그리고 "궁극적 관심"의 문제로 지향한다. 궁극적 관심이나 기본적 신뢰는 모두 종교적이라 부를 수 있기 때문에 이성은 종교적이라는 명제도 가능하다(Thatcher 168). 그럼에도 불구하고 Barth는 "이성은 욕망을 위한 부정적인 매개체가 되었다"(*GGB* 65)고 주장함으로써 로고센트리즘에 회의를 제기한다.

포스트모더니즘은 로고센트리즘에서 중요시하는 하나님이나 예수의 말씀을 의미하는 "복음"(Gospel)으로서의 말씀과 "소리 중심적"(phonocentric)인 말을 모두 포함하는 의미로서의 말씀에 우선권을 부여해 온 로고스의 특징적인 면과 여기에서 유추되는 남성, 작가, 아버지 등의 우위를 부정함으로써, 수직적인 위계관계에서 수평적인 평등관계로의 전이를 추구하고 실현하는 것을 특징으로 삼는다. 그러므로 로고센트리즘에서 당연히 받아들여지던 이분법적인 사고의 틀을 깨고자 하는 데에 포스트모더니즘의 특징이 있다. 문화/자연, 능동/수동, 남성/여성, 작가/독자, 이성/감성, 위/아래 등의 우위의 관계를 깨뜨리는 것은 바로 이러한 포스트모더니즘의 특성이기도 하다.

로고센트리즘은 가부장적인 남성 우위의 사고라는 점에서 남근로고스중심주의(phallogocentrism)라고도 불리어 진다(*Lodge*

289). 이러한 남성중심적인 기독교의 로고센트리즘에 도전한 역사적인 인물은 프레드리히 니체(Friedrich Nietzsche)라고 볼 수 있다. 그는 이성에 반대되는 감정, 남성에 반대되는 여성, "말(씀)"에 반대되는 글의 가치와 위치를 찾으려는 데에 아주 큰 역할을 했다고 볼 수 있다. 그러므로 그는 합목적적인 행위에 반대되는 자유스런 놀이를 강조했으며 그가 은유적으로 신의 죽음을 선포함으로써, 지금까지 유일하고 독단적인 자리를 차지하고 있던 항목들이 그들의 자리를 내놓아야만 하게 되었다. 이러한 충격요법은 포스트모더니즘의 발원이 된 것이다.

포스트모더니즘은 또한 포스트구조주의 주장과 궤(軌)를 같이 한다고 볼 수 있다. 포스트구조주의는 구조주의에서 대승적으로 발전한 것으로, 구조주의는 스위스의 언어학자인 Ferdinande Saussure의 이론에 기초한 것이다. 구조주의의 근본적인 가정은, "언어적 기호는 임의적이다"([T]he linguistic signs are arbitrary.)라는 생각에 기초한다(*Lodge* 12). 이것은 언어에는 단어로 대표되는 시니피앙과 이것이 지시하는 지시대상 또는 시니피에 사이에는 일 대 일(一對一)의 관계가 성립되지 않는다는 가정으로 연결된다.

포스트모더니즘은 우리가 쓰는 언어에는 중심이 없다는 주장을 내세우며 시니피앙과 시니피에 사이에 아무런 관계가 없기 때문에 시니피앙의 의미 중심은 아무 곳에 존재하지 않는다는 것이다. 이것은 곧 시니피앙을 확정지을 수 있는 지시된 의미의 중심이 없어졌기 때문에 생긴 결과로 볼 수 있다. 따라서 지금까지 언어에는 당연히 있는 것으로 여겨졌던 "현존"(presence)이 사라지게 된 셈이며 현존이 없어진 언어는 이제는 더 이상 의미의 확정을 불가능하게 할 뿐만 아니라 의미의 확정을 방해하기까지 한다. 이렇게 되면 앞에서 본 로고센트리즘의 두 가지 의미 중 그 첫 번째 의미인 "말씀"의 위력은 언어에서 사라져 버리게 된다.

이와 더불어 로고센트리즘에서의 두 번째 의미인 의미를 확정시키는 이성의 힘마저도 작용하지 못하게 된다. 시니피앙이 시니피에를 확정적으로 가리키지 못할 경우, 시니피앙이 시니피앙을 끊임없이 가리키는 현상을 보게 되어 지시로서의 언어는 사라지고 단지 "흔적"으로서의 언어만 남게 된다. 또한 의미의 확정이 불가능한 언어는 이를 매개로 한 이야기의 진전을 불가능하게 만들며 단지 끊임없는 "자리바꿈"(displacement)만이 있을 뿐이다.

그러나 유태교의 "야웨", 기독교의 "십자가", 이슬람의 "마호멭"은 궁극적 담론의 어휘들로 이들은 그 언어 안에서 원초적 지위와 권위를 갖고 있다. 불교의 "무아(無我)", 유교의 "천(天)", 노장의 "도(道)" 또한 그 사용되는 방식에서 경험적으로나 윤리적으로 환원되지 않는 실체성을 갖는 것이다. 그 실체성은 궁극적 담론의 기초적 어휘라는 가정 이외의 다른 것으로 설명되지 않는 것이다. 그 어휘들은 다른 "상위언어"(metalanguage)에 의하여 조명되기보다는 그 담론의 내부적인 구조에 의해서만 이해된다. 궁극적 담론과 인간의 공통언어 사이에는 단절이 있지만 궁극적 담론은 인간의 어떠한 언어도 최종적이 아니라는 선언을 내포하고 있다. 인간의 공통언어는 그것이 어떤 단계에 있든 상위적으로 뛰어 넘을 가능성과 필요성이 있음을 시사한다. 여기에 해방, 자유, 초월의 계기가 존재한다. "말씀"이 원초적인 방식으로 이 세계에 들어 왔을 때, 부패와 대립은 이 세계의 가능성이 될 수 있다. 즉 알파(Alpha)와 오메가(Omega)를 중개 항으로 가지는 공간에서 실존적 담론이 될 수 있는 것이다(*Revelation* 22: 2).

Paul Tillich가 사용한 "근거"(Ground)는 신학적 용어로서 원인과 실체에서 그리고 그것들을 초월할 정도로 몸부림치는 공간이라 할 수 있다. 또한 이 계시의 '근거'는 계시 적절성과 동떨어진 원인이나 스스로 발산하여 결과를 초래하는 실체도 아니며 오히려 계시 속에 나타나는 미스터리 그리고 계시 속에서 미스터리로 존재하는 것이다. "존재의 근거"를 대체시킬 수 있는 종교적 어휘는 하나님이다(Tillich 156-58). 따라서 로고센트리즘은 이 존재의 근거 속에서 신적자아 표현의 원리, 창조의 매개체, 계시의 역사 속에 나타난 신성, 최후의 계시속에 나타난 신성, 최후의 계시와 특별한 준비(즉, 성서)의 문헌, "말씀"으로 명명되는 설교와 교훈의 교회 메시지의 다른 의미로 해석될 수 있으며 "근거"의 공간은 모든 형식이 사라지는 마치 Black Hole(*SA* 363)과 같은 심연의 공간이며 모든 형식이 나타나는 기초적 공간이 되는 곳으로 인카네이션 비평의 논리적 공간의 매체가 될 수 있다.

Barth가 자신의 내러티브 플롯을 구성하는 두 가지 요소, 즉 "근거-상황"(ground-situation)-Scheherazade의 죽고 싶지 않은 욕망-과 "매체-상황"(vehicl-situation)-Scheherazade의 끝이 없는 이야기를 통하여 왕을 속이는 테크닉 중에서 생(生)의 의지를 나타내주는 요소인 "근거-상황"을 설정한 것은 포스트모던 작가들이 겪고 있는 고뇌의 공간(Writer's Block)(*FB* 279)을 반영하는 것으로 볼 수 있다.

E. J. Tinsley는 "말씀은 어떤 면에서 전능하신 하나님의 예술이다"(The Word is, in a way, the art of Almighty God.)라는 Saint Augustine의 말을 인용하면서 "Incarnation and Art"에서 인카네이션과 예술은 둘 다 커뮤니케이션의 방법론이라고 주장한다. 틴슬리는 신약성서는 인카네이션이 예술 사이의 유추적 관련성에 대한 많은 자료를 제시해 주고 있다고 주장한다.

> Jesus is presented as the unique *eikon* or image of the father, having the from of ultimate significance; furthermore, the Christian life is a process of being conformed to this image through the action of the Holy Spirit in grace. Thus the Incarnation is not only important as a fact; it is also significant as the method by which God chose to communicate himself. Now the Incarnation is more like the method of art than that of

philosophical or scientific statement. Here, as in art, form and content are inseparable, and a variety of response is possible to the one form, Christ. In the early Gospels(Mark, Matthew)Jesus seems deliberately to make himself and his mission mysterious and enigmatic, using images, metaphors, and signs rather than proclaiming himself openly and ostentatiously. Like the dramatic poet, Jesus acted out his mission.(Cary 53)

로고센트리즘과 인카네이션 비평이 문학에 미치는 영향을 Geoffrey Hartman은 해체비평에서 찾고 있다(Bloom vii). 해체는 어느 구현된 의미의 개념을 문학의 여력과 동일시하는 것을 거부하는 말씀중심주의적이거나 인카네이션 관점들이 예술의 방법론에 얼마나 심층적으로 영향을 미치고 있는가를 추구하는 것이다. 해체비평에서는 '어휘의 현존'은 의미의 현존과 대등하다고 생각되지만 그 역(逆)도 강조되기도 한다. 어휘는 어떤 부재와 혹은 의미의 비결정성을 전달해 줄 수 있다고 생각되기 때문이다. 문학적 언어는 의미로 환원될 수 없는 의미로서 언어 그 자체를 상징과 사상 사이, 기호와 부여된 의미 사이의 상이성을 개방 및 폐쇄시키는 것으로 해석된다.

포스트모던 작가들은 자신들의 작품에 외계의 사물을 재현하기를 거부하고 자아반영임을 보여 주려고 한다. 로고센트리즘에서는 이성에 의하여 사물을 질서 지울 수 있다고 여겼는데, 이제 사물이 질서 지워질 수 없다는 것은 이들이 통합된 질서 속에 있는 것이 아니고, 따로 따로 조각으로 존재하고 있다는 뜻이 된다. 이런 의미에서 담론은 조각으로 남아 있는 언어를 보여 주는 것이 되며, 이 경우 언술은 여담(digression)과도 같은 의미를 갖는다(*GGB* 663).

그러나 담론이 단편으로 남아 있다고 하여 아무 힘을 발휘하지 못하는 것은 아니다. 지금까지의 역사의 서술은 하나의 일관된 흐름을 잡아 쓰여진 이야기이지만 시작이 분명치 않은 포스트모던 작품에서 역사는 더 이상 일관성을 가질 수 있는 것이 아니며 가질 필요성을 느끼고 있지 않는 것처럼 보인다. 이 경우 역사는 개개의 사건을 따로 따로 서술하는 계보학(genealogy)의 담론이 될 뿐이다. 계보학으로서의 담론은 현재의 사물에 힘을 가하여 이들이 살아서 힘을 쓰게 하려고 한다. 이 경우 담론은 중심이 없는 시대에 다원화된 역학구조에서의 힘의 행사이기도 하다. 이의 대표적인 것으로 여성적 담론을 들 수 있다. 로고센트리즘에서 주변으로 밀려나 있던 여성은 포스트모던 시대에는 이제 자신들의 언술의 힘을 가질 수 있게 된 것이다.

Barth의 작품에 표현되는 페니미즘은 이분법적의 해체를 의도하고 있는 것이 특징이지만 동시에 공동협력 시스템을 지향하는 내러티브 전략을 보여 주고 있다. 특히, 남/여의 성차관계를 양성적 통합의 세계로 표현하고 있다는 점에서 Barth는 페미니스트라고 볼 수 있다. Samarkand 서쪽지역에는 여성들만의 국가가, 바로 인접국가에는 남성들만의 국가가 건설되어 봄이 되면 두 달 동안 남성과 여성들이 중립지역에서 자유롭게 교제하고 여성들은 임신한 채 고향으로 돌아간다. 사내아이를 낳으면 남성국가에서 여자아이를 낳으면 여성국가에서 기르자는 Doony의 전략(*CH* 48)은 Chimera의 중립적인 공간인 염소의 몸(goat's body)과 일치한다(*CH* 207). 상부구조를 상징적으로 나타내 주고 있는 사자의 머리와 하부구조를 암시해 주는 뱀의 꼬리 사이에서 용맹과 지혜가 서로의 자유의지로 뒤섞일 때 진정한 미래사회가 이룩될 수 있다고 Barth는 생각한다. Barth는 "가정의 철학"(the philosophy of as if)(*CH* 53)에 의한 변증법적 과정을 통하여 용서와 사랑, 자유와 평등, 남성과 여성의 균형과 조화의 공존세계를 추구한다.

그러나 중심이 없어진 포스트모더니즘은 비역사적이고 비정치적이라는 면에서 좌파 이론가들의 비난의 표적이 되어 왔다. 더구나 커다란 이야기(*grand récit*)가 없어진 조각난 작은 이야기들은 정치적인 목적을 이룰 강력한 힘을 갖고 있지 못하게 된 것이다. 그러나 포스트모던 시대는 거대 이론들(grand theories)이 없어진 시대라는 사실을 인정한다면, 오히려 비정치적이고 비역사적인 포스트모더니즘의 특성은 새로운 면에서 사실을 새롭게 보여 준다는 의미에서 큰 힘을 발휘하기도 한다. 로고센트리즘의 기본적인 틀이라 할 수 있는 이분법을 해체시키려는 Barth의 전략은 그의 많은 작품의 내러티브에서 빈번히 등장한다. Fenn은 Susan에게 Edgar Allan Poe의 작품, *The Narrative of Authur Gordon Pym of Nantucket*를 언급하면서 모더니즘의 특성인 이분법적 대립쌍에 관하여 설명해 준다.

> lots of people believed that at each of the earth's poles there was a great abyss. These twin abysses continuously swallowed up the ocean and continuously disgorged it some-where along the Equator, maybe at the sources of the Amazon and the Nile just as matter swallowed up in a Black Hole might reappear from a White Hole somewhere else in the universe.(*SA* 363)

19세기 우주론과 지질학의 기초가 되고 있는 과학적 사고는 이중적이며 이분법적이다. *Sabbatical*에 등장하는 Fenn의 진술을 통해 제기된 전형적인 대립쌍, 즉 선/악, 남/북, 흑/백, 온기/냉기, 육지/바다 등은 로고센트리즘의 핵심적 구조로 볼 수 있으며 "포스트모던 저자의 사상은 모순어법적이다"(The very idea of postmodern author is oxymoronic.)(Lindsay 112)라는 명제는 로고센트리즘의 이분법적 대립쌍의 벽을 허무는 단서를 제공해 주고 있다.

합리적인 이성에 벗어나는 모든 사고는 로고센트리즘의 억압구조에 의하여 지배를 받게 된다. 이성/감정, 정신/육체, 은유/환유의 대비구조가 형성되어 전자가 후자를 통제하고 지배하는 이분법이 생성된다. 이 모순어법(oxymoron)은 중심구조가 존재하지 않기 때문에 이분법적 대립쌍의 긴장관계가 해소되고 수

직적인 우열관계에서 수평적인 병치, 공존 관계로 전환될 수 있으며 구조주의에서 시니피앙/시니피에의 이분법적 구조가 일 대 일 대응관계의 기호체계로 임의적이며 자의적인 관계로 변경될 수 있다는 것과 동일한 논리이다. 모순어법의 가장 설득력 있는 상징이 있다면 "자웅동체"(hermaphrodite)로서 가장 기본적인 이분법을 해체시키고 있는 것으로 볼 수 있다.

Barth 소설의 등장인물들은 성적으로 양면성을 지니고 있는 것이 특징이다. Barth의 우화소설인 *Giles Goat Boy*의 중요한 고비에서 Giles와 그의 애인 Anastasia는 가공할 만한 컴퓨터인 WESCAC의 심문에서 살아남기 위한 생존전략으로 이분법을 해체시킨다. "너희들은 남성인가 여성인가?"라는 질문에 두 주인공은 동시에 그리고 모순적으로 "예" 그리고 "아니오"라고 똑같이 대답한다(*GGB* 672). 두 사람은 WESCAC의 뱃속에서 하나로 연합된다. 양성적인 인물(androgynous figure)로서 Giles는 "모든 사람들은 하나였다"(*GGB* 673)고 선언한다.

은유/환유는 동시에 선택을 내포하고 있지만 그 선택은 다른 것을 버려야 하는 상황에 놓이게 된다. 특히 Barth는 *Lost in the Funhouse*에서 동일한 텍스트에서 선택적 내러티브를 치환시킴으로써 이분법을 해체하고 있다. "하나의 문장을 완성하기 위하여 두개의 주격 보어"(*LF* 104)가 필요하며 "소설이란 서술 형용사이다"(*LF* 105)라고 주장하는 Barth는 삶의 미로에서 탈출하는 방법은 빼어난 은유라는 점을 인정하면서도 환유적 치환을 강조하고 있다(*LF* 108).

Barth는 *TT*의 "Shorter Point"에서 "성과 스토리, 스토리와 성, 화자와 청자들이 서로의 의견이 일치될 때까지 결합하여 자신들의 위치를 바꾸어야 한다"(Sex and stories, stories and sex. Teller and listener changing positions and coming together till they're unanimous.)(*TT* 114)고 주장한다. 또한 Sex Education: Play의 1막 2장에서 Barth는 꼭 필요할 때, 달은 저녁에 달빛을 비추어 주지만, 태양은 이미 많은 빛이 존재

하는 낮 동안에 빛을 제공해 주기 때문에 "어머니인 달은 아버지인 태양보다도 더 크다"(*TT* 155)고 강조한다. *Chimera*에서도 성의 이분법을 해체시키고 있듯이 *The Tidewater Tales*에서도 Barth는 May의 입을 통하여 "성은 셋 혹은 다섯은 왜 될 수 없느냐?"(Why not three sexes, or five?)(*TT* 156)고 반문한다. Barth가 지향하는 삼분법의 상징은 "문지방(threshold)"을 넘을 수 없는 한계가 있음에도 불구하고 "자웅동체"나 chimera(lion's head, goat's body, serpent's tail)로서 "모든 이분법적 대립쌍들이 하나로 통합된다"되는 것을 의미하는 것이다.

2. 포스트구조주의와 포스트모더니즘의 상관성

Barth는 자신의 작품을 새로운 시대적 용광로처럼 만들고 있다. 그는 Derrida, Foucault, Lacan, Bloom, Guattari 등의 포스트구조주의 이론을 포용성 있게 융화시켜 새로운 내러티브 기법을 시도한다. 포스트모던의 특성을 우선 "성유희" 문제에 적용하고 있는데 Barth는 새로운 기법의 실험뿐만 아니라 작가로서의 새로운 시대적 처방도 제시하려고 한다.

Derrida의 해체 이론, Foucault의 계보학이나 광기의 역사, Lacan의 주체분열과 남근로고스 중심주의, 블름의 방어기제, Deleuze와 Guattari의 Anti-Oedipus 등은 Barth가 제시하는 "성유희"에 집약될 수 있으며 성적 욕망만이 이 우주와 역사를 지배한다고 볼 수 없기 때문에 무질서한 세계를 바로잡아 보겠다는 Barth의 성적요법(sexual theraphy)(*ER* 333)은 "치료적 발상"(therapeutic notion)으로 보아야 할 것이다. Barth는 모더니즘과 포스트구조주의 그리고 포스트모더니즘의 상관관계를 다음과 같이 보여주고 있다.

the Beat Generation has degenerated, the Existentialists no longer exist, the French New Novelists have grown old, the Angry Young Men are middle-aged and petulant, the Black Humorists are serious and tenured, the Jews are assimilated, the Latinos are lively and expatriated, the blacks and redskins pale by comparison, the homosexuals are still clearing their throats, the new feminists aren't impressive though numerous women writers are, Master Nabokov is dead, Master Beckett is silent, Master Borges has turned into Rudyard Kipling, the Nobel prize is being awarded like Swedish foreign aid to obscure authors whom even smart Susan has scarcely heard of and who evidently lose everything but their kroners in translation, there's something called Postmodernism …… but an essentially open mind through the literary-critical structuralists, deconstructionists, semiotists, and neo-Nietzscheans of Paris, New Haven, and Milwaukee.(*SA* 231)

Barth에게 커다란 영향을 미친 Derrida의 해체 이론은 새로운 실험 정신으로서 포스트모더니즘의 근원이 되기도 한다. 그가 내세운 중심 부재 또는 탈중심의 사상은 구조주의에서 등장하기 시작한 것인데, Derrida는 이 중심 부재의 개념을 자신의 특성으로 구축함으로써 그의 이론은 포스트구조주의로 발전하게 된다. 그가 문제 삼고 있는 중심은 역설적이게도 구조 안에도 있고 구조 밖에도 있다는 것이다. 중심은 전체의 중심에 있지만, 그러나 중심이 전체에 속한 것이 아니기 때문에 전체의 일부가 아닌 이상, 전체는 중심을 다른 곳에 가질 수 있어서 중심은 이제 더 이상 중심이 아니라는 것이다(Derrida 1978, 279).

오랫동안 서양철학의 핵심은 "현존의 형이상학"(metaphysics of presence)이라는 개념에 기초한 것인데 이러한 현존의 형이상학은 말/글이라는 이원적 대립에서 말이 글에 우선하는 위치를 차지하는 경우로 인식되어 왔다(Culler 94). 예를 들면 신약 성서의 권위는 그 "말씀"의 주인인 예수의 현존이 있기 때문에 가능한 것이다. 그러므로 "말씀"으로서의 예수 현존이 없다면 신약은 아무런 가치가 없을 것이다. 마찬가지로 편지나 일기 또는 문학작품도 그것이 제 몫을 하기 위해서는 이것을 쓴 작가(또는 사람)의 현존과 "말(씀)"이 이를 뒷받침하는 것으로 여겨졌다. 그러나 새로 만들어 낸 "차연"(差延, differance)이라는 용어로 이러한 "음성중심주의"의 허구성을 비판하면서 대개 음성언어가 표현하는 바를 문자언어로 표기하는 것으로 생각하여 음성언어가 문자언어에 우선한다고 생각해 왔는데, 새롭게 주장한 차연의 개념에서는 우선 문자언어가 있고 난 다음에 음성언어가 있음을 보여준 것이다.

Barth가 포스트모던적 내러티브 전략의 하나로 활용하는 "차연"이란 개념은 "존재도 아니고 실체도 아니다. 이것은 있다든지 또는 없다든지 하는 존재의 범주에 드는 것도 아니다"(Derrida 1973, 134)라고 말함으로써 시니피에는 시니피앙을 확장하는 것이라는 통념을 지양하여 현존의 형이상학이 이제는 더 이상 유효한 개념이 아님을 의심의 여지없이 강조한 셈이다. 이제는 더 이상 시니피에가 현존의 무게에 의하여 확정되지 않게 된 이상 시니피에는 단지 "불확정적인 자유유희"(free play)만을 하게 되며 문제가 되는 것은 이러한 모든 시니피에를 확정짓던 초월적 시니피에도 설 자리를 잃어버리게 되었다는 점이다(Derrida 1974, 20). 따라서 모든 의미화 작용(signifying practices)은 상대주의적이고 다원적이 되어 시니피앙을 시니피에에 또는 반대로 시니피에를 시니피앙에 묶어 놓을 수 없게 되었다. 이 경우 모든 지시작용은 의미 확정이 불가능한 아포리아가 될 뿐이며 이러한 아포리아가 곧 작가의 죽음을 초래하며 동시에 작가의 역할을 대행하는 독자의 탄생을 가능하게 한다.

작가로서 Barth는 이제 더 이상 의미의 확정자로 등장하지 않는다. 그의 글쓰기(ecriture)는 자신의 현존에 의해 보증되는 기표가 아니고 단지 기의로부터 유리된 기표의 "영도 글쓰기 (writing degree zero)"일 뿐이며 더 이상 글쓰기의 주인이 아니고 단지 글쓰기의 "주체"일 뿐이다(Humphries 125-46). 그는 자신의 현존이 곧 "부재"이기 때문에 그의 글쓰기는 언어 자체의 글쓰기일 뿐이다. 이제 작가는 더 이상 글쓰기의 주인이 될 수 없다고 Barth는 생각한다.

Barth가 저자에 대하여 제기하는 질문 중의 하나는 저자를 이해할 때 저자 기능의 "격"(person)이 어떠한 것인가에 대한 문제를 제기한다. 저자가 실제적인 담론에서 어떻게 순환되는가 그리고 저자는 의미의 중재자로서 어떠한 방법으로 그 의미를 불러내느냐 하는 것이 Barth의 주관심사라고 볼 수 있으며 이러한 Barth의 태도는 텍스트에 대한 저자의 필연적 부재현상을 주장하는 포스트구조주의의 저자개념과 다른 점이라고 볼 수 있다. 저자 기능의 다양성을 인정하는 Barth의 저자개념은 단일한 텍스트에서 다양한 저자들을 인용하는 다양한 목소리를 내야 한다는 개념과 유사하기 때문에 Barth의 저자를 Proteus로 묘사하는 것은 설득력이 있다고 볼 수 있다.

Even the problem of God's "intention" in creating the universe becomes rather beside the point. An artist may quite fail to reach his goal. for one thing …… Or he may not even know what his deepest intentions are until some critic(or theologian) tells him. The novelist's intention may escape us altogether at least the characters can't guess it! and anyhow we're all aware of the "intentional fallacy" the critics speak of: If we see a meaning in the universe different from the author's intended one. ours may be quite as valid as his, other things equal.

The fact is, a work of art has a life of its own, and so in this sense does the universe. Different people. including the author, see different things in it, and all may be right in a way and wrong in a way, for the universe "means" many things and nothing, like a great novel.(FB 23-24)

　“현존의 형이상학”은 용어의 정의를 규정할 수 없다는 반대입장을 지지하는 프랑스 탈구조주의자들에게는 또 다른 차원의 수용이 불가능한 왜곡 행위로 비판을 받고 있다. “말하는 것은 언어이다”라는 Derrida의 주장은 인간 자신은 하나의 도구일 뿐이라는 포스트구조주의자들의 주장과 일치한다. 즉 차연이라는 열린 결말의 언어적 과정 속에서는 경험적 인식의 개념적 공간이 있을 수 없다고 Derrida는 주장한다. “인간은 최근에 만들어진 발명품이며 곧 사라지게 될 것이다”라는 주장도 같은 맥락이다. 인간 언어와 기호체계구조 밖에서 경험하는 모든 주체의 개념, 즉 현존의 형이상학은 해체된다고 볼 수 있다(Flack 100-01).

　Barth가 관심을 갖고 있는 영도글쓰기 전략은 “기존의 언어가 가지는 모든 속박에서 해방된 무색(無色)의 글쓰기”(colourless writing, freed from all bondage to a preordained states of language)와 “원기술”(原記述, arche-writing)을 의미한다(Derrida 1974, 1xxxii). 이 경우 Barth의 글쓰기는 “독서 가능한”(lisible, readerly) 텍스트가 아니고 “쓰여지는”(scriptible, writerly) 텍스트가 된다. 쓰여지는 텍스트는 글쓰기의 텍스트로서 여기서 전혀 의미를 확정할 수 없다. 그는 단지 의미가 확정되지 않는 시니피앙만을 열려진 텍스트에 표기하기 때문에 텍스트의 의미는 종결을 거부한다고 볼 수 있다.

　반면 독자는 이런 열린 텍스트를 가지고 자신의 글쓰기로서의 해석을 시도하며 Barth의 손을 떠난 텍스트는 독자에게 “쓰여지는 텍스트”(writerly text)가 되는 셈이다. 따라서 독자는 텍스트의 열려진 가능성의 유희 속에서 텍스트를 생성하는 능동적인 주체가 되며 스스로 읽는 “즐거움”(jouissance)를 느끼게 된다(Lindsay 43). 반면에 Barth는 작가로서 단지 의미가 확정되지 않는 텍스트를 산포할 뿐이다. 그러므로 “산

42

종"(dissemination)으로서 작가의 텍스트는 확정할 수 없는 가
능성의 끝없는 확산일 뿐이며 모호함의 연속일 뿐이라는 관점
에서 Barth는 모더니즘 기법에서 탈피하고 있다고 볼 수 있다.

  텍스트의 즐거움에 대한 Barth의 관점은 "공포로부터 전환"(a
diversion from fear)을 의미한다. 이러한 전환은 공포를 경험
하고 그것과 맞서 싸우며 이해하고 극복해보려는 자세보다는
오히려 대처하는 방법이라고 볼 수 있다. Barth는 예술을 통한
생존 전략을 다음과 같이 주장한다.

> If it (art) could not redeem the barbarities of history or spare
> us the horrors of living and dying, at least sustained, refreshed,
> expanded, ennobled, and enriched our spirits along the painful
> way.(*CH* 17)

  중심이 해체된 세계의 전략은 Foucault 자신의 작품에 실험적
으로 반영되고 있다. 그는 Nietzsche의 역사관을 직시한 과정에
서 역사에 대한 자신과 Nietzsche의 생각이 같음을 알게 되었
다. 우선 Nietzsche는 시니피앙과 시니피에는 이미 연관이 단절
된 것으로 보았기 때문에 인간과 신의 유대관계를 인정하지 않
는다.

  그러나 Foucault는 초월적 존재와 장소를 인정하고 있으며
"실존은 내부와 외부 사이에 존재하는 절대적인 차이 때문에 폐
쇄적인 원에 의하여 한계가 정해지는 것으로 볼 수 없다. 단순
한 결핍 때문에 고갈될 수 없는 나선형처럼 보인다"(Existence
is not now to be seen as circumscribed by a closed circle,
with an absolute difference between inside and outside. It is
now to be seen as a spiral which no simple infraction can
exhaust within the terms of such an outology.)고 말한다
(Boyne 82).

  Barth는 자신의 특이한 이야기 형식으로 나선형 기법을 사용

하고 있는데 나선형기법은 Barth가 즐겨 사용하는 스토리텔링의 한 영역으로 볼 수 있다. "Perseid"에서 Perseus는 순환형에서 나선형으로 전환하는 것을 자신의 과제로 인식한다. 이 과제는 리얼리티의 고갈을 상징하는 순환형의 고리에서 벗어나 무한한 상상력의 소생으로 문학의 새로운 탄생을 의도하는 것이다. 자신의 분신이며 내레이터인 Genie를 통하여 Barth는 자신을 Maryland 늪지대에서 기생하는 달팽이(snail)에 비유한다:

"My project," he told us, "is to learn where to go by discovering where I am by reviewing where I've been-where we've all been. There's a kind of snail in the Maryland marshes-perhaps I invented him-that makes his shell as he hoes along out of whatever he comes across, cementing it with his own juices, and at the same time makes his path instinctively toward the best available material for his shell; he carries his history on his back, living in it, adding new and larger spirals to it from the present as he grows. That snail's paced has become my pace-but I'm going in circles, following my own trail I've quit reading and writing; I've lost track of who I am; my name's just a jumble of letters; so's the whole body of literature: strings of letters and empty spaces, like a code that I've lost the key to."(*CH* 10)

그러나 Nietzsche의 세계에서는 역사의 일관된 발전은 불가능하게 된다. Foucault는 이러한 목적론적인 역사관이 해체되어야 한다고 주장한다.(Foucault 139) 총체적인 역사관을 구축하여 과거를 하나의 꾸준한 연속적 발전으로 추적하기 위하여 쓰여지던 모더니즘 내러티브 기법들은 포스트모던 내러티브 기법에서 사라져 버린다. 역사가 효과적이기 위해서는 자체에 불연속성을 도입해야 할 것이다. Barth는 잘못 쓰여진 역사, 거짓된 기록들, 위조된 편지들, 잘못 전달된 서신들과 같은 역사의 이야기들에 대하여 불확정성의 개념을 제시한다. "역사에 관한 픽션은 픽션의 역사에 대한 부분이 결코 되어서는 안 된다"는 Rule #1에서 Barth는 "역사란 승리자들의 선전물이다"(History is the propaganda of the winners.)라고 비판한다. 기록된 역사의 자료에서 객관적 사실을 추출해 내려는 모더니즘 내러티브 기법은 예술적 진실을 상실할 우려가 있을 수 있다고 Barth는 주장한다.

"어느 문화권에서나 중시하는 문학은 기본적으로 그 문화에 관한 것이 되어서는 안 된다"는 Rule #2에서 Barth는 "문학의 진정한 주제는 역사의 사건이나 특별한 시대의 특징들이 아니라 인간사의 경험, 행복과 불행에 관한 것이어야 한다"(the true subject of literature is not the events of history or the features of a particular of places, but the experience of human life, its happiness and its misery.)는 Aristotle의 주장을 소개하면서도 예술가의 담론은 결코 하나의 주제가 될 수 없으며 소재일 뿐이라는 Thomas Mann과 "진정한 작가란 아무것도 말할 수 없다 ……. 오직 말하는 기교만 있을 뿐이다"라는 Alain Robbe-Grillet의 주장에 동의하는 입장이다.

Barth는 어느 한 시대와 장소를 주제로 삼아 쓰게 되는 대부분의 소설들은 그 시대와 장소를 극복할 수 없다는 것이다. 예를 들면, Faulkner, Singer, Mark Twain, Nathaniel Hawthorne, Hormer와 같은 리얼리즘 소설가들은 특별한 장소와 시대 속에서, 작가의 영감을 얻을 수 있는 인간 내면의 열정과 인간 언어의 사실적인 소재들을 찾을 수 있었다는 것을 Barth는 인정한다.

> Reader, should you ever find yourself writing about the world, take care not to nibble at the many tempting symbols she sets squarely in your path, or you'll be baited into saying things you don't really mean, and offending the people you want most to

entertain. Develop, if you can, the technique of the pallbearers and myself: smile, to be sure-for fucking dongs are truly funny-but walk on and say nothing, as though you hadn't noticed.(*FO* 111).

Barth는 불연속성의 실험적 내러티브 기법을 활용하여 *Lost in the Funhouse*에서 14개의 "미니픽션"(*TT* 37)으로 이루어진 에서 Tales Within Tales Within Tales 형식을 제시한다. 이와 같은 내러티브 기법은 John Gardner가 주장하는 "1차적 픽션" 과 "2차적 픽션"의 구별이 아닌 종합으로 볼 수 있다(*FB* 22). 전자는 인생론에 관한 픽션으로, 후자는 픽션에 관한 픽션으로 정의할 수 있으며 스토리와 스토리텔링의 혼합으로 볼 수 있다. 특별히 Barth의 포스트모던 내러티브 기법은 *Tidewater Tales*의 "Bboverture"(*TT* 36), 쌍둥이 노벨라를 비롯한 미니멀리즘과 수퍼미니멀리즘, "39"(*TT* 69)와 같은 숫자를 통한 "수문학"의 테크닉을 통하여 표현되었는데 지난 80년대의 소설의 죽음, 노 벨라의 죽음, 단편소설의 죽음 등으로 생성된 "Less is more."(*TT* 29)의 원리를 적용하고 있기 때문에 Barth는 모더니 즘의 파편적이며 해체적인 리얼리티 재현을 추구하여 포스트모 던의 새로운 기법을 실험하고 있다.

종전의 역사기혹과는 다르게 불연속의 끝이 보이지 않는다는 관점 때문에, Barth는 목적성에 의하여 일어나는 사건의 기록보 다 사건들의 개별적인 특이성을 기록하려고 하며 관념적인 의 미를 지니고 있는 초역사적인 발전을 무중하고 납득이 가지 않 는 목적들을 부정하기 때문에 기원에 대한 탐구를 하지 않으려 한다. 사실 시작에 대한 탐구는 역사의 끊임없는 연속성을 가정 한 것이므로, 이미 목적성을 상실한 텍스트에서는 시간을 거슬 러 올라가는 시작에 대한 추구를 할 필요가 없게 된다.

*The End of Road*의 주인공이 Jake는 "Terminal"(442)이라는 고 백과 함께 자신의 인생이 다시 어디에서 시작해야 할지, 무엇부

터 해야 좋을지 모르는 상황에 빠지게 된다. *The Tidewater Tales*
에서 Peter와 Kath는 자신들이 가장 좋아하는 *The Thousand
Nights and a Nights*가 "Finis"라는 어휘로 대단원의 막을 내릴 때,
왜 5047이나 39는 아니고 정확하게 1001이어야 하는지 이의를
제기한다. "피니스는 단지 시작일 뿐이다"(Finis is only the
beginning.)(*TT* 89)라고 주장하면서 그들은 자신들의 이야기가
지속되어야 한다는 것을 암시한다. "1001" 수문학의 관점에서 볼
때, 처음과 끝이 동시에 "1"의 숫자로 끝나는 것으로 Anadiplosis
System의 대표적 유형으로 파악할 수 있으며 1과 1 사이의 "00"
의 의미는 리얼리티의 무한한 가능성의 공간으로 제시될 수 있
다.

　목적론에서의 시간은 "창조주(Maker)"(*LF* 7)가 그의 능력에
의해 하나의 창조물을 만들어 내는 순간으로서, 이는 숭엄하고
경건한 탄생의 순간이다. "창세기"에 나오는 아담 창조의 순간
을 생각할 때, 그는 "하나님의 형상"(imago Dei)(Genesis 1:
26)에 의하여 창조되었지만 이제 신도 없고, 목적론도 상실된
해체된 중심에서 바라볼 때 기원은 아무런 의미도 발견되지 않
는다. 중심이 빠져나간 세상에서는 시작도 없는 것이고, 모든
사물에는 하나의 기원만이 있는 것이 아니라 모든 것이 각각의
기원을 가지고 있는 것이다. Barth가 활용하는 계보학의 기원은
하나님이 아담을 창조한 순간처럼 완전한 순간이 아니고 그저
많은 기원 중 단지 하나의 기원에 불과할 뿐이다.

　역설적으로 말하면 기원은 엄숙한 탄생의 순간이거나 진리의
장소가 아니고, 필연적인 상실의 장이 될 수 있다. 왜냐하면 기
원에서 사건의 목적을 보기보다는 근원 상실에 대한 상실감을
느낄 수 있기 때문이다. 근원을 찾는 역사학자와는 달리 근원을
상실한 계보학자는 개개의 사건을 면밀히 검증하고 이를 기록
하지만 계보학이 하나의 확실한 근원을 밝히는 작업이라기보다
는 썼다 지우고 지웠다 다시 쓰기를 여러 번 되풀이하는
"anadiplosis system"의 기능적 측면에 관심을 기울인다.

Lacan은 Descartes의 인식론, 즉 "나는 생각한다, 그러므로 나는 존재한다"는 명제에 반대한다. "나"의 사유가 "나"의 존재를 조명해 주는 것도 아니며 완전하게 투명하여 자신의 자아를 완벽하게 소유할 수도 없기 때문이다. 이분법을 해체하는 Lacan의 인식론은 사유와 존재를 철저하게 분리시킨다. 즉 "나는 내가 존재하지 않는 곳에서 생각한다. 그러므로 나는 내가 생각하지 않는 곳에서 나는 존재한다"(I think where I am not, therefore I am where I think not.)는 주장(Lodge 97)과 구조 해체적 인식론을 지향하는 Derrida의 인식론을 비교해볼 때 Lacan은 주체를 해체시키는 인식론을 추구한다고 볼 수 있다 (Grosz 137).

Barth가 추구하는 인식론은 "질적인 변화는 갑자기 양적인 변화가 된다"(Quantitative changes suddenly become qualitative change.)(*FO* 170)라는 마르크스주의(Marxism) 철학의 명제와 밀접한 관련성이 있다. 즉, Barth는 *The Floating Opera*의 주인공인 Todd를 통하여 인간의 본래적인 가치를 부정하고 있다는 점이다. 돈, 정직, 힘, 사랑, 정보, 지혜, 생명 등은 본질적으로 가치가 있는 것이 아니라 어떤 목적과 연계시킬 때에만 가치가 있다고 판단한다. 또한 "모든 가치는 모두가 사람들이 외부에서 첨가 내지 할당한 것이다"([T]he value of everything is attributed to it, assigned to it, from outside, by people.)(*FO* 171)라는 명제를 내세운다. "The Inquiry"에서 Todd는 1929년 증권시장의 붕괴로 인한 아버지의 자살을 추적하는 과정에서 매우 합리적인 삼단논법을 다음과 같이 제시한다.

Ⅰ. Nothing has intrinsic value.

Ⅱ. The reason for which people attribute value to things are always ultimately irrational.

Ⅲ. There is, therefore, no ultimate "reason" for valuing anything.

(*FO* 223)

　Barth는 존재가치를 철저하게 부정하는 인식론을 옹호하고 있다고 볼 수 있으며 인간의 주체적 자아는 생물학적인 본능의 결집인 단단한 자아가 아니라 상징체계가 만들어 내는 분열된 자아라고 보고 있다. 또한 인간은 하나의 단일체로서 자족적인 존재가 아니라 고정되지 않고 만족을 모르는 과정의 총체로서 언제나 구성 중이며, 또한 항상 상충적이고 변화할 수 있는 존재로 파악한다. 이와 같은 Barth의 존재론은 "'저자-기능'을 지지하는 모든 담론들은 자아의 복수성에 의하여 구별된다."(All discourse that supports [the] 'author-function' is characterized by [a] plurality of egos.)(Lindsay 80)는 것이다.

　이러한 Barth의 주장은 "인간이 말하는 것은 단지 상징이 인간으로 하여금 말하게 하기 때문에 말하는 것이다"라는 Foucault의 주장과 관련이 있다. Lacan은 무의식은 생물학적인 충동의 집합체가 아니라 "무의식은 언어처럼 구조되어 있다"고 말한다(Lacan 65). 해롤드 블름은 자신의 저서 *The Breaking of the Vesses*에서 Lacan의 명제에 대하여 이의를 제기하면서 "무의식은 Freud의 언어처럼 구조되어 있으며, 의식적인 관점에서 자아(ego)와 초자아(superego)는 Freud 자신의 텍스트처럼 구조되어 왔다. 왜냐하면, 그것들은 Freud의 텍스트들이기 때문이다."라고 주장한다(Lodge 93). *ER*에서 Barth가 내세우는 자아론은 기본적으로 이분법을 해체시키는데 중점을 두고 있으며 자아를 가면으로 파악하고 가면의 다양성을 인정하고 있다.

　Ego means I, and I means ego, and the ego by definition is a mask. Where there's no ego-this is you on the bench-there's no I. If you sometimes have the feeling that your mask is insincere-impossible word! it's only because one of your masks is incompatible with another. You mustn't put on two at a time.

There's a source of conflict, and conflict between masks, like absence of masks, is a source of immobility. The more sharply you can dramatize your situation, and define your own role and everybody else's role, the safer you'll be. It doesn't matter in Mythotherapy for paralytics whether your role is major or minor, as long as it's clearly conceived, but in the nature of things it'll normally always be major.(*ER* 339)

Barth가 자신의 작품 구성의 새로운 전략으로 제시하는 자아의 복수성, 즉 가면의 다양성은 가면 쓰는 법을 배우고 익혀서 가능한 한 상호충돌과 갈등을 피해야 사회정의가 바로 선다는 점을 강조하고 있다.

Barth는 Freud의 꿈의 원인론(The theory of why we dream)을 비판하면서 "무의식은 백치이다!"(The unconscious is an idiot!)(*SA* 345)라고 주장한다. 또한 그는 Peter가 인식하는 무의식은 "정신박약아"로서 규정하고 있으며 이란성 쌍둥이의 공간이 되는 모태에서는 이미 근친상간(*LVSS* 317)이 이루어지고 있기 때문에 비정상적인 것으로, 하나의 범죄유형으로 보고 있고 이미 *American Literary Imagination*에서 정신분열증이 존재하고 있다고 주장한다(*SA* 286).따라서 정신분열증에 대한 Freud학파의 주장은 Barth에게는 가장 애매모호한 창작의 핵심적인 문제로써 비판의 대상이 되고 있다.(*SA* 332)

Freud가 강조한 무의식의 표출양식에 대항하여 Lacan은 압축(condensation)과 치환(displacement)을 주장한다. 압축은 "은유의 영역인 시니피앙의 적재구조"([T]he structure of the superimposition of signifier which is the field of metaphor)이며 치환은 환유와 같은 구조로써 "의식의 교체"를 말한다.(Eagleton 189) 이 두 매커니즘은 무의식의 형성과정에서 은유법과 환유법에 따라 지배되며 압축은 은유적 성격으로 시니피앙들이 적재구조를 형성하지만 치환은 환유적 성격으로 의

미의 동일한 진로를 변경한다. 언어는 "아버지의 법"(Law of the Father)이 지배하는 "상징계"(the symbolic)이며 "아버지의 이름"(Name of the Father)으로 구조되어진 초자아의 체계이기도 하다. 따라서 Lacan은 아버지 은유(paternal metaphor)의 공식을 상징계에서 다음과 같이 제시한다.

$$\frac{\text{아버지}-\text{의}-\text{이름}}{\text{어머니의욕망}} \; \frac{\text{어머니의욕망}}{\text{주체의기의}} \rightarrow \text{아버지}-\text{의}-\text{이름} \cdot \frac{O}{\text{남근}}$$

$$\frac{\text{Name-of-the-father}}{\text{Desire of the mother}} \quad \frac{\text{Desire of the mother}}{\text{singnified to the subject}} \quad \begin{array}{c} \rightarrow \\ \rightarrow \end{array} \quad \text{Name-of-the-father} \; \frac{\text{(O)}}{\text{Phallus}}$$

(Grosz 104)

이 같은 공식의 은유적 구조에서 음경을 제거당할지 모른다는 거세 공포증은 상징계에서 어린이의 위치에 대단히 중요하다는 것을 밝혀 준다. 모든 은유에서처럼 아버지 은유는 새로운 의미를 생성시킬 수 있지만 이 경우에는 주체 자체의 의미만을 생성시킨다. 어린이는 "나"로서 표현할 수 있으며 어린이가 "나"에 접근할 수 있는 결정적인 시니피앙은 남근이라고 Lacan은 주장한다. 시니피앙으로서 남근은 주체의 대체가 가능하며 (O)의 주체는 항상 "아버지의 이름"에 의하여 남근과 관계 속에 자리를 잡는다. 따라서 제로는 주체가 아닌 자아동일적인 "성숙한 인간"을 지칭할 수 있다.

Barth는 "Night-Sea Journey"에서 정자는 아직 선택되지 않은 난자를 만나기 위하여 밤마다 여행을 떠나지만 그 여행은 무의미하며 모순이 될지도 모른다고 내세운다. 심지어 밤마다 이루어지는 여행 그 자체까지도 정자는 혐오하며 거부하기도 한다(*LF* 11). 밤바다를 소유하고 있는 수백만, 수십억의 "아버지들은(Makers)", "우리의 적이며 미래의 살인자"들이라고 선언하는 정자는 "사랑! 사랑! 사랑!"이라고 외치면서 헤엄쳐 가지만 어린이가 겪는 거세 공포증처럼 정자 역시 자신의 꼬리가 제거될지도 모른다는 공포 속에서 99.99%는 "영원한 생명의 사슬(immortality chain)"에서 벗어나 밤바다 속으로 사라져 간다.

진정한 영웅들은 "타자의 현존 앞에서"(in the very presence of the other) 난자가 제안한 불멸성을 거부하고 재앙의 주기 속으로 사라져 간다. Barth가 주장하는 불멸성은 "인카네이션의 주기적 과정"(the cyclic process of incarnation)(*LF* 8)으로 시작과 끝이 동일한 구조를 말한다.

아버지가 자신의 이름으로 구축한 "밤바다"의 공간에서 살아남은 수영선수들은 바로 우리 자신들이며 정자뿐만 아니라 "아버지들"도 함께 유영하는 제로의 공간으로 Barth가 추구하는 "Blank System"과 "Black Hole" 내러티브 전략으로 볼 수 있다. 어머니로부터 분리된 어린아이는 거울에 비친 자신의 영상을 보고 자신의 영상을 자기 것으로 동일시하는 "거울단계"를 경험하게 된다. 거울단계는 "나"기능의 구성단계이며 새로운 전환점으로 한편의 새로운 드라마가 될 수 있는 결정적 공간이기도 하다. 즉 자아를 새로운 모습으로 발견할 수 있는 한 순간이며 어머니의 품에서 벗어난 실낙원과 같은 상위비극(high tragedy)의 차원으로 유아론적 차원에서 재해석 될 수 있는 것이다 (Gallop 74−92) Barth는 *The Tidewater Tales*을 바탕으로 이러한 관점에서 자신의 새로운 전략이라 할 수 있는 타이포그라피 시스템을 다음과 같이 제시한다.

<pre>
          A   E
Sturdy little D! Bright-eyed V! Welcome to your garden!(TT 638)
          A   E
          M
</pre>

Barth가 이처럼 추구하는 거울단계는 자아의 증폭작용이 이루어지는 단계로서 "Echo"에서 가장 잘 나타나고 있다(*LF* 95). "Echo"는 녹음기에서 흘러나오는 하나의 소리로서 청중들은 Tiresias, Narcissus, 그리고 Barth 중에서 소리의 주인공이 누구인지 확신할 수 없다. 만약 Echo가 자신의 이야기를 전달해 주기 위하여 또 다른 목소리로 이야기를 들려준다면, 그 이야기는 사랑과 사랑을 통한 불행을, 만약 Narcissus의 이야기를 들려준다면, 자아 사랑과 그 불행을, 그리고 Barth의 이야기를 들려준다면, Tiresias와 Narcissus을 제시해 주고 있기 때문에 Echo의 관점은 서로 공존하는 상황을 전달해 준다고 볼 수 있다. Echo는 스토리텔링의 방법을 배우게 되지만 이미 알려진 이야기를 어떻게 새롭고 신선한 합리적인 방법으로 전달할 수 있을까 하는 문제에 봉착하게 된다. Echo의 딜레마는 모든 스토리텔러들의 딜레마와 같은 상황으로 볼 수 있으며 Echo로 하여금 다른 사람들의 소리만을 흉내낼 수 있도록 고정시켜 놓은 기본적인 내러티브의 상황을 극복해 보려는 Barth의 작가적 고뇌에 Echo는 새로운 내러티브 전략으로 등장한다.

거울의 단계는 사실상 언어 이전의 단계이며 자아의 통일성은 이 같은 언어 이전의 상태에서 얻어진 허구적인 이상으로서 자아의 통일성을 추구한다고 볼 수 있다. 따라서 Barth가 주장하는 통일된 자아는 하나의 신화이며 "신화는 리얼리티가 될 수 없다"라고 주장하기 때문에(*CH* 106) 자아가 성장하면서 세상의 객체들인 타자와 자신을 동일시하는 능력의 근간이 되기도 한다. 그러나 자아는 허구이며 신화이기 때문에 상상적 관계에서는 쾌락원칙이 작용한다.

Barth의 쾌락원리는 "이성 접촉보다는 동성접촉이 더 편리하고 효과적이다"(I find it useful and convenient in their cases to suggest homosexual affairs rather than heterosexual ones.)라는 "성적 치료법"(sexual therapy)(*ER* 331)으로 제시된다. 그러나 쾌락원칙에 의해서 운용되는 상상계는 타자와의

차이에 의하여 운영되는 상징계로 넘어가게 한다. 상상계 다음에 오는 상징계는 Freud가 말하는 Oedipus 단계(oedipus phase)이며 상징계는 아버지의 이름으로 운영되는 남근중심적 체계(phallocentric system)라고 할 수 있다.

여기서 남근은 단지 생물학적으로 말하는 음경(penis)과는 구분되는 개념이며 남근은 단지 언어학적인 표시일 뿐 생물학적인 표시가 아닌 것이다. 남근은 모든 시니피앙으로 하여금 시니피에와 통합성을 유지하도록 하는 특권을 가진 시니피에이다. 따라서 거세 공포는 단지 음경을 제거당할지 모른다는 공포가 아니라 남근중심주의로 대표되는 상징계에서의 권력 상실에 대한 공포가 되기 때문에 사회적 명성의 박탈이나 공포를 상징한다. 그러므로 상징계는 상징적으로 남근과 진리인 로고스가 지배하는 로고센트리즘의 세계라고 할 수 있다.

사실상 남근과 로고스는 같은 위치에 존재하는 것이라 할 수 있으며 남근은 표시가 있는 특권이 부여된 시니피앙으로서 로고스의 역할은 욕망의 출현과 연결돼 있다. 남근과 로고스가 동일시되는 경우 남근중심주의는 남근로고스중심주의가 된다. Terry Eagleton은 남근로고스중심주의를 "성적인 권력과 사회적인 권력을 행사하는 자들이 그들의 권력을 꼭 쥐고 있는" 제도라고 정의하면서, 이를 "수컷들이 꺼떡대는 것"(cocksureness)이라고 비판한다(Eagleton 189).

Barth가 표적으로 삼고 있는 이 수컷들은 *CH*의 "Dunyazadiad"에서 그 특성이 가장 잘 표현되고 있다. Sherry와 Doony를 괴롭힌 Shahryar와 그의 동생 Shah Zaman은 처녀성을 짓밟고 살해하는 남근로고스중심주의의 대부격이라 할 수 있다. 사랑의 관계를 내러티브 기법의 관계로 파악하고 있는 Barth는 Sherry와 Doony에 의한 살인음모 계획을 포기하게 하며 양성적이며 초월적인 공존의 공간을 만들어 준다. 이러한 남근로고스중심주의의 해체 현상은 Barth가 주장하는 쌍둥이 시스템에서 가장 잘 나타나고 있다.

남근과 로고스가 지배하는 남근 로고스중심적 상징계의 특징은 역설적이게도 재현이 불가능하다고 말할 수 있다. 이는 욕망의 주체로서의 언술행위의 주체와 언어라는 체계에서의 언술의 주체가 괴리되어 있기 때문이다. 이는 곧 말하는 행위가 곧 존재의 결핍과 소외에 기초하고 있음을 의미한다. 그러므로 인간의 모든 언술행위는 결핍과 소외의 표출이라고 해도 과언은 아니다. 이러한 사실은 언어에서 쓰이는 시니피앙이 시니피에를 지칭한다기보다는 오히려 시니피앙이 시니피에의 불확실성을 보여 주기 때문이다.

Barth가 강조하는 시니피앙에 대한 중요한 관심은 이분법의 해체에서 비롯된다고 볼 수 있다. Barth는 "이야기가 내부에서 상상에 의하여 꾸며질 수 있는가. 만약 가능하다면, 용기와 내용물 사이의 일반적인 관계는 역설적으로 전환시킬 수 있거나 역전될 수 있다"(A story might imaginably be framed from inside, as it were, so that the usual relation between container and contained would be reversed and paradoxically reversible.)(*CH* 24)고 보고 용기와 내용물, 형식과 내용, 기호와 기호대상은 물론 시니피앙과 시니피에는 관계는 "하나도 아니며 둘도 아니다(Lindsay 107)라고 주장한다.

Barth는 *The Anxiety of Influence*의 서문인 "A Meditation upon Priority and a Synopsis"에서 Bloom이 밝히고 있는 강한 시인과 약한 시인의 구분에 관심을 기울인다. 강한 시인은 그가 물려받은 전통과 직면하여 선대 작가의 작품을 오독, 즉 능숙하게 문식(文飾)(masterful troping)을 함으로써 그것을 전복하려는 힘을 가진 작가의 입장과 동일한 존재이다. 또한 "결정적인 비행의 행동을 통하여 아버지에 관하여 다시 써야 한다"(by the crucial act of misprison, which is the rewriting of the father.)(Lodge 247)는 담론은 정자가 "아버지"를 적이나 살인자로 보고 있는 Barth의 담론과 유사성이 있으며 Bloom의 견해가 독특한 것은, 전통적 해석이 후배작가나 선배작가를 차용 내지 동화하는 데 그치고 있다면 Bloom의 모든 텍스트는 그것이 선대작가의 텍스트에 대하여 후대작가가 고의적인 반(反)해석을 할 수 있다는 대립적 비평(antithetical criticism)을 주창한 데 있다. "모든 문학텍스트의 독서 행위는 오독이다"(all readings of literary texts are misreading.)(Jefferson 208)라는 주장은 비평텍스트와 문학텍스트 사이의 분명한 구별이 있을 수 없다는 것이다.

Barth는 선배의 작품 속에서 혹은 자신의 작품 속에서 Nouveau Roman의 테크닉을 통하여 텍스트를 오역한 새로운 목소리를 독자들에게 들려주고 싶어 한다. Barth의 *alter ego*라고 할 수 있는 *The Floating Opera*의 주인공 Todd Andrews, *The End of the Road*의 Jacob Horner, *The Sot-Weed Factor*의 A. B. Cook, *Chimera*의 Jerome Bray가 *LETTERS*에서 비판의 대상이 되고 있으며 Barth 자신은 "Author"의 또 다른 *alter ego*가 되어 주인공들의 담론에 귀를 기울이며 비평가로서 활동한다.

특히 Barth는 Bloom이 제시한 "방어기제"(defence mechanism)에 특별한 관심을 갖고 이를 자신의 내러티브 기법으로 활용하려고 한다. 이 방어기제는 여섯 가지 형식으로 "클리나멘"(Clinamen), "테세라"(Tessera), "케노시스"(Kenosis), "디모니제이션"(Demonization), "아스케시스"(Askesis), "아포프라데스"(Apophrades)로써 Bloom은 이 여섯 가지 왜곡과정을 수정률(revisionary ratio)이라고 이름 짓고 있다(Bloom 22-37). 이러한 수정률을 통해 Barth가 내린 결론은 텍스트 자체를 인식할 수 없고, 모든 해석은 "필연적 비행"(a necessary misprision)이며, 모든 독서는 비행 또는 오독이라는 것이다. 모든 독서는 오독이며 잘못된 해석이라고 공감하고, 중심이나 기원, 전통을 인정하지 않는 점에서 Bloom의 의견과 일치한다.

포스트구조주의의 중요한 흐름은 욕망의 가능성과 잠재력을 확인해 보는 과정이라고 볼 수 있다. Deleuze와 Guattari에게서 욕망은 신비한, 분열적인, 그리고 충만한 리비도의 생산력으로 나타난다. 저자들은 Lacan의 상상개념(언어습득이전의 단계)을 이상화하였으며 욕망론을 긍정하여 기호(언어, 구조 그리고 사회)에로의 전이를 손실로 본다. Deleuze와 Guattari가 진실로 중요시한 상태는 정신분열증이었다. 고전적인 정신분석학과 마르크스주의를 공격하면서, 이들은 이른바 "정신분열분석"(schizoanalysis)이라고 부르는 새로운 이론을 발전시킨다.

Foucault는 자신이 주장하는 "광기"를 타자(the other)로 보고 있으며, Derrida는 "치유불가능한 부재"(irremediable absence)로 보고 있다(Boyne 93). 그러나 Deleuze와 Guattari는 광기에 대하여 동정적이다. 그들은 *Anti-Oedipus*에서, 이성과 충동의 사이의 부조화가 현대에 존재한다고 주장한다. 그들은 Lacan의 탈중심화된 주체의 개념을 더욱더 발전시켜 정신분열증이 개인의 경험과 사회적 경험 사이의 분리를 없앨 수 있다고 믿으며 정신분열증환자는 언어와 사물이 하나로서, 즉 말함이 곧 행함을 의미한다는 것이다.

파편화가 인간 조건의 보편적인 현상이지 결코 정신분열증환자에게만 특수한 어떤 것이 아니라고 본다면 Deleuze와 Guattari의 저작은 이분법적 개념, 즉 위계적인 국가와 유목민, 편집증과 정신분열증 등의 구분을 넘어서고 있다. 욕망은 그것이 성취될 수 없다는 점에서 필요와 구분된다고 종종 말해진다. 즉 욕망은 끊임없는 갈망이자 영원한 실패로 점철될 수 있다.

약 2만 5천 개의 이름 없는 정자들이 순수성을 간직한 채 용감하게 소용돌이치며 헤엄쳐 밤바다의 여행을 한 이래로 소멸되어 간다. "사랑! 사랑!" 외치면서 따뜻하고 온화한 "여성해안"(Female Shore)을 수영하면서 즐거운 여행을 떠나지만 "놀람, 의혹, 절망"(*LF* 4)을 경험하는 정자들은 Barth의 "Night-sea Journey" 소설의 등장인물에 비유된다. 그들이 남긴 유산이란 거부와 절망뿐이며 "Lost in the Funhouse"에서 Ambrose는 "처음부터 모든 것이 잘못되었다"(*LF* 88)고 고백하고 있는 것처럼 세상에서 자신들의 위치가 상실되어 길을 잃고 헤매는 방랑적인 삶을 지내다가 결국 사라져 간다고 주장한다.

　Barth의 주인공들은 상상력이 풍부한 기질과 수준 높은 교육을 받은 지성적인 인물들이지만 검증되지 않은 인생은 생존의 가치가 없다는 소크라테스의 교훈과 체계있게 검증된 인생은 결국 보람있는 인생을 살아 갈 수 없다는 Oedipus와의 교훈 사이에서 방황하는 인물들이다. Oedipus처럼 Giles는 "어둠 속에서 눈을 멀게 하는 빛! 대학의 종말! 졸업식!"(in the darkness blinding light! The end of the U! Commencement Day!)(*GGB* 673)만을 의식한다. 한 인간이 소유한 욕망을 보여주는 유일한 목록은 그 인간의 행동이라고 볼 수 있다. 즉 어떤 행동을 했다는 것은 그렇게 행동하고 싶어 했다는 의미가 된다(*ER* 300). Joe와 Rennie 부부, Jake와의 삼각관계 속에서 Joe 부부는 Jake를 저녁식사에 초대하여 Jake의 행동에 대한 분석과 비판을 시도한다. Jake는 "저녁을 먹고 싶지 않은 욕망"(A)과 "우리 부부를 화나게 하고 싶지 않다는 욕망"(B)을 동시에 소유하고 있으며, 후자가 전자보다 강한 욕망이었기 때문에 함께 저녁식사를 하게 된 것이라고 Joe는 주장한다. 두 욕망의 정도가 동일했다면, Morgan은 "우리와 함께 식사하고 싶은 욕망"(C)을 소유하고 있을 것이라는 점이다. 결국 함께 저녁식사를 하게 된 것은 욕망의 표출이 행동으로 나타난 것이며 좋든 싫든 동석할 수밖에 없었다고 변명하지 말라는 것이 Rennie의 주장이다. "우리와 함께 하고 싶지 않다는 욕망"보다 "함께 하고 싶어 하는 욕망"이 더 컸기 때문에 식사를 함께하게 된 것이다. Jake의 행동결과(R)를 등식으로 표현하면 다음과 같다.

$$\text{If, } B > A$$
$$A = B, \ R = C$$
$$A \neq B, \ R > B$$
$$\text{Therefore, } C > A, \ R = C$$
$$R = (+100) + (-99) \ (\textit{ER } 300)$$

결국 C가 행동으로 나타나게 된다.

Barth는 욕망과 행동의 함수관계를 "여자를 보고 음욕을 품은 자마다 이미 간음을 했느니라"(If a man looks on a woman with a lustful eye, he has already committed adultery with her in his heart.)(Matthew 5: 28)와 "욕심이 잉태하면 죄를 낳고 죄가 장성하면 사망을 낳느니라"(lust conceives, and gives birth to sin; and sin full-grown breeds death)(James 1: 15)라고 밝히고 있는 신약성서의 "종교적 내러티브"(*LF* 187)에서 찾고 있다. 문제는 Joe의 충고에도 불구하고 Jake는 "비지향적 테크닉"(non-directive technique)(*ER* 298)의 반응을 보이고 있다는 점이다. 비지향적 테크닉이란 심리학적 용어로써 상대방의 주장에 대한 반론을 제기할 수 없을 때, 관념적인 동의 이외에 특별히 말을 하고 싶지 않은 상황이 발생할 수 있는데 이때 "아", "네", "그래요?", "으흠" 등으로 반응함으로써 상대방으로 하여금 마음껏 이야기하도록 내버려두는 상황적 테크닉을 말한다. 따라서 비지향적 테크닉은 Barth의 "blank system"의 기능과 일치한다고 볼 수 있다. 사랑은 Barth 텍스트의 욕망이며 만약 텍스트가 그 사랑을 성취할 수 없다면, 그 텍스트는 사랑을 위한 보다 많은 공간을 창조해 내려고 노력하게 될 것이다.

Deleuze와 Guattari는 Freud와 마르크스에서 유래된 세 개념, "욕망", "생산", "기계"를 새로운 관념-"우리는 욕망하는 기계이다"-으로 결합시킨다(Adam & Searle 284, 285-307). 이들은 욕망의 외적 언어적 현현을 "델리르"(délire: 정신착란, 광란, 헛소리, 흥분)라고 부른다. 델리르는 욕망의 기계가 낳은 산물이며 *Anti-Oedipus*는 델리르의 집단성과 사회성을 강조한다. 현재의 지배적인 경향은 델리르에 대한 사유화 경향이다. 이러한 경향에 반대하여 Deleuze와 Guattari는 "개인적인 것은 사회적이다"라고 하는 1970년대 프랑스 좌파들이 외쳤던 구호 중의 하나를 암묵적으로 채택한다. 개성과 사회성, 개인과 집단 사이의 구별은 중요한 문제가 아니다. 정치적인 영역과 심리적인 영역은 같은 형식의 에너지, 즉 리비도로 가득 차 있는데, 그것은 정치적인 면(계급투쟁)뿐만 아니라 개인적(델리르)인 면에도 영향을 미친다. 리비도와 정치는 상호 침투적이라고 할 수 있다(Adam & Searle *289*).

Barth의 9번째 *The Tidewater Tales*는 자신의 새로운 전략인 "지극히 비정치적인 것이 가장 정치적이다"라는 명제에 대한 텍스트라고 볼 수 있는데 이 작품은 분명하게 정치적인 것을 탈정치화시키는 것과 비정치적인 것을 정치화시키는 것으로 구성되어 있다(Lindsay 69).

*Sabbatical*에서 Barth가 자신의 작품구성 방법으로 활용하고 있는 가족연애소설 형식은 Freud적인 "가족연애소설"(family romance)의 범위에서 비정상인이 지니고 있는 복잡한 삶이 "다시 쓰여 질" 때 나타난 것으로 그들은 해석의 이름으로 현실을 한계 지우고 빈곤화시키는 모든 환원주의적인 시도를 공격한다. 복잡한 현실은 해석되어진 것의 "의미"로서 주어진 "지배적인 부호체계" 혹은 "지배설화"(master narrative)로 늘 재구성되었으며 마르크스주의 역시 일종의 "지배적인 부호체계"일 따름이다. 목적론적인 마르크스주의에는 "지배설화"로서 역사에 대한 신의(神意)적인 혹은 구원론적인 해설이 있을 수 있다(Adam & Searle 296).

그러나 Barth는 마르크스주의와 자본주의에 대한 비평에서 자본주의 수탈자로서 인간은 구원할 가치가 없으며 일단 정상을 차지하면 자본가는 자연의 동물과는 다른 신사적인 짐승으로 볼 수 있지만 더 악랄하다고 주장한다. 또한 "마르크스주의는 인류의 아편이다"라고 비판하면서 다음과 같이 주장 한다:

It was the "inner harmony" of the "whole man that mattered.
The real revolution must be in the soul and spirit of the

individual, and collective materialistic enthusiasms only distracted one from the disorder of his own soul."(*FO* 23-24)

이러한 Barth의 주장은 어떤 의미에서 Deleuze와 Guattari가 모든 설명과 해석을 Nietzsche적인 권력에 의한 의지의 표현이라고 생각하고 마르크스주의를 '초월적'인 해석으로 보는 입장과 일치한다고 볼 수 있다. "초월적 해석"이란 그 의미가 텍스트 밖으로, 즉 텍스트의 외재적인 규범으로 나아간다는 의미에서 초월적이며 이러한 초월적인 해석개념에 반대해서 Barth는 "내재적 해석"(immanent interpretation), 즉 내적인 규범과 가치, 그리고 있는 그대로의 복합적인 현실을 중요시하는 분석양식을 내세운다. Barth는 Deleuze가 주장한 유목론(nomadologie)에 공감한다. 따라서 Barth는 속령화된 삶으로부터 끊임없는 탈주, 외디푸스적인 "아버지–어머니–나"라는 삼중단계(Adam & Searle 296)로부터의 탈주로 이루어지는 집시적 삶, 복수성의 추구, "리조옴"(Rhizome)같은 삶을 지향한다.

Barth는 *The End of the Road* 7장에서 Freud의 "성의 무희"(the dance of sex)를 제시하면서 이 세계의 모든 역사와 신파극 등 갖가지 짜릿한 서커스는 한갓 화려한 교미의 무도에 지나지 않으며 Hitler가 유태인을 대량 학살한 것, 대기업가가 공화당에 투표하는 일, 조타수가 배를 모는 일, 부인들이 브리지 게임을 즐기는 일, 여학생들이 문법을, 남학생들이 공학을 연구하는 것 등은 모두가 "절대적 생식기의 요구"(behest of the Absolute Genital)에 의한 것이라고 주장한다.

모든 요소를 하나로 통일시키고자 할 때, 인류의 유일한 동경, 즉 가엾기 짝이 없는 교접(coitus)때문에 도시가 번성했으며 수도원이 세워졌고 문장이나 시가 쓰여 졌으며 육상경기가 시작되고 전쟁에서 전략이 수립되었으며 형이상학이나 수중재배법이 제시되었고 노동조합, 대학 등의 교육기관이 설립되었다고 Barth는 주장하면서 세계의 생성은 곧 성적 욕망에 기인한 것으로 이것을 주장하는 것만큼 즐겁고 신나는 일이 어디 있겠느냐고 그는 반문한다(*ER* 341).

Barth의 욕망에 의한 세계와 우주, 역사의 발전해석개념은 Foucault의 '광기의 역사'나 *Anti-Oedipus*에서 주장하는 Deleuze와 Guattari의 욕망해석개념과 일치한다고 볼 수 있다. 포스트구조주의에 대한 Barth의 입장은 일차적으로 "저자리얼리티"(authoreality)에 대한 통찰에서 비롯되었으며 저자리얼리티와 텍스트의 즐거움에 관한 포스트구조주의에 대하여 실제적으로 저항과 공감을 동시에 나타내 주고 있다.

Huyssen은 *After the Great Divide*에서 포스트구조주의는 기본적으로 모더니즘에 대한 담론이며 포스트모더니즘과의 사이에서도 중복된 부분이 있다고 주장한다(207). 아울러 포스트구조주의는 마치 수도관처럼 모더니즘과 포스트모더니즘을 연결시켜 줌으로써 변화를 취한 도구가 될 수 있으며 "저자의 죽음"에 대한 관점은 T. S. Eliot의 "비개성"(impersonality)적 모더니즘 해석개념과 큰 차이가 없다고 볼 수 있다(Lindsay 136).

Barth는 독자들에게 텍스트의 즐거움을 주기 위하여 *Sabbatical*와 같은 작품에서 그 즐거움을 구체화시키고 있지만 작가성의 해석개념에 기초를 두고 무한히 시니피에에 대한 욕망에서 쓰여 지고 있는 모더니즘 텍스트들을 지양하고 오히려 시니피앙에 대한 욕망에 그 기초를 둔 작가성에 더 초점을 맞추고 있다. 포스트구조주의를 가장 잘 대변해 주고 있는 *Lost in the Funhouse*는 되풀이되는 "빈 공간을 채우라"(102)는 이야기처럼 대중성과 평이성이 그리고 독자성을 강조하는 엘리트주의가 함께 공유하고 있기 때문에 텍스트의 즐거움을 역설적으로 보여주고 있다. 판단을 흐리게 하는 다양한 텍스트의 중복을 통하여 Barth의 리얼리티는 리얼리티 자체가 아니라 텍스트이며 분해하고 용해되는 텍스트라고 볼 수 있다.

3. 작품의 형식과 구조

Barth 자신의 서사기법은 철저하게 대비적 중립성을 추구하여 "비지향성 테크닉"(non-directive technique)(*ER* 298)을 추구하는 심리학, 유쾌한 니힐리즘을 지향하는 윤리학, 새디즘과 매저키즘을 연합시킨 새도매저키즘, 긴장과 갈등이 없는 삼각관계의 구조조정, 상대적 절대성과 양면 가치적 역설, 주역과 조역의 반전, both/and(and/or 시스템; *LF* 124)의 미학적 구도, 음성의 굴절현상 등 대비적 완성을 지향한다. 특히 *The End of the Road*의 마지막 어휘인 "Terminal"은 "알파와 오메가요 처음과 끝이라"(the Alpha and the Omega, the Beginning and the End)(Revelation 21: 6)라는 성서의 창조와 종말의 상호보완적 관계성과 그리고 시간과 공간의 중립지대를 나타내 준다고 할 수 있다.

Barth가 자신의 작품구조에서 전환을 통한 부분은 전체를, 전체는 부분을 의미하는 제유법(synecdoche)을 전략으로 사용하고 있는데 상호공존과 반전의 혼합을 나타내며 환상과 실체 사이의 모호한 경계선은 곧 리얼리티의 상실을 의미하려는 목적으로 사용하고 있다. Barth는 *Floating Opera*에서 인생을 선상 악극단에서 공연되는 오페라에 비유하면서 배가 접근할 때 극의 일부를 관람할 수 있지만 배는 떠나고 나면 극의 내용을 이해하기란 불가능한 것이라고 말할 때 이러한 Barth의 존재론적 입장은 두 잘못의 바탕을 이루고 있다. 특히 *The End of the Road*에서 등장인물이 실제 인물이라기보다는 단순히 관념과 배역의 축조물로 느낄 수가 있기 때문에 인생을 포착 불가능한 연결되지 않는 파편으로 보려는 Barth의 존재론적 태도에 대하여 독자는 새로운 글쓰기를 주창하는 새로운 작가의식으로 인식해야 할 것이다.

식민지 Maryland에 관한 Barth의 역사소설인 *Sot-Weed*

*Factor*는 황무지였던 미국에 대하여 본질적으로 자유분방한 유희 속에서 모든 호전적인 경향과 갈등적 충동을 부여하기 위한 가능성을 제시한다. 모든 부분들을 유희화함으로써 문명에 대항하는 공격에도 균형이 이루어져야 한다. 돈을 벌기 위하여 부친에 의하여 신세계에 오게 된 주인공 Eben Cooke는 새로운 문명의 화려한 업적을 칭송하면서 Maryland의 계관시인이 되려고 결심한다. 그러나 그는 활동범위가 지나치게 제한적이기 때문에 자신이 품고 있는 욕망과는 달리 해적 그리고 매춘의 야만적 쾌락의 모습만을 관찰할 뿐이다. 소설의 다른 시대적 상황 속에서 해적, 인디언, 그리고 영국의 군주로서 역할을 담당하고 있는 과거의 지도교수는 모든 사람들의 희망이 성취될 수 있는 다양성의 키를 쥐고 있다. 이 소설에서 Barth는 모든 갈등을 해소하며 치유시킬 수 있는 방법을 추구하고 있다. 그가 미국의 다양성을 높이 평가하는 것은 추상파 조각에서 금속 조각을 매달아 운동을 나타내는 "이동예술"(mobile art)이 발견한 추상파 테크닉에 감명을 받았기 때문이다.

Malcolm Bradbury는 Barth의 *The Sot-Weed Factor*야말로 많은 현대소설 가운데 가장 우수한 혼성모방(pastiche)의 실험소설이며 Maryland지방의 "의사역사"(pseudo-history)에 관한 뛰어난 작품이라고 평가한다(*Bradbury* 180). Peter Brooks는 *The Sot-Weed Factor*가 Fielding의 18세기 소설의 플롯을 정교하게 패러디시킴으로써 플롯 속에 음모나 책략을 포함시켜 서사적 모험에 대한 욕망의 패러다임과 그 성취 의미체계를 새로운 기법으로 보여줌으로써 최대한 과거의 장르들을 차용하는 패스티쉬 기법을 훌륭하게 성취시킨 작품이라고 평가한다.

Barth 자신은 *The Sot-Weed Factor*에 대하여 피카레스크 소설을 풍자하고 패러디시킨 소설이라고 주장한다(Kent 105-6).

Robinson Crusoe 혹은 메타픽션의 자아반영적 특징은 작가들의 부단한 자기 성찰과 반성일 뿐 결코 현실 상황으로부터의 단순한 도피가 아니고 기존의 체계와 관습에 도전하는 참신한

64

저항정신이라는 것이다. 또한 메타픽션 용어에 대해 스스로의 소설쓰기의 과정을 조사하는 형태소설과 예전 소설들의 형태에 대해 언급하는 형태의 소설로 *The Sot-Weed Factor*는 어떤 교훈적 의도가 없이 예전 작품들의 형태나 스타일을 유지한 채 다른 주제나 내용으로 예전 작품들을 조롱하는 패러디와 불가분의 관계가 있다고 할 수 있다. 따라서 패러디는 곧 새로운 창작으로 새로운 시대를 위한 새로운 가능성의 탐색이라 할 수 있으며, 단순히 대중소설의 형태를 차용하는 데 그치지 않고 예전의 작품들을 패러디함으로써 기존의 사상과 관습, 질서를 교란시키는 메타픽션과의 관계는 필요충분조건이 될 수 있는 것이다.

Ruthrof는 "패러디는 언제나 주어진 구조를 변형하는 예술구조이다"(Parody is always an artistic structure distorting a given structure ……)라고 말하면서 구조 층에 따라, 인쇄(소리)의 패러디, 언어구성의 패러디, 재현되는 세계의 패러디, 제시 과정의 패러디, 고급 해석적 추상의 패러디를 들고 있다 (Ruthrof 140-57). 물론 패러디의 종류에는 형식 패러디와 내용 패러디로 분류되기도 한다.

Barth는 두 가지 방향에서 자신의 작품 속에 전통적인 내러티브를 탈피하고 있다. 우선 작가는 다른 등장인물 속에서 어느 한 등장인물이 되어야 하며 허구성보다 더욱 중요한 것은 패러디를 통하여 독자들에게 가까이 다가가는 것이다. 그리고 한 주제로서 메타픽션은 그 자체 허구성이 존재하기 때문에 작가는 내러티브를 창작하기보다는 오히려 반영시키는 역할과 내러티브 혹은 플롯은 객관적으로 그 자체를 창조해 내야 한다는 것이다.

Borges의 "도서관 이론"(Library Theory)과 상통하는 상호텍스트성은 Bakhtin이 이론화하여 쥬리아 크리스티바와 쿨러가 포스트모더니즘 소설에 본격적으로 도입한 것으로 텍스트 상호간에 존재해 있는 유기적 관련성을 가리키는 용어이다. 여기에는

Derrida의 범텍스트성, 쥬네트의 교차텍스트성, 크리스티바의 전위텍스트성 등이 다양하게 표현되고 있다.

크리스티바는 모든 텍스트가 다른 텍스트를 인용, 흡수, 변형한 상호텍스트인 이상 그 어떤 텍스트도 독창성이나 창조성을 주장할 수 없는 혼성물이며, 상호텍스트성은 곧 포스트모더니즘의 패스티쉬 기법에 기초한 심미적 범주 안에 존재할 뿐이라는 것이다. 크리스티바에 의하면, 모든 텍스트는 마치 모자이크 같아서 여러 인용문들로 구성되어 다른 텍스트들을 흡수하고 그것들을 변형시킨 것에 지나지 않는다는 것이다. 텍스트의 수직적 관계를 가리키기 위하여 상호텍스트성이라는 용어를 사용했던 크리스티바의 주장은 러시아의 문학비평가인 M. M. Bakhtin의 "대화주의"와 밀접한 관계가 있다. Bakhtin은 *The Dialogic Imagination*(1981)에서 담론 사이의 경계는 유동적이며, 모호하고 종종 고의적으로 왜곡 내지는 혼돈될 수 있기 때문에 "어떤 텍스트들의 형식들은 타자의 텍스트에서 마치 모자이크처럼 형성될 뿐이다"(Certain types of texts were constructed like mosaics out of texts of others.)(69)라고 주장한다.

Bakhtin의 대화주의 이론에서 두 개 이상의 언어가 동시에 공존하는 "다어성"(polyglossia)(61)과 하나의 담론에서 언어의 상호작용을 가리키는 "이어성"(heteroglossia)(263)의 현상은 본질적으로 포스트모더니즘의 다원성과 상대성, 불확정성과 비종결성에 의해 특정지워 진다고 볼 수 있다. 모자이크에 의한 비유는 Derrida의 "접목"(grafting) 해석개념과 관련지을 수 있다.

포스트모더니즘이론 정립에 기여한 Hassan은 상호텍스트성의 해석개념을 몽타쥬 기법으로 언급하면서 "인용"하지 않고서는 대답할 수 없다고 주장한다(Hassan 132). 물론 단순한 흡수 내지는 동화와 같은 인용이 아님을 밝혀 둘 필요가 있겠다. 상호텍스트성에서의 인용은 근거를 분명히 지적할 수 있는 어떤 텍스트들로부터의 인용이 아니라 그 이름을 알 수 없고, 근거를 발견할 수 없는 무명의 인용, 아무도 기원을 찾을 수 없는 무한한 담론의 창고 속에 널려 있는 부호들, 인용하면서도 인용임을 의식하지 못하는 인용들이다.

상호텍스트성은 넓은 의미로 볼 때, 의미화, 기호체계와 다른 지식의 총합, 즉 텍스트의 의미를 갖게 해주는 부호체계들과 의미화 과정의 무한한 그물망 사이의 관계를 지칭한다. 그 관계 속에서 여러 가지 의미론적인 혼합이 일어나거나 또 다른 한 의미의 체계로 전환이 가능하게 된다. 이 같은 상호텍스트성은 주체의 통일성과 정체성에 대한 도전이며 기원, 독창성, 창조성을 거부, 저자의 죽음과 권위를 인정하지 않는 로고센트리즘을 파괴하고 있다. 이 같은 상호텍스트성에 대하여 "텍스트의 상호적 관계는 결코 순수문학이 아니다"(Lodge 407)라고 혹평하고 있다.

Barth가 자신의 내러티브 기법으로 활용하는 포스트모던 기법 중 하나인 패스티쉬는 Barth의 작품에서 작품구성의 중요한 요소로 등장한다. Barth의 *The Sot-Weed Factor*는 과거의 문화적 기법과 내용들을 차용하여 해체시키고 난 후 다시 그것들을 재배치하는 동시에 지속적으로 현대의 리얼리티를 독자들에게 상기시켜주고 있다. 작가로서의 이 같은 전략은 마치 형이상학파 시인들이 언어와 이미지를 왜곡시켜 표현하는 방법과 유사하다. 이러한 포스트 모던픽션은 "파편들의 종합을 지양하는 전체성"(a totality that is less than the sum of its part)을 생성시키는 것으로 포스트모던 소설에서 일반적으로 등장하는 해체, 조합, 돌연변이, 방언 등의 파편성의 기교적 전체성과는 다른 모습을 나타내고 있다(Hassan 91).

Barth의 소설들은 구성전략으로 패러디를 추구하는 것보다는 패스티쉬 기법에 더욱 중점을 두는 것처럼 보인다. 패러디와 다르게 패스티쉬는 어느 특정한 작가나 작품으로부터 그 정보를 차용하지 않으며 그 형식 또한 비판적이거나 풍자적이 아니다. 오히려 한 작가의 다양한 정보로부터 차용된 코믹하고 혼합적인 테

크닉과 그 동기들이라고 볼 수 있다. 패러디처럼 패스티쉬는 "잡
동사니 혹은 조화롭지 못한 소재들의 집합"(a hodgepodge or
incongruous combination of material)이라고 볼 수 있지만 Barth
의 패스티쉬는 리얼리즘의 허구성을 비판하기 위하여 모방하고
있는 정보를 정확하게 밝히면서 모순 속에 내재되어 있는 정도의
차이를 포착하는 데 있다고 본다(Tobin 43).

*Robinson Crusoe*와 *Uncle Tom's Cabin*처럼 거의 자연적이며 탈
형식화된 작품들은 그 텍스트가 문자적으로 전달하고자 하는
의미가 무엇인가를 파악하기보다는 그 이상의 의미, 즉 전자는
자신의 문화적 영역을 구축하려는 인간의 성향을, 후자는 사회
적 반항을 언급하고 있다는 점을 충분히 인식할 수 있다. 그러
나 보다 더 복잡한 문학적 텍스트에서 독자는 텍스트의 문학성
을 이해하기 위하여 복잡하고 세련된 수사학적 장치들을 파악
할 수 있는 능력이 필요하다(Kent 105−06).

Barth는 *The Sot-Weed Factor*에서 무의미한 우주에 대하여 의
미를 부여하려는 모든 인간의 이성적 체계를 거부하며, 역사를
희화화(burlesques)하거나 폭로한다. Barth 소설의 내러티브에서
르네상스와 계몽주의의 경험적 충동에 의하여 고무되었던 추하고
모순된 이미지들이 지배적인 요소로 등장하며 순수하게 "미학적
이며 반로망스적 요소들"(esthetic anti−romance elements)이
지배적인 특징을 나타내고 있다(Damrosch 165).

Kent는 *Interpretation and Genre*에서 혼합장르를 그 정보 차원
에서 분류한다. 혼합 텍스트에서 서로 다른 순수 장르 장치들을
분리시킴으로써 텍스트 안에서 통합적인 발화의 표면적 전경화
에 관한 결정이 도출될 수 있다. 정보와 불확실성의 차원에서
상위 텍스트들은 통합적인 발화의 전경화를 통하여 많은 순수
장르 장치들을 결합시킨 텍스트들이라고 볼 수 있다. *Tristram
Shandy, Moby-Dick*, 그리고 *The Sot-Weed Factor*는 장르로써 해
석하기에 난해한 작품으로 내러티브의 유사성을 찾아볼 수 있다. 다
음의 다이어그램은 이 과정을 예시해 준다.

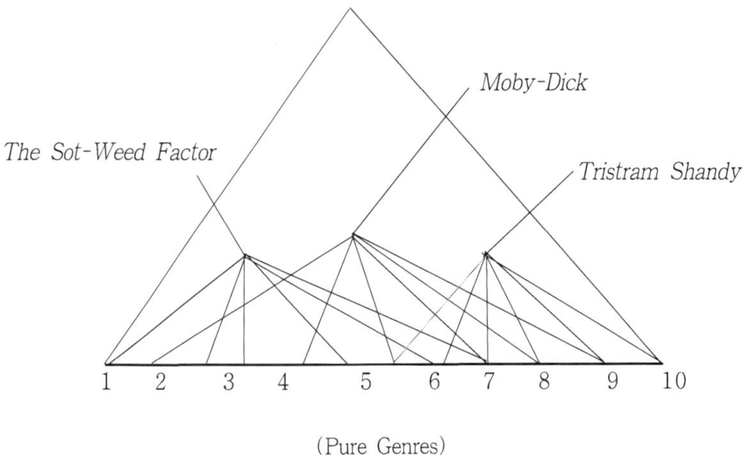

(Pure Genres)

텍스트들이 삼각형의 기저에서 상승해 감에 따라서 많은 순수 장르 범주와 관계를 맺게 된다. 예를 들면 임의적으로 표현할 수 있겠지만 *Tristram Shandy*, *Moby-Dick*, 그리고 *The Sot-Weed Factor* 하나의 지배적인 장르의 기초 위에 다섯 개의 서로 다른 장치들을 결합하고 있지만 동일한 혼합장르로써 분류될 정도로 정보내용 혹은 불확실성 면에서 대단히 그 유사성이 농후하다. 이와 같은 형식의 가장 중요한 특징은 텍스트 내용에 관한 강조가 결여되어 있다는 점이다.

모든 텍스트에는 역사텍스트 혹은 "특수한 텍스트"가 있기 마련이다. 엑스트라 텍스트는 특수한 시대에 텍스트의 의미를 부여해 주는 텍스트 외적 요소로써 "계급 구조적 구성"의 역사를 해설하는 데 도움을 주고 계급구조적인 장르의 주변적 요소가 되기도 한다. 즉, Folk tale, Dime Novel, Sea Story, Myth, Satire, Picaresque 등이 순수장르 속에 포함될 수도 있는 것이다. 19세기 초 지배적 "상위계층"(high-order)이었던 로망스는 19세기 말 하위계층으로 전락하여 더 이상 지배적인 장르가 될 수 없게 되었는데 엑스트라 텍스트가 결코 사라질 수 없는 것처럼 로망스 역시 사라질 수 없다고 본다. Barth는 Fenn과 Susan의 여행을 끝내면서 감상적이거나 개성적인 분위기에 그들을 내몰지 않는다.

> We don't want some tacky roman a clef or half-assed autobiographical romance …… Our story needn't be about us. You and I may not even be in it(romance).(*SA* 356)

Barth의 실험소설은 James W. Tuttleton에 의하면 *The Novel of Manners in America*(1972)에서 "Romance Parody"로 평가되고 있다.

Leopold Damrosch, Jr.는 로망스란 "비극을 굴절시켜 갈망해 왔던 조화를 성취시키는 것"이며, 탈출 혹은 도피의 장치로써 동굴이나 깊은 무저갱의 공간은 재생의 공간으로 알레고리적 의미가 농후하다고 설명한다(259). Northrop Frye는 소설과 로망스를 각각 "지금부터"(hence) 내러티브와 "그리고 그때"(and then) 내러티브로 대비시키고 있으며, 로망스에는 "최후의 안식처로써 영원한 도성"(continuing city as its final resting place)이 존재하지 않는다는 것이다. Richard Chase에 의하면, 로망스는 일종의 "경계픽션"(border fiction)으로써 문명과 야만 사이에 존재하는 중립영역이며, 마음의 상태가 사실적인 것과 상상적인 것이 혼합된 어중간한 상태의 영역이라고 주장한다.

Barth는 *The Sot-Weed Factor*에서 리얼리티를 중시하지 않는 로맨스의 요소들 즉, 신화, 알레고리, 상징 등의 인용을 거의 사용하지 않는다. Bernard Bergonzi에 의하면 *Giles Goat-Boy*는 조잡한 비전제시, 구조의 천박성, 무엇보다도 광적인 반복으로 이루어져 있으며, Barth는 실제적인 상상력이 거의 없는 "끊임없이 분기하는 환상"(an endlessly ramifying fancy)을 지니고 있다고 Barth의 포스트모던 소설을 혹평한다. 그러나 Staven Lonnor는 비현실적인 환상세계에 탐닉하게 되면 "시니피앙의 완전한 해방"(a full liberation of the signifier)을 초래할 수 있다고(181) Barth를 호평하기도 한다.

Barth는 *Giles Goat-Boy*에서 인식론적 질문을 의도적으로 관련시킨 포스트모던 방법론을 보여주고 있는데 혼돈과 소란의 사건들이 동시성의 형태로 결론을 맺고 있다. N. Katherine Hayles는 *Chaos and Order*(1991)에서 이러한 포스트모던 내레이션의 기법을 "pop postmodernism"으로 규정한다.

> It[pop postmodernism] takes for granted-without any of the intellectual accountrements or tacit philosophizings common in less popular and less accessible postmodern texts the machinery or style of discontinuous narration, quick to cut to parallel strands of the story, lacunae, self conscious manipulation of language and punctuation, layers of conflicting interpretations, and more importantly, a distrust of making sense out of the world through the application of system.(Hayles 64)

*Giles Goat-Boy*의 주인공 Giles는 비극적 미로와 같은 현대의 의식 속에서 종종 자신을 상실한 채, 동물적 감각만으로 자신이 마치 그리스도인 것처럼 인류의 구원을 향하여 투쟁한다. Barth는 *The Sot-Weed Factor*를 출판하고 난후에 쓰고 싶어했던 소설로 "새로운 구약성서와 같은 작품", "코믹한 구약성서와 같은 소설"이었다고 자신의 생각을 토로한 적이 있다. Barth의 새로운 전략에 의한 *The Sot-Weed Factor*는 주인공인 Giles의 인생여정을 구약성서에 기록된 인류가 갈망하는 메시아의 도래에 관한 이야기를 패러디한 작품으로 볼 수 있다. 메시아와 같은 역할을 수행하려는 Giles는 부제인 The Revised New Syllabus of George Giles Our Grand Tutor에서 암시해 주는 것처럼 세상을 구원하려는 메시아와 같은 역할을 수행하려고 "Gilesianism"을 조직한다. Barth는 Giles의 생애에 관한 이야기를 Raglan의

22단계 신화적 영웅의 여정과 관련시켜 내러티브의 기본적인 형식으로 도입한다. 이 소설에서 전통적인 리얼리즘의 테크닉을 피하고 싶어했던 Barth의 의도는 장편 코믹소설을 염두에 둔 것으로 볼 수 있다(Morrell 50).

*Giles Goat-Boy*의 등장인물들은 인생의 고통에 대한 해답을 신화와 역사를 통하여 추구한다. *Giles Goat-Boy*는 교육적 경험의 관점에서 인생관을 보여주는 작품이다. 대학 캠퍼스 생활에 대한 풍자로서, *Giles Goat-Boy*는 분열된 캠퍼스를 보여주면서 Dean O'Flunk가 Devil로부터 Studentdom을 구원해 줄 수 있는 메시아적 Grand Tutor를 기다리는 모습을 보여준다. Barth는 신약성서를 패러디하여 Bray의 알레고리적 역할을 제시한다. Bray는 예언자이며 교수인 John the Bursar처럼 세례요한으로, Antigiles처럼 Antichrist로 묘사된다. 또한, 새로운 그리스도가 된 Giles는 Bray를 "my adversary"로 부르고 있다. Bray는 인간에게 악령을 불어넣어 자신을 숭배하도록 강요하며 성전의 주인으로써 신으로 군림한다. 그리고 East Campus와 West Campus로 분열된 세계는 컴퓨터에 의하여 통제된다.

Giles는 Grand Tutorial Ideal, Laboratory Eugenical Specimen의 두 문자이다. 그는 WESCAC컴퓨터와 한 처녀에 의하여 태어났으며 인류에 대한 혐오감을 느낀 한 과학자에 의하여 조정되는 염소들 중의 한 염소로서 성장한다. 그러나 Giles의 진정한 아버지는 컴퓨터인 WESCAC가 아니며 그것은 단순히 수정의 도구로써 의인화된 인간의 비유일 뿐이다. WESCAC에 의하여 사출된 정자가 Virginia Hector에 주입되자 "Son of WESCAC"로 태어나지만(509) Giles는 인간의 아들로 태어난다. Giles를 탄생시킨 정자들은 사춘기와 노년기 사이에 있는 모든 New Tammany 대학에 있는 사람에게서 추출해낸 것이다(*GGB* 321). 그는 무리를 떠나 New Tammany College, West Campus에 도착하여 Revised New Syllabus를 전파하며 자신이 Grand Tutor임을 증명해 보이려 한다.

염소로서 그는 내면적 성찰이나 분명한 책임감도 없이 이기적인 자만심만 내세운 채 자신의 욕심만을 주장한다. Giles는 인간다운 호기심, 인간으로써의 포부, 그리고 사람들을 감동시킬 수 있는 능력을 소유하고 있어서 자신의 불행에 대한 탈출을 추구하는 매저키즘적인 미녀와 함께 컴퓨터의 내부구조 속으로 하강한다. 컴퓨터의 뱃속에서 그들은 서로의 사랑을 나누며 그는 미녀에게서 비이기적인 유순함을, 그녀는 Giles와 함께 있는 즐거움을 찾게 된다.

따라서 공격과 복종에 관한 통제의 추구가 컴퓨터 모니터상에서 종말을 고하며 그들을 인공두뇌형을 형성하게 된다(*Bradbury* 180). Barth는 우주와 대학 사이의 유추관계가 오랫동안 검토, 분석된 이 장편소설에서 서로의 존재방식에 대하여 컴퓨터화된, 즉 통제되고 비감성적인 방법을 채택함으로써 공격과 고통에 대한 균형과 검색을 주장한다. Barth는 *The Sot-Weed Factor*와 *Giles Goat-Boy*는 "저자"(Author)의 역할을 흉내내는 저자에 의하여 소설의 형식을 모방한 새로운 기법의 소설들이라고 설명한다(*FB* 72).

Barth가 자신의 기법으로 부각시키고 있는 미로시스템은 구조의 부재현상이 발생했을 때, 메타픽션이 자주 활용하는 은유 중의 하나이다. 미로시스템은 전통적으로 플롯이 직선의 기능을 지니고 있지만 이 직선을 단절시키는 미로의 교차 및 재교차적 기능 때문에 직선의 붕괴를 나타내 준다. 또한 미로는 선형적 계보학의 직관적 서구식 해석개념을 모호하게 만든다. 미로의 활동은 기억과 기원을 차단하는 무한한 반복 혹은 재추적을 지향한다. 그리고 Barth는 메타픽션이 분명하게 리얼리티를 왜곡시킨 픽션의 환유적 양식으로 구성된 미로를 추구한다. 아울러 시간, 소리, 인과관계, 상징, 종결의 차원으로 확대될 때 미로의 관련성은 지수적으로 증폭되기도 한다.

Lorenz가 내세우는 "낯선 어트랙터"(strange attractor)(Ott 10-14)는 유한한 공간 속에서 무한한 통로를 보여주고 있는데 이것은 "이상적으로 선택의 모든 가능성들이 구현되는 하나의 장소"(a place in which, ideally, all the possibilies of choice)와 심장에 다다르기 전에 모든 선택의 가능성들이 고갈될 수밖에 없는 장소로서 Barth가 해석하는 미로와 유사하다 ("Literature of Exhaustion" 34). Barth의 단편 *Lost in the Funhouse*의 주인공 Ambrose는 사면초가의 상황 속에서 플롯이 의미있는 단계에 의하여 소생되는 것이 아니라 일탈, 퇴행, 주저, 한숨, 붕괴, 소멸의 방법에 의해 스스로 결론에 이르는 것이라고 개탄하면서 상당히 많은 가능성들을 인식한다.

Barth의 미로시스템은 "거울집의 위장 속에"(in the guise of a house of mirrors) 존재하기 때문에 만약 리얼리티에서 비롯되는 픽션의 직선이 필연적으로 단절된다면, 결과적으로 수반되는 자아반영성이 미로시스템에 내포된다. 메타픽션에서 자아반영성은 픽션으로 하여금 리얼리티로 위장된 비밀구조들을 드러내기 위한 욕망의 산물이라 할 수 있다. 자아반영성은 환상을 조작하고 그 기법을 표출시키는 동시적 과정 속에서 이루어지며 창조와 해체의 지속적인 시스템이 된다.

Barth의 미로 시스템은 Deleuze의 기본적인 유랑적 사상과 밀접한 관련성이 있다. 특히 "리조옴"(rhizome)시스템은 여기저기로 분산되어 복잡하게 얽혀 있는 밑뿌리의 구조로써 리조계열, 즉 "리조계열＝정신분열증분석＝성층분석＝사실주의＝미시정치학"의 구조로써 노마드적인, 리조옴적인 글쓰기의 모델이 존재한다. 소설과 미로시스템은 하나이며 동일한 것으로 인생을 미로의 가능성으로 할 수 있다.

텍스트 속에 내포된 두 가지 기본적인 비결정의 구조인 공백과 부정을 가장 잘 보여 주고 있는 *Lost in the Funhouse*는 저자와 텍스트, 텍스트와 독자 사이의 관계성을 분석하는 넌픽션이라고 볼 수 있다. 19세기 소설에서 등장하는 고유명사들을 이니셜과 blank system을 통하여 대체시키고 있지만 대체되는 주인공이 누구인지 알 수 없게 되어 있다(69). 또한 행과 행 사이에서, 문장과 문장 사이에서 빈 공간을 부여하여 채우게 하는 많은 공백들, 인용부호를 통한 공백(" ' " ' " " ' " ' " ' ")(153), 괄호와 인용부호를 통한 공백((' '))(139), 결론과 종결을 유보함으로써 "열린 결말을 유도하는 공백(Let the end be blank)"(103), 질문에 대한 대답을 유보하는 공백 등 Barth의 blank system이 추구하는 것은 독자로 하여금 스스로 창작에 참여케 하여 "리얼리티의 환상을 증폭시키는 것"(68)을 목적으로 한다. Barth는 고갈된 빈 공간을 채우는 것이 인생의 스토리라는 것을 다음과 같이 지적한다.

> The story of our life. This is the final test. Try to fill the blank. Only hope is to fill the blank. Efface what can't be faced or else fill the blank. With words or more words, otherwise I'll fill in the blank with this noun here my prepositional object.(*LF* 102)

포스트모던 소설에 등장하는 새로운 기법인 뫼비우스띠(Moebius Strip)는 Figure 1에서 제시해주고 있는 것처럼 원을 형성하기 위하여 절반을 비틀어 양쪽 끝을 붙여 밴드처럼 만들어 언제나 양면이 표면이 되게 하는 구조로서(*LF* 1-2) 이 단일한 표면 위에서 전환, 치환, 방향전환의 형식을 나타낸다. 변형의 띠가 지니고 있는 이상적인 기능은 안과 밖, 중심과 주변이 하나로 전환되어 계보학적인 순서가 분리되면서 논리적 사고의 선택(either/or)을 가능하게 해 준다. 변형에 의하여 도형의 불변을 증명하는 이 물리학적 곡면은 상징체계에 있어 물질의 본질과 외피, 사물의 진실과 거짓을 순환하는 일종의 알레고리라 할 수 있으며 공간뿐만이 아니라 시간 속에서도 형성된다. 즉 텍스트의 과거를 변형시켜 미래 속으로, 전환시키는 시간을 비틀어 재해석의 폭을 넓혀준다. 이 구조는 "blank system"과 마찬가지로 포스트모더니즘의 특징 가운데 하나인 비결정성의 현상에서 비롯된 것이라고 볼 수 있다.

Barth는 *Chimera*에서 작품구성의 새로운 전략으로 "차연"의 해석개념을 은유의 연계사에 도입하여 신화와 리얼리티를 뫼비우스 띠에 부여하며 동시에 나선형의 구조를 이중적으로 제기하는 방법을 활용한다. Barth가 새롭게 활용하는 뫼비우스띠는 픽션의 구조적 측면에서 시각적 세계의 자질이 아니라 언어의 자질을 위한 공간적, 인지적 이미지라고 볼 수 있다. 어휘와 플롯이 고갈된 작가들은 Barth가 *Chimera*에서 보여주고 있는 것처럼 세 개의 "노벨라"(28)를 원하고 있다. 이러한 "노벨라는 너무 길어서 단편소설만큼 팔리지 않고 다른 한편으로는 너무 짧아서 한 권의 책만큼 팔리지 않는 산문형식의 픽션이다"(novella is that form of prose fiction too long to sell as a short story and too short to sell as a book.)(*L* 652)라고 정의할 수도 있다. 노벨라를 문학의 장르측면에서 보면 Dunyazadiad, Perseid, Bellerophoniad는 형식면과 주제 면에서 관련성을 맺고 있어서 Barth는 이 소설을 "비요약 시스템"(a nonsummative system)(*FB* 169)이라고 부른다.

Barth는 노벨라가 과거에는 대중성이 있는 문학적 장르였으나 현대에 와서는 그렇지 못한 것 같고 그 시장성은 단편소설보다도 더 못하다고 생각한다. 이와 같은 주장은 이미 *The Friday Book*보다 앞서 출판된 *LETTERS*의 Ambrose Mensch가 Author에게 보낸 편지에서 Perseus / Medusa 스토리와 Bellerophon / Chimera의 스토리를 노벨라로 규정하고 있는 데서 나타나고 있다. 그러나 Barth가 이 같은 불안한 시스템을 자신의 작품구성의 새로운 방법으로 활용하는 것은 Fibonacci Numbers라고 불리어지는 일련의 수의 체제에서 표현되고 있는 고전적인 "황금비율"(Golden Ratio)인 "*phi*"에 그 근거를 두고 있는 것처럼 보이는데(*CH* 256) Phi-point는 보통 여성의 배꼽의 높이를 가리키는 것이다.

Barth는 *Chimera*에서 등장시킨 제 2의 Bellerophon인 Bray를

통해 컴퓨터를 사용하는 표절 전문가들의 작품 속에 나타난 패러디를 개작, 수정하면서 -"novels which mimic the form of the novel, by an author who mimics the role of Reset"-가 설적 허구가 아닌 "완벽한 소설, 최후의 소설"을 쓰려는 전략을 계획한다.

그는 현존하는 소설의 잔해를 분석하고, 수학적 양식인 "황금 삼각비"(Golden-Triangular Freitag)(*CH* 251)를 이용하여 주제, 사건, 대단원의 상대적 비율과 갈등, 절정의 정확한 위치, 플롯을 위한 내부적 관계 등을 정확히 나타낸 *NUMBERS*라는 제목의 소설을 완성한다. 그러나 그는 컴퓨터 바이러스를 제거하지 못함으로써 알파벳이 뒤섞이고 혼란을 일으킴으로써 그의 작품은 실패작이 되고 만다.

"찢겨진 기록이 돌이 될"(*CH* 253) 정도로 충격을 받은 Bray는 소설의 제목을 바꾸어야 하지 않겠는가를 생각해 본다. 그는 *NUMBERS*의 실패를 Merope의 탓으로 돌리면서도 엉망이 된 자신의 기록은 어내그램, 즉 "notes is an anagram for stone"이라는 것이다(*CH* 253). 결국 Bray는 소설의 제목을 혁명적 소설인 *NOTES*로 바꾸어야 한다고 생각한다. 그는 7자의 대문자가 아닌 5자가 적당하다고 생각하는 것이다. "문-수사학적 수해석개념(gematria and notarikon)"으로 볼 때, 새로운 전략을 제시하는 Barth가 사용하고 있는 5의 증후군은 "*Phi-point*"를 의도하는 것이며 Barth는 "NOT의 ES와의 관계는 NOTSE가 NOT와의 관계와 같다."(*CH* 255)라는 *ANALOGY SYSTEM*을 노벨라시스템으로 변형시키고 있다. Bellerophon과 Pegasus의 스토리인 "Bellerophoniad"는 *Chimera*의 세 번째로서 두 번째인 "Perseid"보다도 더 페이지 수가 많으며 "Perseid"는 Scheherazade의 여동생에 관한 첫 번째 스토리인 "Dunyazadiad"가 결합된 비율은 "Bellerophon-iad"의 페이지 양과 동일하다. 이와 같은 비율을 공식으로 재현하면, A : B=B : C, 즉 A+B=C와 같은 구조가 된다.

Barth는 *LETTERS*의 "The Author to Whom It May concern"에서 역사상 로마가 멸망한 것처럼 미국도 역사 속에서 머지않아 사라지게 될 것이라는 "analogy system"을 보여주고 있다. 이는 "그리스와 로마와의 관계는 로마와 미국과의 관계와 같다(Greece is to Rome as Rome is to the U.S.)."는 등식이 므로 B는 A를 모방한 것이며 C는 B를 패러디한 것으로 "Iliad : Aeneid=Aeneid : Maryland"(*L* 48)처럼 제시하기도 한다. Barth는 영감을 얻기 위하여 원래의 내러티브로 돌아가자는 것이며 세계의 모든 이야기꾼들 중에서 그가 가장 좋아하는 인물은 Schehzadiad라고 주장한다.

*Dunyazadiad*는 온 나라의 아름다운 처녀들의 순결을 짓밟고 살해한 Shah와 그의 동생을 거세하고 살인하자는 계획을 꾸미는 페미니스트인 Sherry와 그녀의 여동생의 이야기로 아주 유쾌한 패러디라고 할 수 있다. 이 소설에서 그들은 *Arabian Night*의 Scheherazade처럼 되기 위하여 그리고 그들이 사랑한 것처럼 사랑하기 위하여 용서하며 과거를 잊으라는 설득을 받는다. Barth는 자신의 전략으로 사랑을 위한 세력으로서 전설적인 여주인공들과 경쟁시킴으로써 전설과 신화의 패러디를 분노와 대항하여 유화시키는 이야기를 하려고 한다.

또한 Barth는 표절전문가들의 작품을 컴퓨터로 검색하여 부적절한 패러디를 개작하는 과업을 시도한다. 이미 발표한 *The End of the Road*에 대하여 *The End of the Road Continued*, *Sot-Weed Factor*에 대하여 *Sot-Weed Redivivus*, *Giles Goat-Boy*에 대하여 *Giles, or The Revised New Revised New Syllabus*라는 새로운 제목을 달고 Barth의 분신인 Bray 자신만이 아는 암호를 통하여 "재조판의 역할을 모방하는 작가에 의하여 소설의 형식을 모방하는 소설들"(novels which mimic the form of the novel, by an author who mimics the role of Reset)(*CH* 250)이란 글쓰기에 대한 모방예술로써 메타픽션적인 현상을 제시하고 있다.

따라서 Barth의 모든 소설은 메타픽션적인 현상들을 반영하고 있다. Barth는 픽션인 *Lost in the Funhouse*의 "Life-Story"에서 "내가 바로 전략이라는 것을 잊지 말아라"(Don't forget I'm an artifice!)는 자아반영적 글쓰기의 선언을 내세우면서 "스스로의 생성과정이라기보다 최소한 공개적으로 무엇인가 모방하는 예술을 선호하지 않는 사람이 누구인가?"라고 반문한다.

소설의 새로운 구성전략을 제시하는 Barth는 포스트모던작가로써 예술과 언어의 재현능력에 대한 불신, 픽션과 리얼리티 사이의 관계에 대한 회의, 창작행위에 대한 극도의 불안으로 인해 자아반영성과 형식의 불확실성을 구현한다. Silvio Gaggi는 Barth가 "감옥의 벽만을 단지 묘사할 뿐 언어의 감옥에 갇혀 있는 내레이터들과 내레이션들을 창조해 내고 있다"(129)고 지적하고 Barth의 메타픽션은 내면 지향적인 내러티브 기법을 활용한다고 평가한다.

Barth는 자신의 작품에서 리얼리티에 의한 미(美)의 배반과 인간의 분노에 의한 상상력의 배반에 대항하는 비유들을 새롭게 사용한다. *Arabian Night*에서 정체성이 결여되어 있는 여주인공들처럼 그가 내세우는 등장인물들은 픽션에 대한 대변자들이다. Barth의 신화치료법에 의하여 진단을 받은 사람들은 오랫동안좌절의 고통을 겪어 오면서 전설 속에 등장하는 주인공들과 연인들의 이미지를 높이 평가하고 있다. Barth가 제시하는 신화요법(mythotheraphy)에는 두 가지 가정을 전제로 한다. 첫째, 인간의 실존은 인간의 본질보다 선행한다는 것. 둘째, 인간에게는 자기본질을 선택하는 자유뿐만이 아니라 변화시키는 자유가 있다는 것이다. 인간의 주역과 조역의 구분은 모순이며 모든 사람들이 자기 인생의 주인공이라는 것이다. 다양한 종류의 배역할당이 신화성립의 가정이며 ego를 강화시키고 보호하기 위하여 의식적이든 무의식적이든 이 과정을 응용하는 방법이 신화요법이 되는 것이다. 이와 같은 과정에서 Barth가 정의하는 소설은 "거짓이 아니라 사람이 살아가는 이야기에 변화를 준 진리의 표현이다."(*ER* 337)라는 것이다.

Barth의 *Chimera*는 가장 대표적인 포스트모더니즘 소설이라고 볼 수 있다. 작품 속에 구현된 작가의 소설기법은 전통적 내러티브를 탈피한 장르확산, 자아반영성, 탈장르화 등 카오스 이론을 구체화시키고 있다. 카오스 이론에서 "유인자"(attractor)는 고정된 상태에 이르는 운동과 끊임없이 자신을 되풀이하는 운동을 나타내는 고정점과 한계 사이클을 나타낸다. 작가는 상상력이 고갈된 내러티브의 위기상황을 "유인자"를 등장시킴으로써 새로운 상상력으로 극복해 나간다. 특히 로렌츠(E. N. Lorenz)의 "나비효과"(Butterfly's Effect)에 등장하는 유인자는 Chaos Theory에 근거한 소설들의 외형적 구조의 특징과 소설의 내면적 구조를 해석하는 데 중요한 요소가 된다. 혼돈 속에 내재한 질서와 균형, 조화와 공존의 이상을 "보물에 이르는 열쇠"(the key to the treasure)(*CH* 56)를 통하여 완전히 석화(石化)된 상상력을 성화(星化)된 상상력으로 승화시키고 있다.

이미 고갈된 리얼리티를 새로운 전략으로 탐색하려고 고전신화를 재구성하고 있는 Barth는 역사의 변증법적 순환을 인식하면서 로고센트리즘과 종교를 부정하고 있다. 그는 역사를 하나의 코드(code)로 규정하고 비극적 관점에 의하여 불완전하게 재생시킬 수 있는 재난의 연속으로 해석한다(*L* 94). 아울러 Barth는 문자의 배열과 빈 공간 심지어 자신의 이름까지도 단지 "글자의 덩어리"(a jumble of letters)로 인식하여 모든 소설 형식을 잃어버린 열쇠에 대한 코드에 비유한다(*CH* 11).

Barth는 자신의 작품에 등장하는 상호 대립적인 모든 요소들을 지속적이고 반복적인 형태인 것 같으면서도 단순 반복이 아닌 거부와 포용이라는 두 축을 동시에 공존시키지만 그 경계선을 해체시킴으로써 궁극적으로 "시너지 시스템"을 추구한다. 이같은 시너지를 Barth는 시간과 공간을 초월한 보편적 현상으로 인식하고 포스트모던의 시대적 상황으로 보고 있다.

"Dunyazadiad"에서 페미니스트로 등장하는 Scheherazade는

그녀의 내러티브 지연전략을 통하여 이분법의 극한적 대립을 탈피하고 있다. 즉, 남성과 여성의 양성적 사랑의 관계를 통하여 무한히 열린 공간의 세계로 작가의 고갈된 상상력을 유도해 간다. 남성과 여성의 완전한 평등으로 "중립지역"이나 "유방 없는 국가"를 "as if" 철학으로 작가는 설정한다(*CH* 27, 48). Harris가 지적했던 바와 같이 Barth의 전략은 남성(의식)과 여성(무의식)의 통합을 통하여 진정한 미래사회를 건설하는 것이다. 내러티브를 남성과 여성의 사랑의 관계로 파악한 Barth는 작가와 독자의 전통적인 위치를 자리바꿈시킴으로써 다원적 텍스트의 생성은 물론 "고갈의 문학"을 극복하고 있다.

"Perseid"에서 Barth는 시너지의 실현을 위한 의도적 장치로서 생명의 근원적 공간이며, 남성과 여성의 경계선이 불확실한 Perseus의 모친 Danae의 자궁과 생물학적인 관점에서 Anima와 Animus의 상호 보완적 관계를 제시한다. 또한 가부장제 사회에 대한 Andromeda의 "자유선언"은 기존의 전통적 틀을 해체시키며, Medusa(여성)의 머리를 자른 Perseus(남성)는 바로 그 여성에 의해 석화된 성좌로 승화되어 버린다. 특히 Calyxa가 추구하는 평등의 해석개념은 Barth의 Anima-Animus의 통합을 위한 의도적 시너지 추구의 장치라 할 수 있다.

포스트모던시대의 혼돈상황을 가장 잘 나타내 주고 있는 "Bellerophoniad"는 주목할 만한 기법을 실험하고 있는데 Anteia의 *Animus*요소, 반신반인의 잉태가능성(182), Zeus, Polyeidus, 5의 수사학적 수해석개념(255), Analogy System, 남성하위체론, 모계사회 등 다양한 방법으로 시너지를 나타낸다. Barth가 이러한 기법을 활용하는 의도는 "as if" 철학(27, 48)을 통하여 채워져야 할 마지막 빈 공간을 시너지의 자리로 메우려고 하기 때문이다.

작품의 구조적 기법에서 볼 때 Barth는 Shahryar: Scheherazade, Shah Zaman: Dunyazade, Perseus: Medusa, Bellerophon: *Chimera*의 이항대립적 요소들이 Genie, Calyxa,

Polyeidus라는 유인자들에 의해 시간과 공간의 장에서 전체성과 통합성을 조화시키는 중심을 찾아 상호 적극적이고 긍정적인 질서를 추구하는 모습을 나타내려하고 있다. 따라서 Barth가 추구하는 우주는 3차원적 세계(Chimera)이며 단순한 삼분법이 아닌 공간-물질-시간-의 삼위적 일체성(trinity)을 구현한다. 삼위일체 자체 속에서 길이-넓이-깊이, 과거-현재-미래, 에너지-행위-현상의 삼위일체가 삼위일체 속에서-Barth의 내러티브 틀구조-상호관계의 일치성을 추구하고 있는 것이다.

Barth는 *Chimera*에서 모든 개체들이 함께 공존하는 다원화된 구조에서 열려지고, 풀어지는 포스트모더니즘 예술형식을 원심성(centrifugal)의 관점에서 표현하는 전략을 구사한다. 특히 작가와 독자, 텍스트의 삼각관계는 Barth의 내러티브 기법에서 중요한 요소가 되고 있다. Barth는 3차원의 이질적 요소들이 자신의 작품 세계에서 인용과 흡수와 변형의 변증법적 증류과정을 거치면서 하나로 통일되는 메타포로서의 시너지를 픽션과 리얼리티, 인생과 예술의 공간으로 보여주고 있다.

Barth의 *LETTERS*은 Samuel Richardson이 *Clarissa*(*L* 144)에서 보여준 서간체 소설의 포맷을 취하고 있지만 문학적 기교 면에서는 전적으로 상이함을 볼 수 있다. 그는 모더니즘 내러티브 기법에서 탈피하여 특이한 포스트모더니즘 관점에서, 자신의 자유분방한 유희를 통하여 로고센트리즘을 해체시키고 있는 것이다. 그 결과 자신의 작품에서 시니피에보다 시니피앙의 절대적 우위성을 메타픽션, 패러디, 상호 텍스트성, 혼성모방, 수문학 등의 다양한 테크닉을 이용하여 자신의 독특한 내러티브 전략으로 활용하고 있다.

특히 "수문학"(Numerature)은 Barth의 작품에서 성공적으로 활용되고 있는 독특한 내러티브 전략 중 하나라고 볼 수 있다. *The Tidewater Tales*에서 "39"라는 Numerature가 등장하는데, "39"의 의미는 주인공인 Katherine Sherritt Sagamore와 Peter Sagamore의 나이를 지칭하며 동시에 May Jump가 암송하는 인

82

도의 힌두성전(性典)인 *Kama Sutra*를 연상시키기도 하는데 그
것은 "39"가지 성적 체위론을 의미하기도 한다. 그러나 Barth가
의도하는 "39"의 의미는 기본이 되는 이야기로써 "농담에 관한
농담"이다. 즉 옛날 어느 감옥에서 전해지는 농담인데 "39"를
호칭하면 그 기본이 되는 농담에서 이야기가 시작되는
storytelling으로써 시간을 절약하기 위한 기능으로 사용되었다
는 것이다. 이와 같은 수문학은 수퍼미니멀리즘으로써 Barth의
내러티브 전략 중의 하나라고 볼 수 있다(69-72). 39의 의미
를 기본적인 이야기라고 가정할 때 Barth는 독자가 *LETTERS*이
라는 작품을 이해하려면 앞선 여섯 개의 작품을 읽어야
*LETTERS*을 이해할 수 있도록 만들고 있다.

작가가 진리에 대한 주장을 하려면 근원적인 기초가 있어야
한다. 모든 발화와 행동은 컨텍스트와 의미가 있어야 하며, 세
계에 대한 이해는 그 같은 피드백 위에서 구축되어야 한다. 기
호는 다른 기호에 의하여 규정되기 때문에 의미는 무한한 시니
피앙의 자유로운 유희에서 발생한다는 해체론자들의 주장에 에
코는 이의를 제기한다. 의미는 언제나 최종분석에서 시니피에와
연계되어 의미체계가 코드로써 가능해야 하기 때문이다. 모든
의미의 보편성은 끊임없이 "무한한 회귀"(regressus in
infinitum)(*LF* 114)를 통하여 텍스트에 포함되어야 한다. Eco
의 공헌은 기호의 모든 함축적 의미는 특별한 의미론적 영역
내에서 다른 기호들과의 특수한 관계 속에서만 이해되어야 한
다고 주장하는 점이다. 기호해석은 컨텍스트에 달려 있으며, 이
컨텍스트들은 특별한 코드에 의하여 구성되는데 이는 코드와
컨텍스트의 조화를 통하여 의미영역이 형성되기 때문이다.

"언어적 오류"라는 의미는 "모든 언어는 단어로 형성되었으며,
모든 단어들은 기호가 되기 때문에 기호로 형성된 모든 것들은
언어이다."라는 것이다.

Barth는 7년 동안의 글쓰기, 일곱 글자로 형성된 제목, 일곱
명의 등장인물, 일곱 개의 섹션, 7의 의도적인 수사학적 해석개

넘을 통하여(L 326−27), 내러티브 대신에 알파벳의 기교를 통하여 *LETTERS*의 작품을 구성하였다. 그리고 자신의 전기와, 중기 작품에 등장하고 있는 등장인물들과 서신을 통하여 언어에 기생하는 인생의 모습을 제시하는 기법으로 포스트모더니즘 소설의 특이한 차별성을 부각시키고 있다(*L* 654).

Author가 Germaine Pitt와 Ambrose Mensch에게 보낸 서신(*L* 770)과 더불어 Mensch의 마지막 편지(*L* 765−69)에서 Barth는 알파벳의 유희와 16세기 익명의 웨딩축하 메세지를 패러디와 패스티쉬, 메타픽션, 어내디프로시스의 기법으로 표현한 것을 다음과 같이 소개한다.

Alle

Blessynges

Content that Cheereth ye

Darkest Days No

Enemy but many

Friendes

Good luck & Good

Health to

Inspire

Joye Bee happy as a

Kynge through a

Longe lyfe

May Mirthe

Open a

Path of Peace & never

Quit you but give you

Rest &

Sunneshine In

Trial may you bee

> Unceasynglie
> Victorious & attaine
> Wealthe & Wisdom &
> Xcellence Bee
> Young in hearte with
> Zest to enjoy these & alle Other good thyngs
> Amen.(*L* 770)

Barth의 작품 중에서 *LETTERS*은 자아반영적 이론을 대표적으로 부각시키고 있는 작품이라 할 수 있다. Barth는 *LETTERS*이라는 소설을 구성하는 자신의 전략 때문에 Author를 "Mr. John Barth, Esq., Author"로 부르고 있다. Author와 Lady Amherts를 제외하고 Tod Andrews, Jacob Horner, A. B. Cook, Jerome Bray 그리고 Ambrose Mensch는 *alter ego*로서 역할을 수행한다. 이와 같은 Barth의 자아반영적 테크닉 때문에 초·중기의 작품을 읽어보지 못한 독자는 지속적으로 반복되며 발상의 전환을 지니고 등장하는 주인공의 정체성과 그들이 추구하는 내러티브 기법을 이해하는 데 어려움을 느낀다. 마치 "The Literature of Exhaustion"에서 Barth가 제시하는 작가의 몸부림만큼이나 독자의 몸부림을 느끼게 해 줄 정도로 난해한 것이 사실이다.

Kristeva의 아방가르드 텍스트는 정체성에 대한 주체의 권리와 논리의미에 대한 텍스트의 주장을 불안하게 만들며 소수집단으로 분열적 전략을 구사하기 때문에 패션과 대중성의 영향으로 과거에 가치가 없었던 것들이 재생되며 그 재생은 곧 종말의 시작을 가져온다. Barth는 이러한 전위적 아방가르드 파편화 현상(*Wright* 197)을 *LETTERS*의 작품 구성에 실험해 보임으로써 고갈의 문학이론에 대한 자신의 입장을 실질적 관점에서 보여주고 있으며 "The Literature of Replenishment"에서는 이 파편적 현상들을 다시 종합시키고 있어서 Heide Ziegler와

Charles B. Harris는 Barth가 리얼리즘으로 회귀하고 있다고 지적하기도 했는데 Barth의 “수문학”에서 그 대표적인 전략을 찾아 볼 수 있다(*L* 769).

Ambrose Mensch가 When It May Concern에게 보낸 마지막 편지의 *P.S*에서 “수문학”에 의한 각 장의 캐린더들은 분해되고 파편화되어 한곳으로 다시 종합되고 있다(*L* 770). 이 같은 Barth의 의도는 역사, 철학, 정치, 심리학, 자아고백, 사회학뿐만 아니라 모더니즘 소설의 성격묘사, 대화, 서술, 플롯, 심지어 언어까지도 외형적으로 리얼리즘의 형식을 나타내는 것 같으나 실제로 Barth는 새로운 실험기법으로(*L* 151) 새로운 영감을 추구하기 위하여 내러티브 자체와 소설의 역사, 기원, 전통적 내러티브 장치들을 실험하고 있는 것이다(*L* 151).

Figure 26에서 보여주고 있는 타이포그라피시스템은 Barth만의 특이한 내러티브 전략이라고 할 수 있으며 그는 전통적인 글자의 상징에서 *E*의 첫 글자를 표현하는 편지의 내용에서 *LETTERS*의 구성형식을 다음과 같이 제시해 보기도 한다:

Epistles + alphabetical characters + literature = *LETTERS*.(*L* 768)

Barth의 작품 중에서 주목할 것은 많은 등장인물들이 자신들의 경험을 이야기로 엮어 내는 “저자”로 등장하는 것이다. *LETTERS*에서도 일곱 명의 등장인물들이 넌픽션과 같은 88통의 편지들을 쓰고 있는데 이는 700여 페이지에 달하는 장편 *The Sot-Weed Factor*와 *Giles Goat-Boy*를 비교해 볼 때 상당히 대조적이라 할 수 있다. 어쨌든 Barth의 작품은 모더니즘에 대한 호의적 모습보다는 부정적이며 비판적 측면이 농후하다. 우선 전체 통제부호(master code)에 대한 또 다른 절대주의가 되는 데도 불구하고 모든 절대주의에서 탈피하려고 한다.

Barth는 비극적 관점에서 절대성에 대한 자신의 선택을 극화시키며 궁극적으로 인간의 운명을 신비주의적 관점에서 긍정하고 또한 이상적 상상력에 대한 통제를 통하여 타협한 환경과 실존적 대치 국면 속에서 상대적 가치들에 대한 수용을 인정하려고 한다. 실제로 *LETTERS*에서, 종말론적 심판이 주제면 에서 묵시록적 계획, 즉 저주와 비극적 수용, 즉 구원 사이에 하나의 대립이 형성된다. 즉 사랑과 희생의 세계긍정에 대한 세속적 해석 사이에 갈등이 나타나는 것이다.

*Tidewater Tales*에서 작가와 그의 아내는 임신기간 동안에 위험한 항해를 하면서 과거 자신들의 이야기를 주고받는다. 이 과정에서 그들은 그동안 자신들이 만난 다양한 사람들의 이야기를 삽입시킨다. 이들이 만난 사람들 중에는 *Sabbatical*에 등장했던 커플도 포함된다. *Sabbatical*은 주제, 상황, 테크닉 등 *Tidewater Tales*와 아주 밀접한 관련성이 있는 작품이다. 이 두 작품을 비교해 볼 때 "There is nothing new, perhaps, in these later novels"(Gaggi 154)고 Barth는 내세운다.

Barth의 내러티브 전략 중 가장 쉽게 독자의 흥미를 깊게 하는 것으로 공백, 이니셜, 로고, 그림, 악보, 대쉬, 괄호 등 최대한의 인쇄체제(typography system)라 할 수 있다. 이러한 것들은 내러티브의 구조적인 측면에서 독자에게 상당한 흥미를 유발시키고 있으며 이 같은 작가의 의도는 "리얼리티의 환상을 증진시키기 위하여"(to enhance the Illusion of reality)(*LF* 69) 잉여와 삭제의 수단을 통해 독자들로 하여금 "상상력의 결핍"(lack of imagination)(*ER* 375)을 소생시켜 주는 데 있다. 모더니즘 내러티브에서는 찾아 볼 수 없었던 Barth의 인쇄활자 시스템, 카오스 이론, "유인자"로서 그 기능을 새롭게 발휘하고 있기 때문에 *Lost in the Funhouse*에 등장하는 Frame-Tale(1-2)과 비교해 보는 것도 가치 있는 연구가 될 수 있다.

Figure 1

FRAME-TALE

Cut on dotted line
twist end once and fasten
AD to ad, CD to cd.

A ONCE UPON A TIME THERE D
B C

d WAS A STORY THAT BEGAN a
c b

Figure 2

ＳＥＥ
The chaste & Inimitable
ETHIOPIAN TIDEWATER
MINSTERELS
U.S.A.'s Greatest Sable
Humorists
ＳＥＥ
J. Strudge, the Magnificent Ethiopian Delineator,
The Black Demosthenes, in
His Original Burlesque Stump Speech

(FQ, 81)

Figure 3

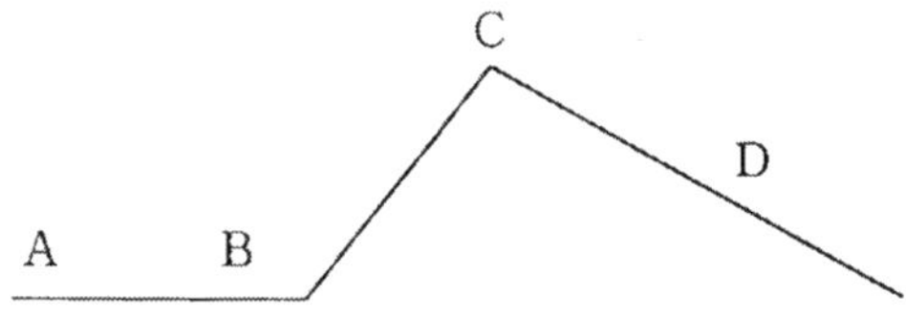

(LF 91; Freitag's Triangle)

Figure 4

“ ‘ “ ‘ “ ” ’ ” ’

“ ‘ “ ‘ ’ ” ’

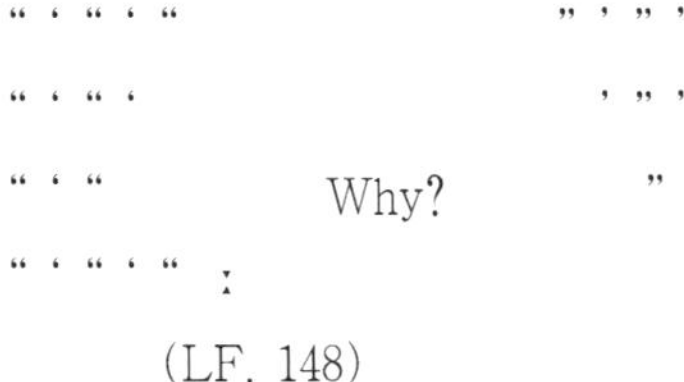

“ ‘ “ Why? ” ’

“ ‘ “ ‘ “ :

(LF. 148)

Figure 5

(L. 149: Right-Triangular Freitag)

Figure 6

ABC! (A blessed Change!)

DEF! (Drive every Foreigner!)

GHI! (Get Home, [J]amie!)

KLM! (Keep loyal Ministers!)

NOP! (No oppressive Parliaments!)

QRS! (Quickly return Stuarts!)

TUW! (Tuck up Whelps!)

XYZ! (Xert your Zeal!)

(L. 681)

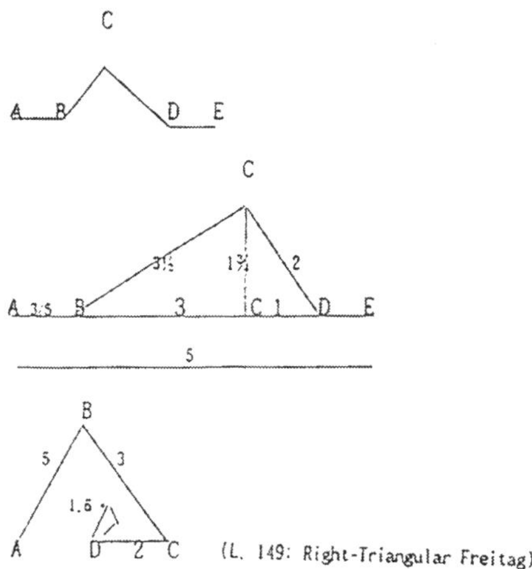

Figure 7

$$9 \quad 27 \quad 45 \quad 63 \quad 81$$
(etc.),
$$7 \quad 21 \quad 35 \quad 49 \quad 63 \quad 77$$

(L, 326)

Figure 8

THE CLOSER YOU GET THE LESS YOU SEE   (L, 332)

Figure 9

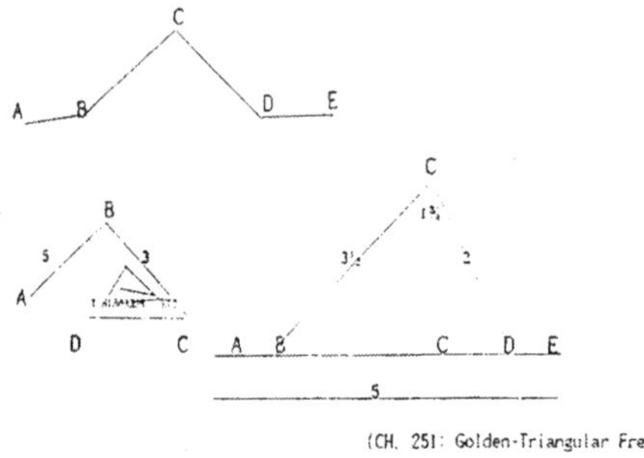

(CH. 251: Golden-Triangular Freitag)

Figure 10

PTOR : "place and time and order of reality." (TT. P. 590)

WYDIWYD : "What you've done is what you'll do." (TT. P. 598)

TKTTTITT: "The key to the treasure is the treasure." (TT. P. 599)

Figure 11

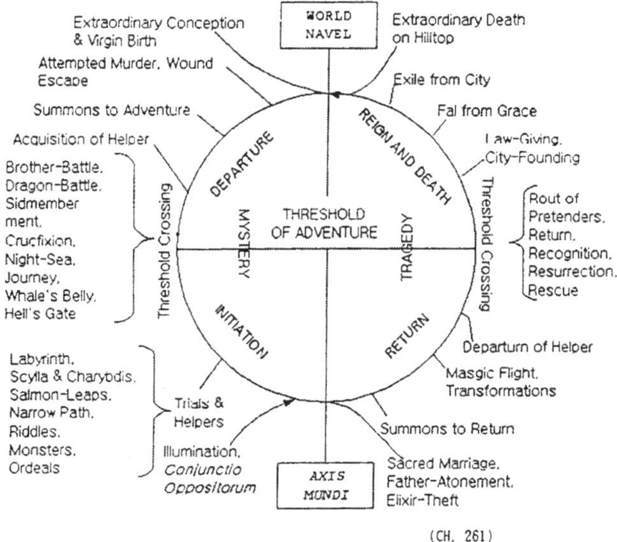

(CH. 261)

Figure 12

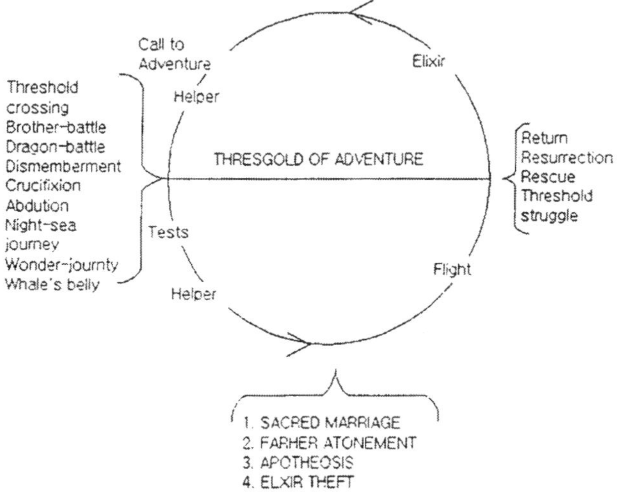

(L. 647)

92

Figure 13

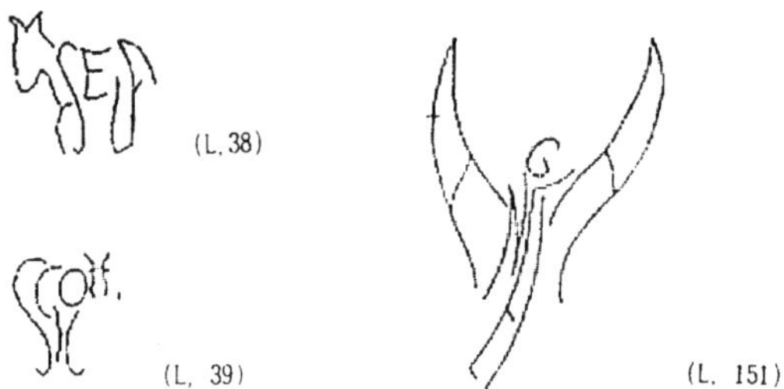

Figure 14

(GGB, 193-6)

Figure 15

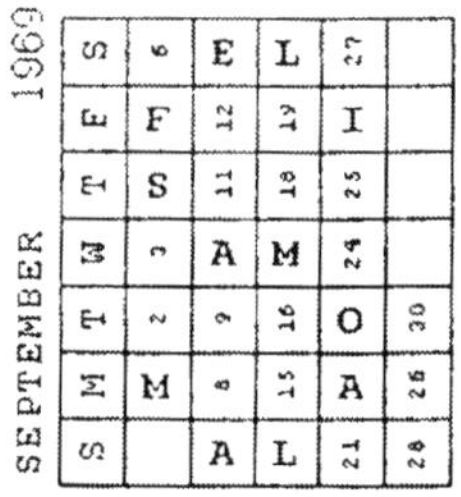

<table>
<tr><td rowspan="8">1969</td></tr>
</table>

SEPTEMBER	S	6	E	L	27		Lady Amherst
	F	F	12	1	I		Todd Andrews
	T	S	11	18	25		Jacod Horner
	W	3	A	M	24		A. B. Cook
	T	2	9	16	O	30	Jerome Bray
	M	M	8	15	A	26	Ambrose Mensch
	S		A	L	14	28	The Author

(L.657)

Figure 16

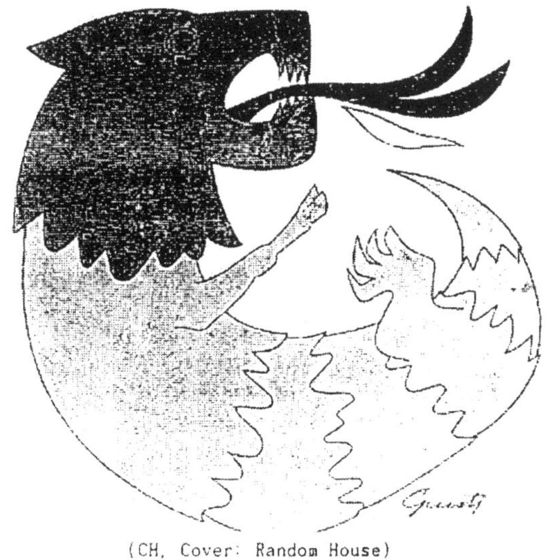

(CH, Cover: Random House)

Figure 17

(GGB, 650)

Figure 18

(SWF, 117)

Figure 19

¡NO NO NO! (TT, 519)

¿PREGUNTAS? (TT, 521)

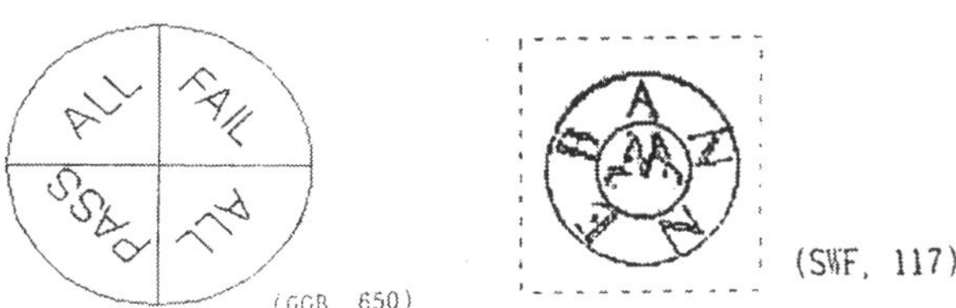

94

Figure 20

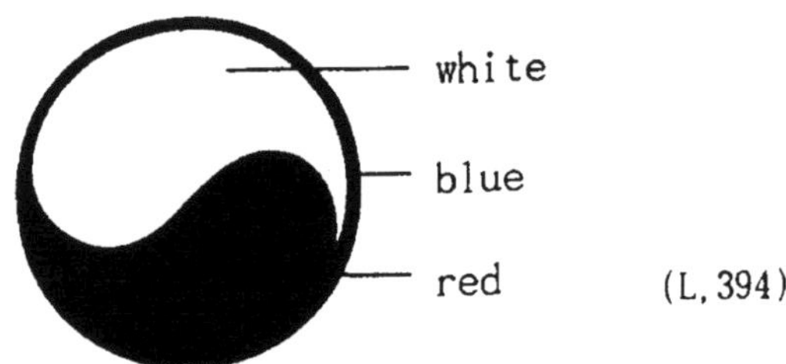

(L, 394)

Figure 21

$$\gamma\beta\delta ABC\uparrow\left\{\frac{[DENegFNeg]^3}{DEF}\right\}GHIK\downarrow Pr\,[DEF]^3Rs$$

(L. 33)

Figure 22

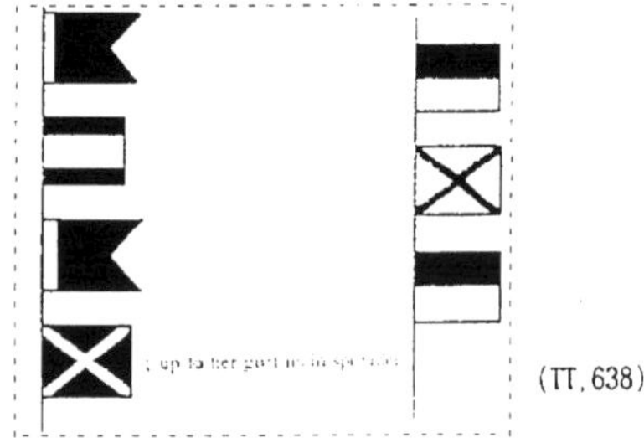

(TT, 638)

Figure 23

(L, 334)

Figure 24

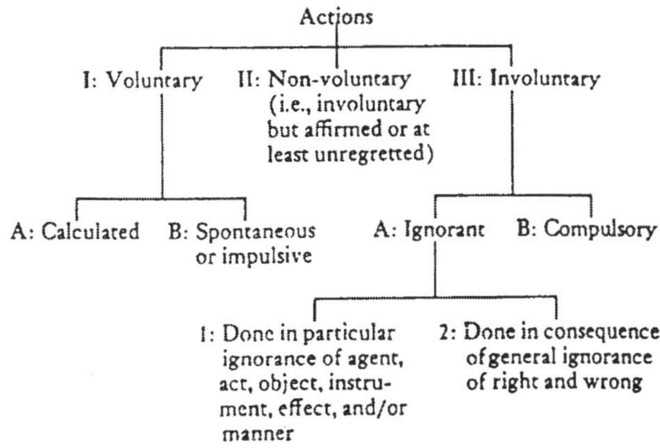

(CH, 175: Aristotle's Nichomachean Ethics)

Figure 25

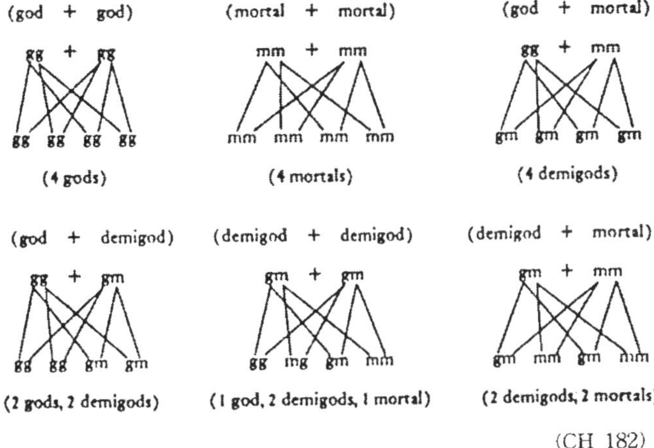

(CH 182)

Figure 26

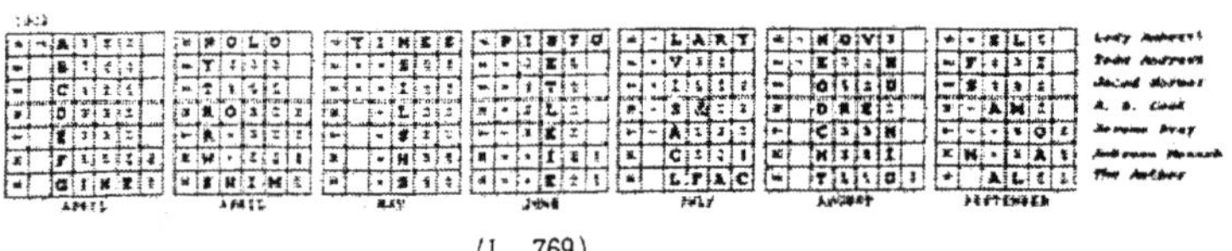

(L. 769)

Figure 27

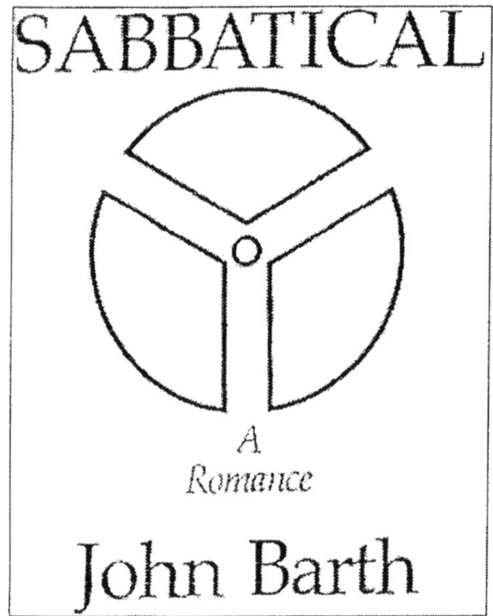

Figure 28

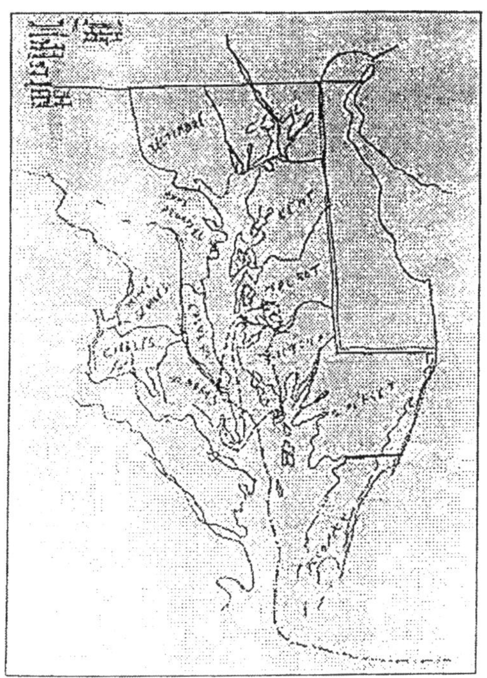

　Barth가 자신의 작품 구성전략으로 독창성을 발휘하고 있는 쌍둥이 시스템은 초기 작품에서부터 나타나고 있다. Barth 자신이 본래 이란성 쌍생아이기 때문에 자신의 작품 속에 쌍둥이 시스템의 인물들이 많으며 특히 *Sabbatical*의 등장인물들은 쌍둥이들의 열전이라 할 만하며 작품 속에서 둘 사이의 끊임없는 갈등과 화해의 평행선을 추구한다. Barth의 쌍둥이 시스템의 기교는 알파벳과 숫자에서도 등장한다. 두 개의 C가 결합하면 하늘과 땅, 그리스도와 세상 교회의 연합, H는 둘의 결합이 하나가 되는 12궁도(Zodiac)에서 "쌍둥이자리"(Gemini), 빛과 어둠, 사랑과 학문의 쌍벽을 이루는 기둥 사이의 다리, 둘이 하나가 되는 "구속"(atonement)의 상징, 숫자 8은 연결된 두 개의 원으로써 구속(redemption)의 상징이었던 둘이 하나가 될 때, "하늘나라가"(Kingdom) 도래한다는 의미를 함축시키고 있다(*SWF* 493).

　구체적으로 "Blank"의 공간은 곧 침묵의 공간이라 할 수 있는데 Blank의 공간이란 Barth가 의도하는 내러티브 테크닉의 4분의 1의 가능성이 존재하는 곳으로 총체적인 무감각증과 자아소멸(*LF* 106)의 공간이기도 하며 또한 Barth의 *alter ego*인 Ambrose Mensch가 Your Truly에게 보낸 편지에서 Barth는 무려 29년 동안 자신은 공백을 채우는 일에 심혈을 기울여 왔다고 토로하기도 한다(*L* 39). 모래 언덕을 가로질러 반 킬로미터에 이르도록 "PERSEUS LOVES ANDROMED"(*CH* 60)라고 썼던 Perseus의 사랑은 예술가인 Calyxa가 그린 두 번째 벽화에서 "PERSEUS LOVES＿＿"(*CH* 112)라는 글씨로 끝을 맺는다. Athene는 이전의 Medusa를 소생시켜 그녀(메두사)의 분신인 고깔 쓴 여인으로 하여금 Perseus의 과거에 대한 진실을 알게 한다. 과거의 행동이 잘못되었음을 인식한 그는 채워져야 할 공간을 새롭게 태어난 Medusa로 채우게 된다. "별이 돌보다 더 오래 존속한다"라고 말한 Barth는 Perseus와 Medusa를 새로운 이야기의 공간인 별자리로 새롭게 승화시켜 독자의 상상력을 유도해 간다.

    Fill in the blank: AMBROSE LOVES______.

    It's no Bellerophoniad. It's a______(*CH* 308).

    Barth는 *LETTERS*의 38페이지에 채워져야 할 대상은 Lady Amherst이어야 한다고 5음절의 어휘 중의 하나인 선언(De-cla-ra-ti-on)의 해설에서 밝히고 있다(*L* 41). *Chimera*에서 내레이터의 의도는 상부구조(A Lion's Body)를 제시함으로써 단순한 순환의 구조가 아닌 보다 나은 차원의 나선형 구조(spiral)로 상승하는 모습을 추구한다. Mchale은 변증법적 과정을 거쳐 채워져야만 하는 열린 공간은 "Bellerophonid"의 이야기가 아닌 작품제목인 *Chimera*(lion's head, goat's body, serpent's tale)이어야 한다고 주장한다(Mchale 111). Mchale이 지적했듯이 *Chimera*는 소품인 "Bellerophoniad"속에 포함될 수 있다. *Chimera*는 용기(Container: 포함되어 있는 이야기)와 내용물(Contained: 포함되어 있는 이야기) 사이의 상관성이 대등한 관계로 전도될 수 있는가(24)를 실험한 작품으로 상상력의 보고(寶庫)라고 할 수 있다.

    이 같은 "공백 시스템"을 비롯한 포스트모던 내러티브 테크닉은 비단 Barth만이 시도한 테크닉은 아니고 Donald Barthelme도 *Snow White*에서 "질문 시스템"을 보여 주고 있다. 문체의 문제에 있어서 바쎌미는 독자가 지니고 있는 소설에 대한 반응이 문학적인 또는 비평적인 가정에 의해 영향을 받고 있음을 의식하고 있다. 독자와 작가는 문학이나 비평의 관례에 대해서 깊은 자의식에 빠져 있으므로 작가는 이미 판에 박힌 것이 아닌 어떤 것을 창조하는 데 곤란을 느끼고 있는 *Snow White*에서 바쎌미가 독자들에게 던진 질문은 이러한 의식을 표명한다:

Questions:

1. Do you like the story so far? Yes(　) No(　)
2. Does Snow White resemble the Snow White you remember?
   Yes(　) No(　)
3. Have you understood, in reading to this point, that Paul is
   the prince figure? Yes(　) No(　)
4. That Jane was the wicked stepmother-figure? Yes(　) No(　)
5. In the further development of the story, would you like more
   emotion(　)or less emotion(　)?
6. Is there too much brag in the narration?(　) Not enough
   brag?(　)
7. Do you feel the creation of new modes of hysteria is a viable
   under-taking for the artist of today? Yes(　) No(　)
8. Would you like a war? Yes(　) No(　)
9. Has the work, for you, a metaphysical dimension?
   Yes(　) No(　)
10. What is it(twenty-five words or less)?

____

____

____

11. Are the seven men, in your view, adequately characterized
    as individuals? Yes(　) No(　)
12. Do you feel that the Authors Guild has been sufficiently
    vigorous in representing writers before the Congress in
    matters pertaining to copyright legislation? Yes(　) No(　)
13. Holding in mind all works of fiction since the War, in all
    languages, how would you rate the present work, on a scale
    of one to ter, so far?(Please circle your answer)
    　　1　2　3　4　5　6　7　8　9　10
14. Do you stand up when you read?(　) Lie down?(　) Sit?(　)

15. In your opinion, should human beings have more shoulders
    Two sets of shoulders?(   ) Three?(   ).(Snow White
    82-83)

포스트모던의 내러티브 전략으로 Vonnegut는 *Slaughthouse-Five*(1969)에서 Kurt Montana의 목걸이(181), 100회에 걸친 "so it goes"의 반복과 잉여를(186), Richard Brautigan은 *Trout Fishing in America*(1967)에서 Cover속지의 제목유희와 인쇄체제(typography system)(137) 등을 다양하게 제시하고 있다.

*Sabbatical*은 작가들과 작품에 대하여 영향을 줄 정도로 많은 레퍼런스를 제공해 주고 있는 항해 내러티브도 표지나 배의 항로지점 등에는 매우 유익한 정보라고 볼 수 있으나 이러한 Barth의 레퍼런스 전략(reference strategy)은 독자의 상상력을 과소평가하는 인상을 줄 수 있다. 나보코브, 베케트, 보르헤스, 칼비노 그리고 Poe는 물론 호머, 버질, 아라비안나이트, 이집트의 파피루스, 성서 등 이 독자에게 다양한 레퍼런스를 제공해 주고 있는데 특히 주인공 Fenwick은 Marqess에 대한 문학적 항해를 텍스트의 즐거움으로 삼고 있다(232).

Marqess는 리얼리티에 있어서 끊임없이 변화를 추구하면서 작가로써 자신의 작품 속에 자신의 상상력과 현실세계 사이의 경계의 벽을 지속적으로 무너뜨리려고 한다. 그는 리얼리티와 상상력의 불확실한 경계를 끊임없이 추적하면서 넌픽션인 *News of a Kidnapping*(1996)과 사랑에 관한 노벨라를 출판했다. 노벨라는 다임소설(Dime novel)과 비슷한 것으로 다임소설의 기본 형식은 박해와 복수의 유형으로 대중적 시장성을 의도한 소설이기 때문에 Merle Curt와 같은 비평가는 "프롤레타리아 문학"이라고 부르기도 한다. 소설의 분량은 30,000단어에서 80,000단어 수준으로 짧은 편이며 처음부터 끝까지 행동으로만 이루어져 있다. 항해이야기, 광산, 도시생활, 탐정, 스카우트와 카우보이들에 관한 내용과 서부 개척사와 인디언들의 생활상에 관한 스토리들이 주를 이룬 소설로써 19세기말의 시대적 배경을 지니고 있다. 그러나 현대 언어학에서 다임소설은 장르적 체계로서 등장하며 그 형식은 세 파트로 분류된 내러티브로 구성되어 있는데 Barth는 *Chimera*에서 이러한 형식을 하나의 작품 구성전략으로 활용하고 있다. Dime novel은 최초의 상황, 주요 행위, 그리고 문제 해결로 구성된다.

Barth는 *One Hundred Years of Solitude*(1967)을 자신의 "포스트모던 글쓰기의 모델"로서 인용할 정도로 Marqess의 내러티브 기법을 선호한다. "환상과 리얼리티를 결합한 마술적 리얼리즘"(magical realism, a style that blends fantasy and reality)은 더 이상 소설에 적합하지 않다고 주장하는 Marqess가 추구하는 것은 스토리텔링의 기교를 새롭게 구원해 내는 일이다. 1982년 그가 노벨상을 받게 된 것은 *One Hundred Years of Solitude*에 담긴 반제국주의의 정치노선을 지향하는 과정에서 정치적 정체성을 추구하는 것과 마술적 리얼리즘을 탈피했기 때문이라고 볼 수 있다. 그는 라틴 아메리카 신세대 작가들을 비롯한 포스트모던 작가들을 "부메랑 작가들"(boomerang writers)이라고 명명한다(*Newsweek* May 6, 1996, 44). 그것은 이 시대 작가들이 넌픽션, 저널리즘의 내러티브 형식을 추구하고 있기 때문이며 역사의 대사건들을 리얼리티로 인정하고 있지 않기 때문이다. 부메랑 작가들의 주관심사는 개인적이며 보편적인 스토리들에 그 초점을 맞추고 민족주의와 세계주의 사이에서 학술언어, 인위적 선택, 전제적 장르들을 거부하지 않는다는 점이다. 이들의 주목할 만한 특징은 리얼리티와 상상력 사이에 존재하는 불확실한 경계를 유지하면서 변형을 추구하는 것이다.

*The Name of the Rose*과 *Foucault's Pendulum*의 소설로 유명한 Eco의 내러티브는 파편성을 중시하는 패스티쉬를 주된 전략으로 삼는다. 1994년에 출판된 *The Island of the First Day*는 해박한 농담, Rabelais에서 Manzoni, Balzac에 이르는 작가들의 패

스티쉬로 가득 차 있다. 이 작품에서 Eco는 John Donne의 "A Valediction: Forbidding Mourning"시를 실제 시인의 이름을 생략한 채 삽입시키고 있다.

Barth는 또한 우화를 작품성과 스토리텔링의 기법 중 하나로 활용한다. 『두 개의 폭탄이 실린 비행기의 우화』(The parable of the airplane with twin bombs on it)에서 기내에 설치된 폭탄에 대하여 승무원과 승객들이 폭탄의 폭발 여부와 불시착 대한 논쟁이 벌어진다. 그들은 불안과 초조감이 팽배한 공포 속에서 흡연, 알코올, 살충제나 방부제가 들어 있는 음식, 설탕, 소금, 다이옥신과 중금속이 함유된 식수를 먹고 마시게 된다. 다행히 폭탄은 폭발되지 아니하고 존 케네디 국제공항에 여객기는 무사히 착륙한다. 상당한 세월이 흐르자 승객들과 승무원들은 기내에서 겪은 경험들이 증폭되어 암, 심장마비, 기형아의 출산 등으로 고통을 받게 된다. Barth는 이와 같은 이야기 형식을 넌픽션의 장르로 보고 있으며 자신은 앞으로 더욱더 넌픽션에 집착할 것이라고 주장한다(*TT* 144).

*The Floating Opera*는 부재와 현존에 관한 Barth의 명상의 산물일 뿐만 아니라 모든 "다의성"(equivocality)을 정복해 보려는 이성적인 인물에 대한 탐색이기도 하다. *The End of the Road*는 완전한 인간을 자연의 인간과 경쟁시킴으로써 하나의 우주적 모순의 반영이 불가능하다면 관점을 증대시키는 것이 적절하다는 점을 보여준다. *The Sot-Weed Factor*는 주변을 통한 보충으로 중심과 그 지속성을 해체시키고 17세기 식민지 역사와 19세기 영국문학을 해체시킨다. *Giles Goat-Boy*는 자신의 제자들과 비평가들의 다양한 표현들은 처녀막/관절의 관계만을 나타내며 그 외의 것들은 전혀 표현하지 않은 중간시대의 영웅, 메시지나 법전을 전달하지 않는 전달자로서의 특징을 묘사한다.

Barth의 *Lost in the Funhouse*는 "안정된 시니피에"(the stability of what is signified)에 도전하는 회의주의적 성격을 띤 작품들이며 작품 구성전략의 인터미디어로써 장르형식, 패러디 성향, 아이러니의 반전, 의미양식에 관한 메타픽션 등의 내러티브 테크닉을 보여주고 있다. 인터미디어 예술은 미학의 전통적 영역과 예술적 창조 사이를 조정해 주는 역할을 맡고 있다. Barth는 "현명한 예술가나 현명한 인간은 그러한 복합 예술을 진지하게 받아들일 것이다"(*FB* 66)라고 주장한다.

Ⅲ. John Barth 소설의 내러티브 기법

1. 트윈 시스템(Twin System)

포스트모던 작가로서 Barth가 제시하는 해체적인 내러티브는 무엇보다도 텍스트, 노트 그리고 서문 사이에 존재하는 유기적인 관계성에서 나타나고 있으며 *Sabbatical*에서 Barth는 우선 대화체에서 인용부호를 표시하지 않기 때문에 단순한 서술 내용과의 구별을 모호하게 만들고 있으며 독자들의 상상력을 고려하지 않은 많은 레퍼런스를 등장시켜 소설형식이라기보다는 마치 학술논문과 같은 구조를 보여주고 있다. *Sabbatical*은 Fenwick과 Susan이라는 이중 내레이터가 등장하여 행동하는 것과 말하는 것, 글쓰기와 사랑하는 것 등 이분법적 이중성이 계속 창조되고 해체되는 과정을 내러티브 기법으로 제시하고 있다.

Susan은 대학교수로서 그녀가 가르치고 연구하는 분야는 미국문학에서 정신분열증, 이중성, 쌍둥이에 대한 것이며(286) Fenn은 전문적인 저자이면서 동시에 독자로서 다양한 형태의 이분법을 창조해낸다. 원래 Susan은 쌍둥이로서 Min Speckler라는 동생이 있으며 Fenn 역시 Manfred(Count) Turner라는 쌍둥이 동생이 있다. Fenn이 창조해 내는 이분법은 일란성 쌍둥이와 이란성 쌍둥이로서 자매＋자매, 형제＋형제, 남성＋여성, 저자＋독자, 남편＋아내, 미스터리＋사실, 로맨스＋사실주의, 항해＋픽션, 인생＋문학 등으로 그 형태가 다양하다. Fenn이 중심내레이터이지만 Susan과 공동으로 내러티브에 대한 공감대를 형성하고 있으며 Barth는 두 화자에게 동등한 시간과 가치를 부여하고 있다.

> I get to see my new man's competence, it not grace, under
> Pure. His patience, reasonableness, and high flapping-point. His
> knowledgeability and range of mine. His knack for making
> almost anything work. His unaffectedness and general amiability.
> His good humor and spaciousness of heart. Plus, frequently, his
> penis.
>
> I get to see my new woman's logistical good sense; her
> cheerful in ad-verse circumstances; her culinary resourcefulness
> and skill; the way she learns things fast and doesn't forget
> them; her enjoyment of all kinds of people and situations, and
> her canny assessment of them; her general plu-ckiness I'even
> say courage. Her speciousness of heart. The number and variety
> of her passions. And lots of her skin.(196)

또한 Barth는 내레이션에서 1인칭 단수인 Susan을 1인칭 단수인 Fenn으로 변형시키기도 하며 때때로 Fenn-Susan의 결합형인 1인칭 복수로 바꾸어보기도 한다(232). 이와 같은 결합은 이분법적 대립쌍의 분리라기보다 종합내지는 통합을 의도하는 것으로 볼 수 있다. Barth는 *Sabbatical*에서 문학이론, 미국의 정치 사회적인 리얼리티, 그리고 Turner 가문과 Seckler 가문의 사생활을 소개하기도 하고 특히 공개적으로 미국적인 이데올로기를 상품화시키는 정치적인 면과 환경오염과 파괴, 군수산업, CIA의 기능, 미·소 관계, 전쟁 등 다양한 문제에 본질적인 의문을 제기한다. 소설의 형식상 스토리텔링과 내레이션은 존재하지만 부차적인 것이 되기 때문에 스토리텔링에 중점을 두는 모더니즘 기법에서 탈피하는 형식으로 볼 수 있다. 카리브 해를 항해하면서 안식년을 보내고 돌아온 Fenn과 Susan은 자신들의 본업과 가족에 대한 서로의 책임을 다짐하면서 새로운 계획을 수립한다.

KUDOV의 출판으로 CIA에 의하여 감시를 받게 되지만 Fenn

은 또 다른 소설을 쓰려고 하며 Susan은 Swarthmore에서 교직을 희망한다. 여행에서 돌아오자마자 CIA와 연방정부의 압력을 받게 되고 거기에다 마약밀매업자들과 폭력집단들과 대항하게 되는 심각한 상황 속에서도 Fenn과 Susan은 문학과 글쓰기의 전략을 수립하며 서로의 사랑과 복잡하게 얽혀있는 대가족의 문제들에 관하여 이야기 한다.

이 작품은 Susan의 어머니 Carmen과 그녀의 애인 Dumitru, Susan의 쌍둥이 여동생 Mim과 Mim의 아들 Edger Allan Ho, Fenn의 쌍둥이 형제 Count와 Count의 아들 Mundungus 등 가족 구성원들에 대한 관심은 물론 인생과 예술에 대하여 어떻게 헌신할 것인가를 표현하는 가족로맨스라고 할 수 있다. Walkiewicz는 *Sabbatical*을 실험적 메타픽션의 형태가 아니라 "신비와 사실, 로맨스와 리얼리즘, 항해와 픽션, 인생과 문학의 결합이다"(It combines mystery and fact, romance and realism, sailing and fiction, life and literature)라고 평가하고 있다(Walkiewicz 141). Ziegler는 "이 소설은 상상력을 풍부하게 해주는 예술과 인생 사이의 차이를 제거하는 포스트모던 패러디"라고 분석한다(Ziegler 80).

일부 비평가는 *Sabbatical*을 바다의 이미지를 설정하여 자연과 그 의미 그리고 "부유하는 시니피앙"(floating signifiers)의 범위와 등장인물의 정신과 창조적 에너지를 회복시키기 위하여 바다라는 공간을 설정한 인생항해 내러티브로 보기도 한다. Barth는 *Sabbatical*에서 중심적인 주제로 인간이 모호성과 양면성에 직면했을 때, 인간은 어떻게 대응할 것인가에 대한 문제를 제기하여 핫산이 주장하는 포스트모더니즘의 개념상 불확정성을 나타내려하고 있다. Fenn과 Susan이 항해지도를 분실하여 폭풍우에 자신들의 운명을 맡기는 신세가 되었을 때, 낙태와 정당활동에 대한 미국의 전통적이며 사회적인 생활의 지침서를 상실함으로써 도덕적으로 고뇌하며 19세기 리얼리즘과 결별을 선언하고 자신들의 소설을 포스트모더니즘 내러티브 테크닉에 내맡길 때 Barth는 결정의 불확실성을 보여주고 있다.

> Because flashbacks, Fenwick mildly asserts, may be said to be "female," following his notion of forks and confluences: rafting down the stream of time, they retrace what, coming up, were dilemmas, choices, channel-forks. E.g., our Meet. But begin, Muse, anywhere you like, and proceed in either direction.(173)

Fenn은 자신과 등장인물, 인용된 작품들을 비교하고 포스트모던 내러티브 테크닉에 맞는 문학적 모델이 무엇인가를 추구하면서 글쓰기와 읽기의 테크닉을 탐색해 간다. Barth가 작가로써 자신의 작품구성 전략을 위해 가장 자주 언급하는 대상은 *The Odyssey*, *The Thousand and One Nights*, *Don Quixote*, *Moby-Dick*, *The Narrative of Arthur Gordon Pym of Nantucket*, *Huckleberry Finn* 등인데 이 소설들은 포스트모던 문학과 포스트구조주의 이론에 대한 관계성을 독자에게 상기시켜주고 있다.

포스트모더니즘의 특성을 나타내기 위해 Barth가 *Sabbatical*에서 활용하고 있는 해체적인 내러티브 전략은 우선 내러티브 구성 면에서 많은 각주를 이용하는 것이며 본문의 내용보다 각주의 유형 제시에 더 많은 분량을 할애하기도 한다(177−78). *Sabbatical*에서 CIA의 비밀문서, 칠레 경찰과 러시아 정보기관의 활동내용, 인간 정자의 치사율에 비유되는 줄무늬 농어의 치사율, 메두사 해파리에 대한 Fenn의 시, 등장인물들의 해설과 같은 내용까지 설명하고 있는 각주들은 단편적인 지식이 아닌 전문지식을 요구하는 정보까지 제시해 주고 있다. 이와 같은 각주의 내용들은 세2의 혹은 이중적인 텍스트가 될 수 있으며 논쟁을 불러일으킬 수 있는 사실들을 독자들에게 제시하고 있다는 점에서 해설의 기능과 함께 독특한 기법이라고 볼 수 있다.

주변적인 스토리들을 각주를 통하여 부각시키고 있는 Barth의 전략은 지금까지 "중심"으로 인식되어 온 모더니즘 인식론을 "주변"으로 밀어내고 주변적인 것으로 인식되어 온 사상과 개념들을 중심화시키는 전략이라고 볼 수 있다. 각주의 가장 중요한 기능이라면 단순히 사실들을 재현시키는 것이 아니라 사실들의 새로운 인식과 이해라고 볼 수 있으며 Barth가 자신의 텍스트를 탈중심화시킬 때, 독자의 전통적인 텍스트에 대한 이해도 탈중심화되어야 한다는 것을 강조하는 것으로 이제는 각주가 본문보다 더 못하다는 인식을 탈피시켜 본문과 대비되는 이분법적 대립쌍의 한 요소로 등장할 수 있다는 점을 보여 주고 있다.

Barth가 전략으로 활용하려는 탈중심화에 대하여 Derrida는 자신의 논문 "Structure, Sign and Play in the Discourse of the Human Sciences"에서 다음과 같이 정의한다:

A central presence which has never been itself, has always already been exiled from itself into is own substitute. The substitute does not substitute itself for anything which has somehow existed before it. Henceforth, it was necessary to begin thinking that there was no center, that the center could not be thought in the form of a present-being, that the center had no natural site, that it was not a fixed locus but a function, a sort of nonlocus in which an infinite number of sign substitutions came into play. This was the moment when language invaded the universal problematic, the moment when, in the absence of a center or origin, everything became discourse-provided we can agree on this word-that is to say, a system in which the central signified, the original or transcendental signified, is never absolutely present outside a system of differences. The absence of the transcendental signified extends the domain and the play of signification infinitely.(Lodge 1988, 110)

110

한편 70, 80년대를 거쳐 오면서 *"Capitalism and Schizophorenia"*에 관한 두 권의 책을 불어와 영어로 출판해 낸 Deleuze와 Guattari는 정신분열증에 대하여 새롭고 급진적인 해석을 제시하고 있다. Susan의 연구과제 중의 하나인 현대인의 정신분열증은 Deleuze와 Guattari가 연구한 정신분열개념과 Lacan의 광기개념과 공통점이 있다.

Barth는 패권주의적인 자본주의의 세계화 추세와 핵무기에 의한 종말론적 분위기 속에의 정신분열적 방향감각 상실은 분명히 정신이상적이지만 피할 수 없는 환경에 대한 정상적인 반응이 될 수 없거나 아니면 점차 미쳐가는 것처럼 보이는 세상에 대하여 어느 정도 분별의식을 갖고 환경에 순응하는 것이 자아파괴적일지도 모른다는 점에서 고민해 왔다고 볼 수 있다. 기억상실 때문에 정신병 환자가 되었을 때보다 환경 때문에 발생하는 정신분열증은 그 회복가능성이 빠르다고 볼 수 있다.

작가의 관점에서 Barth가 정신분열증에 대해 표현하고 있는 것은 The *End of the Road*을 재해석하고 있는 *LETTERS*의 "S: The Author to Did Until the Doctor Came"에서 찾아 볼 수 있다. 1950년대 초의 시대적 상황, 즉 우연한 임신과 불법적인 낙태는 말할 것도 없이 존재론적 상황이 1979년도 말의 시대적 상황과 유사하여 비극적인 주인공인 Joe Morgan과 "우주병"(cosmapsis)에 걸려있는 Jacop Horner의 "무기후성"(weatherlessness)의 마법에 현대인들은 아직도 고통을 겪고 있다고 그는 주장한다(*L* 342). 또한 Barth는 *NUMBERS* 소설의 실패를 경험한 Bray를 "기후성이 없는"(without weather) 인물로 묘사한다(*CH* 253). *Sabbatical*에 대한 Laing의 레퍼런스를 인용하면서 Barth는 자신의 비판적 독자들에게 "나의 *Sabbatical, A Romance*(1982)는 Laing의 시나리오를 더욱더 깊이 있게 전달하려는 것이다"(My little novel *Sabbatical, A Romance*(1982) carries this Laingian scenario farther.)고 대응한다.

정신분열증이나 근친상간의 커플과 같은 특이한 이미지는 Barth 자신의 자서전에 대한 이해가 어떠한지를 암시해 준다. Barth는 1982년 5월 9일 출간된 *The Friday Book*에서 자신을 소개했는데 New York Times Book Review의 "The Making of a Writer"라는 글은 인기를 노리는 속임수가 있다는 평가를 받는다. 이에 대한 그의 대답은 "Some Reasons Why I Tell Stories I Tell Them Rather Than Some Other of Stories Some Other Way.(*FB* 1)"라는 제목에서 자신이 이란성 쌍둥이라는 것이며 *The Last Voyage of Somebody the Sailor*의 "Somebody's First Voyage"도 "옛날 옛적에 나는 쌍둥이였으며 나의 다른 반쪽은 세상에서 성공하지 못했다"(Once upon a time I was twins: my other half didn't quite make it into this world.)(*LVSS* 27)고 밝히고 있다. 비평가들에게 자신의 입장을 설명하면서 Barth는 "Why I Write my books in pairs" 혹은 "Why I overuse the semicolon"에 대하여 이 익명의 누이를 코믹한 해설로써 등장시킨다. 그 표현기법에서 Barth는 마침표(.)와 콤마(,)보다는 콜론(:)을 선호하고 콜론보다는 세미콜론(;)을 더 많이 사용한다. 그가 타이포그라피 시스템으로 자주 활용하고 있는 테크닉은 미니멀리즘에서 벗어난다고 볼 수도 있지만 세미콜론에 대한 강조는 콜론의 해체라고 볼 수 있으며 동시에 시니피앙의 관점에서 볼 때 이분법의 해체라고도 할 수 있다. *The End of the Road*에서 죽은 Rennie의 관이 무덤 속으로 들어갈 즈음에 주인공 Horner가 강의실에서 세미콜론을 강의한 것까지 기억하여 표현할 정도로 Barth는 세미콜론에 대한 집착을 보이고 있다(*ER* 439). *The Tidewater Tales*의 "SEX EDUCATION: Play"를 "SEX EDUCATION colon Play"(145)로 표기하고 있으며 한 문장 안에서 ","를 "comma"로 표기(In graduate school comma they got even worse new sentence(*TT* 311))하는 등 시니피앙의 유희적 전략을 엿볼 수가 있다.

자신의 예술과 삶 사이의 관련성 때문에 쌍둥이의 존재를 다

루게 될 때, Barth는 매우 진지해 진다. 단순한 개인적 기분에
서 벗어나 Barth는 "우리 모두는 쌍둥이들이며 잃어버린 쌍둥이
의 반쪽을 영원히 찾아 헤매는 Siamese twins와 같다"(we are
all of us twins, indeed a kind of siamese twins. who have
lost and who seek eternally our missing half.)고 선언한
Aristophanes에 대한 플라톤의 *Symposium*을 인용하며, 신화적
권위에 호소한다(*SA* 242).

> A writer who happens to be a twin might take this shtik by
> the other end and use schizophrenia, say, as an image for what
> he knows to be literal case: that he was once more than one
> person and somehow now is less.(*FB* 3)

Barth는 자신의 독자들에게 자신의 쌍둥이 누이를 밝힐 때
"Jack and Jill Barth"는 그 자신의 신체가 아닌 "JacknJill"의 신
체라고 표현함으로써 Jack Barth 자신의 정체성을 특이하게 암
시해 주는 은유를 구체화시키고 있다. 더욱이 Barth에 의하면 자
궁 속에서 이미 분리된 쌍둥이는 혼자서 하는 언어게임과는 다
른 관계를 즐기고 있다는 것이다.

> Much is Known about "identical"(monozygotic) twins, less
> about fraternal(dizygotic) twins, less yet about us
> opposite-sexers(who, it goes without saying are always dizygotic).
> But twins of any sort share the curious experiences of
> accommodating to a peer companion from the beginning, even in
> the womb; of entering the world with an established sidekick,
> rather than alone; of acquiring speech and the other basic skills a
> deux, in the meanwhile sharing a language before speech and
> beyond speech. speech, baby twins may feel is for the Others. As
> native speakers of a dialect regard the official language, we twins

> may regard language itself. It is for dealing with the outsiders,
> between ourselves we have little need of it. One might
> reasonably therefore expect a twin who becomes a storyteller
> never to take language for granted; to be ever at it, tinkering,
> foregrounding it, perhaps unnaturally conscious of it. Language is
> for relating to the Others.(*FB* 1)

이처럼 정신분열증을 쌍둥이와 연계시킬 수 있다는 작가의 선언은 여러 가지 설득력 있는 이유 때문에 관심을 불러일으킨다. *Sabbatical*은 Barth 자신의 삶과 문학과의 직접적인 관련성을 시도한 전형적인 소설로 볼 수 있다. 비상상적이면서 비창의적인 고백소설에 대한 Barth의 거부 입장과 자신의 글쓰기에 대한 기본적인 "상점 원리"(shop rule)―Nabokov식 자서전―를 공식적인 발표에서 거듭 강조하고 있는 것이다. Nabokov가 어느 인터뷰에서 발표한 내용에 대하여 Barth는 "그는 자서전적 소설을 탐색하면서 때때로 자신이 창조해 낸 등장인물에게 자기 자신의 삶에 대한 상세한 내용들을 '마치 어떤 사람이 메달을 수여하는 것처럼' 전달한다"(that while he deplores autobiographical fiction he will on occasion bestow upon one his invented characters a detail from his own life, 'as one might award a medal')(*FB* 178)고 깊은 관심을 나타낸 바 있다.

*Sabbatical*에서는 대단히 많은 메달 수여와 일반적인 증여 모습이 있기 때문에 주인공의 생활이 점점 더 행복해지고 고난을 극복하는 초인의 Zarathustra적 지혜로 주인공은 작가에 대한 반응을 나타낸다. 사실상 Barth의 전기는 인생의 후반기부터 그의 출판목록과 함께 다루어지기 시작했으며 자신의 삶과 글쓰기전략이 그로 하여금 뛰어난 작품을 발표하도록 이끌어 준 동기가 된 것이다.

*Chimera*가 출판된 직후 Barth는 재혼하여 Maryland의 동부해안에 있는 늪지대로 이사하였고 지금까지의 "상점 원리"를 어기

114

면서 그는 자신의 5권의 작품을 재혼한 부인 Shelly에게 헌사한다. 이후 그가 설명해 주듯이, Jack와 Barth가 가르친 학생으로서 문학교사인 Shelly의 결혼은 행복했으며 그들은 열정적으로 서로 협력하는 커플이 된다. 올바른 여성으로 행복에 겨운 삶을 영위할 때, 파편적인 삶의 요소들만으로는 자서전적 요소가 될 수 없음을 Barth는 강조한다(*FB* 178).

실제로 *Sabbatical*이 출판될 때까지 Barth 소설의 중심적 인물은 조화롭게 혼인한 커플이 아니었다. 그의 소설에 등장한 첫 번째 쌍은 풍지박산되어 간음의 삼각관계를 형성한다. 그 다음 쌍으로 악당인 Ebenezer와 탐색하는 Giles는 열정적이지만 궁극적으로는 여성들만을 쫓아다니느라 어느 한 곳에 정착하지 못하는 고독한 사람들이다. *Lost in the Funhouse*와 *Chimera*에 등장하는 커플은 하나의 환상적인 비전, 비현실적 이상을 소망하는 결혼을 한다. 그들은 달리 표현하면 *Funhouse*의 "Title"에 등장하는 자의식적인 내레이터이기도 하다.

> The time be damned, one still wants a man vigorous, confident, bold, resourceful, adjective and adjective. One still wants a woman spirited, spacious of heart, loyal, gentle, adjective, adjective. That man and woman are as possible as the ones in this miserable story and a good deal realer. It's as if they live in some room in our house that we can't find the door to.(*LF* 107)

상호 이민족 간의 결혼에서 불가피하게 등장하는 평등의 문제를 다루기 위하여 Barth는 자신의 소설에 많은 여성을 등장시킨다. Sherry는 침대 위에서 느끼는 여성으로써의 즐거움보다는 자신과 똑같은 운명에 처한 자매들을 구하고 그들을 죽인 살인마 Shahryar를 능욕하는 즐거움을 추구한다. Sherry는 지금까지 한번도 사용하지 않은 더없이 달콤한 사랑의 테크닉, 즉

"지니의 체위"(Position of the Genie)(*CH* 37)를 이용하여 극치의 오르가즘을 느끼게 하여 꼼짝 못하게 한 다음 손발을 묶어 Shahryar와 Shah Zaman을 죽이는 살인 음모를 동생 Doony에게 사주한다. Sherry의 살인 음모 계획은 남성과 여성이 존재하지 않는, 남성과 여성이 통합된 세계에서 만나자는 "시너지" 세계를 제시해 주고 있다.

Barth는 Sherry와 Genie의 내러티브 테크닉은 남성과 여성의 성관계와 같다며 저자(남성)와 독자(여성), 내러티브(매개체)의 삼각관계를 다음과 같이 주장한다. 즉 "지니는 실제의 성이 무엇이건 화자의 역할은 본질적으로 남성이어야 하고 청자 또는 독자는 여성이어야 하며 이야기는 성적 교합의 매개체이어야 한다고 생각했다"(The teller's role, he[Genie] felt, regardless of his actual gender, was essentially masculine, the listener's or reader's feminine, and the tale was the medium of their intercourse.)(*CH* 25−6)고 말한다.

자신의 전략으로 내세우는 내러티브에서 Barth는 남성과 여성, 즉 작가와 독자를 나눔과 조화, 공존의 무한한 열린 공간에서 "시너지"의 모습으로 형상화 시키려한다. 상호간의 내러티브는 사랑의 관계를 의미할 뿐만 아니라 어느 한 쪽에 대한 다른 쪽의 겁탈의 관계가 아니고 남성과 여성의 생산능력이 똑같이 필요하다는 것이다. 양자의 생산능력을 똑같이 인정할 때 "남성과 여성을 초월"(*CH* 26)하게 되며, "양성적"(androgynous) 혼돈 속에서 남성과 여성의 경계선이 무너지게 되는 것이다. 그 결과 작가나 독자 모두 새로운 이미지에 의해 임신하게 됨을 깨닫게 된다. John Fowles가 작가의 예술을 "독자의 상상력이 애무할 수 있는 것"(being able to caress people's imagination)으로 파악한 점은 "사랑의 행위도 이야기만큼이나 훌륭한 기술이 요구되는 것이다"(Making love and telling stories both take more than good technigue.)(*CH* 23−4)라는 Barth의 견해와 일맥상통하는 점이라 하겠다.

"Dunyazadiad"의 "보물에 이르는 열쇠는 보물이다"라는 해리스의 말에서 그의 양성관계에 대한 견해를 이해할 수 있다. 즉 "보물은 그 보물 내부에 있으며, 의식(남성)과 무의식(여성)의 심리적 통합과 전체성이 가능해지는 것"으로 보기 때문에 따라서 남성과 여성의 조화와 균형의 공존상태가 형성될 수 있는 것이다.

Barth는 자신의 내러티브 전략으로 마치 폭죽의 끈이나 Shahryar가 Sherry를 몰아넣던 오르가즘의 사슬처럼, 중심에 있는 이야기부터 한 가닥 한 가닥씩 빠져 나오도록 꾸며질 수 있는가를 실험한다. 또한 이야기와 섹스의 기술 사이에 가로놓인 많은 문제점들을 어떻게 분석할 수 있는가를 비교하면서 읽는 것, 쓰는 것, 그리고 말하고 듣는 것조차 성행위로 파악하려고 한다(*CH* 24).

우리가 간과할 수 없는 중요한 사실은 정상적인 남성과 여성의 사랑관계가 내러티브의 포스트모던 기법으로 활용될 때, 새로운 상상력을 창조해 내기 위하여 지연전략을 추구하는 "이상적인 화자"인 Sherry와 이미 새로운 상상력이 고갈된 상황에 처한 "이상적인 청자"인 Doony는 여성(독자)으로서의 위기의식이 아닌 남성(작가: Shahryar/Shah Zaman)으로서의 위기의식을 느끼고 있다는 점이다. "이상적 독자"인 Barth의 이 같은 논리적 모순은 마지막 소품인 "Bellerophoniad"에서 남성하위 체위론을 주장하는 Tiryns 여성들의 내러티브에서 해결될 수 있다. Barth는 "as if" 철학(*CH* 53)에 의한 변증법적 과정을 통하여 시너지의 모습을 제시하고 있다.

Bellerophon은 많은 권리를 갖고 있지 않지만 Melanippe와 사랑과 글쓰기의 관계를 작가의 인정으로 수용한다. 성석으로 발랄하고 자의식이 충만한 젊은 Amazon은 Lethe처럼 같은 망각의 기억력을 갖고 있기 때문에 성의 투쟁에서 적대적 입장을 견지하지 못한다. 성적 평등에 관하여 *Chimera*의 실질적인 주인공 Perseus는 자신의 아내의 오랜 인고의 고통으로부터 인내를 배운다.

> Andromeda, in my opinion, had near henpecked me of
> cockhood; but I learned from her what few men know, fewer
> heroes, and no goods: that a woman's person is her independent
> right, to be respected therefore by the goldenest hero in
> heaven.(84)

그러나 Perseus는 자신의 참을 수 없는 남성자아에 충실하는 가운데 그 점을 과거에 인정해 왔으며 한 부분인 Andromeda에게 세 부분인 Perseus를 제안한다.

그러나 평등을 추구하는 Perseus는 성의 평등과 상호작용을 주장하다가 그가 사랑하는 여사제 Calyxa에 의하여 제지된다. 젊은 시절에 자신의 성전에 추락한 신화적 주인공을 성적으로 희롱하면서 보냈던 Calyxa는 남성 투수, 여성 포수라는 서로가 공을 던지고 받는 커플관계의 상호보완성을 옹호한다. 그리고 *LETTERS*에 의하여, Lady Germaine Amherst Pitt는 아직도 커플에 대한 문제에서 상호보완성과 완성 사이에서 동요하고 있다.

Germaine는 Calyxa만큼이나 독자적인 개성을 지니고 있으며 때때로 그녀는 상호보완성에 대한 과거의 경향에 대하여 후회하고 있지만 어쩔 수 없는 문제라는 결론을 내린다. 그는 "부패한 것, 노파의 욕망이 정복되지 않는 것, 신이 금하는 것 그러나 남성에 대하여 유순하며 정반대인 것이 강력하게 상호보완적이다"(what rot, the old female itch to be …… not mastered, God forfend, but ductile, polar to the male, intensely complemental.)(247)라고 생각한다.

그러나 성의 동일성과 차이점에 대한 *Sabbatical* 이전의 관심 사항들이 잠정적으로 해결될 수 있었던 점은 Scheherazade와 그녀의 여동생 Dunyazade 때문이다. 서로 협력하는 스토리텔러로서 Barth로 확신한 Genie는 다음과 같이 주장한다.

> to say men and woman are equal is to say nothing: Authors are essentially active and masculine, readers primarily complementary and feminine; however, this is also to say nothing, since all appreciators of narrative, like imaginative lovers, switch position after Position One.(34)

놀랍게도 Dunyazade는 자신의 생식기에 면도날을 갖다 대면서 동생인 Shahryar Sherry의 애인과는 전적으로 다른 여성에 대한 대처방법을 갖고 있다고 말한다. Shah Zaman은 자기가 성관계를 맺은 처녀들의 처녀성을 빼앗고 난후 살해하지 않고 처녀들이 임신했든 또는 임신하지 않았든 비밀리에 나라 밖으로 추방시킨다. 그러나 그는 여성의 질속에 다이아몬드가 든 병을 각각 넣어준다. 그리고 그는 남녀간에 보다 평화롭고 자유로운 관계가 형성되기를 희망하며 여인정치의 기틀을 마련해 주려고 한다. 아울러 국왕 살해 음모를 꾸미고 있는 여동생의 계획을 포기시키고 결혼하여 "as if" 평등을 선언하자고 외친다.

> "Let's end the dark night! All that passion and hate between men and women; all that confusion of inequality and difference! Let's take the truly tragic view of love! May be it is a fiction, but it's the profoundest and best of all!"
>
> "Nothing works! But the enterprise is noble; it's full of joy and life, and the other ways are deathy. Let's make love like passionate equals!"
>
> "You mean as if we were equals." Dunyazade said. "You know we're not. What you want is impossible."
>
> "Despite your heart's feelings?" pressed the King. "Let it be as if! Let's make a philosophy of that as if!."(*CH* 53)

은유를 직역하는 것이 유익한가? 거짓말하면서 사는 것이 유익한가? Shah Zaman이 여기서 제안하고 있는 전략들은 정신분열증에 알맞은 것들이다. 이러한 전략들이 이 커플에게 유익한지 여부는 *Chimera*에서는 결코 알 수 없다. Barth는 그들의 삶의 이야기들을 전체적으로 전달하지는 않는다. 왜냐하면, 그들의 삶에 대하여 솔직하게 말하려고 하지만 "중년에 놓여 있는 자신의 입장에서 인생에 대한 결론을 내릴 수 없기 때문이라고 느끼기 때문이고"(64) 천부적인 소설 창작의 재능이 있다 할지라도, 전기 속에서 인생항해를 느낄 때까지 도서 목록에 포함시킬 수 없는 내용들이 있을 수 있기 때문이다.

카리브해를 1982년에 항해한 Jack과 Shelley처럼 Barth는 결혼 7년째 안식년을 맞이하여 9개월 동안 항해하고 난 후 Chesapeake Bay를 거쳐 해안에 있는 고향으로 돌아오는 자신의 항해 체험을 바탕으로 자서전적 소설을 쓴다. 항해와 사랑으로 멋진 조화를 이룬 이 두 파트너들은 *Sabbatical*의 이중적 내레이터들이기도 하다. 아울러, Fenn과 Susan에 관한 이야기도 서로가 아름답게 협력하며 살아가는 삶에 관한 이야기이다. 그들의 이야기와 인생은 "hisnher"의 시련과 꿈, 과거 회상과 자신의 탈선, 자기 이야기 속의 이야기, 그리고 "hisnher"의 각주를 통하여 전개된다. 비록 두 사람 모두 근친상간에 의하여 태어난 쌍둥이들이지만 그들의 결혼생활에서 주고받는 대화들은 아주 이상적인 결혼생활에 활력을 줄 수 있는 간소화, 생략, 줄임 등으로 생생하게 표현되고 있다.

이중적 이야기 원리는 나와 너의 구분을 하지 않고, 1인칭과 2인칭 단수의 구별을 인정하지 않는다. 스토리텔링은 1인칭 복수 안에 존재하거나 스토리의 주도권을 작가에게 넘겨줄 때, 3인칭 단수 안에서 존재한다. 효율성과 참신성을 지향하는 이 가정 원리들은 예기치 못한 대명사의 변화, 중반에서의 시제전환, 완만한 간섭과 문장의 축약과 같은 자유분방한 이야기를 생성시킨다. 독자는 이 원리들을 이해하고 독서의 즐거움을 느끼며,

공동의 항해자들과 공동의 내레이터들 사이에서 상호작용이 확대되며, 대칭관계가 나타나서 공동작용이 촉진된다.

*Sabbatical*은 이처럼 남과 여 사이의 "as if" 평등의 로망스라 할 수 있다. 그리고 Dunyazade와 그녀의 국왕이 10년이나 앞서 논의된 은유의 철학을 해석하는 것으로 읽혀져야 할 것이다. 아마도 Barth는 능동적인 커플이 문자와 은유를 구별하지 못하여 열려진 창문으로 뛰어내려 죽고 싶어하는 자살의 문자적 의미에 도달하는 것과 같이 은유적 표현을 이해하고 있는 정신분열증 환자의 문제로 방향을 전환하고 있다. Barth의 소설에서 환상적인 것과 경이로운 것을 직역해 내는 과제가 상당한 내러티브 액션으로 나타나고 있다.

그러나 여기서 "직역"이란 삶의 주체적 행동에 대하여 일반적인 비유의 전이를 말하는 것으로 정신분열증에 대한 Barth의 특별한 지적 특권 때문에 "공동작용(synergism)"은 직역에 대한 비유로서 선택되었다. Barth는 단 하나의 자아 가능성을 지양하기보다는 많은 수학적 논리로써 정신분열증 환자의 분열된 자아를 다양성을 띤 자아로 전환시킨다. 만약 "JacknJill"이 한 몸이라면, 언어적 관점에서 본 공동작용은 함께 운동하는 몸의 두 근육이 상부상조하는 것에 대한 정확한 비유가 된다. 제약학－약을 조제할 때 상호간의 효율성을 극대화시키는 요소들의 공동작용－의 언어적 관점에서 본 포스트모던적 비유로서 공동작용은 잉여의 효율성을 얻게 된다. 그리고 신학적 관점에서 볼 때, "신인협력설"(synergism) 교리 즉, "인카네이션"(Incarnation)과 부활의 사역에서 인간은 "성령"(Holy Spirit)과 협력할 수 있는 것이다.

Barth는 *LETTERS*의 "S: Jerome Bray to Drew Mack"에서 "수문학"을 통한 "7"의 상징적 의미를 제시하는 가운데 "성령"의 9가지 선물에 대하여 밝히고 있다. 성서는 "사랑", "기쁨", "평화", "인내", "친절", "선량함", "믿음", "온유", "절제"에 대하여 금지할 세속적인 법이 없다고 주장한다(Galatians 5: 22).

성서는 분명히 하나님의 섭리가 피조물의 실유(實有)에 속할 뿐만 아니라 피조물의 행동이나 작용에도 속한다고 가르친다. 인간은 독립적으로 역사하지 않고 하나님의 의지에 의하여 통제된다는 기독교적인 진리는 성서의 여러 구절에서 나타나고 있다. Joseph은 Genesis 45: 5에서 그의 형제들보다는 하나님이 자기를 이집트에 보내셨다고 말하고 있다. Exodus 4:11, 12에서 하나님은 그가 모세의 입과 함께 하실 것이며 그가 말할 것을 대신 가르치실 것이라고 하셨다. Joshua 11: 6에서 하나님은 Joshua에게 그가 이스라엘의 원수를 구출할 것이라는 확신을 주시고 있다. Proverbs 21: 1은 우리들에게 "왕의 마음이 여호와의 손에 있음이 …… 가 임의로 인도하시느니라"(The King's heart is under the Lord's hand …… he turns it wherever he will.)고 가르치고 있다. 또한 *Ezra* 6: 22는 여호와가 "Assyria 왕의 마음을 저희에게로 돌이켰다"(Lord had given them cause for joy by changing the disposition of the King of Assyria toward them.)라고 가르치고 있다. *Deuteronomy* 8: 18에서 이스라엘은 부귀를 얻은 능력을 주신 분은 여호와라는 사실을 기억하고 있다. *II Samuel* 16: 11에 의하면 여호와께서는 Shimei로 하여금 David를 저주케 하셨다. 여호와는 앗수르인을 "나의 진노의 막대기요 그 손에 있는 것은 나의 분함의 몽둥이라"고 부르고 있다(Isaiah 10: 5). 더욱이 하나님은 아합의 선지자들의 입에 거짓 영을 두셨다(*1 King* 22: 20~23)고 기록하고 있다. 이와 같은 "시너지" 전략은 트윈 시스템의 대표적인 예시라 할 수 있으며 "The Faerie Queen"을 분석한 Graham Hough의 "clock diagram"에서도 시너지 시스템을 잘 예시해 주고 있다(Fowler 247).

또한 하나님을 불변적, 초월적 존재로 보기보다는 세계와 역사 안에서 활동하고 인간의 현대사에 깊이 관여하는 내재적, 역동적 존재로 보고 있다. 하나님의 존재 양식을 사랑으로 이해해야 한다고 주장하는 과정신학(Process Theology)에서 그리스도인이 자신의 현세적 직분을 성실히 수행하여 하나님의 도구로서 협력자가 되어야하며 자신의 창조적 개발, 현세 집념을 통한 현세 초탈 및 십자가에 대한 낙관적 의미의 긍정이 요청된다. 따라서 과정신학은 "하나님은 인간과 고난을 나누는 동반자"(God as the companion who shares our suffering with us)로 보고 있다(Maloney 1968 99−141, 1 Corinthians 3: 9).

만약 Barth의 관심이 *Sabbatical*에서 단순히 자서전적인 것으로 한정되었다면 그는 Mr와 Mrs로서 커플의 한 몸체에 대한 특성들을 아주 잘 나타냈을 것이다. 그러나 그는 형식주의자의 관점에서 자신의 형식주의를 확대시키고 있기 때문에 Barth는 "MrandMrs"의 시너지 효율성을 알리기 위하여 자신의 욕망이상으로 구조화를 시도한다. 따라서 "JacknJill"의 공동작용에 의한 부활을 내세우고 있다.

Barth는 이상적으로 결혼한 커플을 입력시킴으로써 난잡하고 무질서한 가정이지만 구조주의를 통하여 정당화시키고 있다. 이 중 내레이터인 Fenn과 Susan은 이야기의 순조로운 진행을 위하여 "우리가 함께 따라갔을 때, 박람회에서 왼손잡이들과 함께 일을 하는"(work in the exposition with our left hands as we go along)(*SA* 72) 아름다운 모습을 볼 수 있지만 그들은 제1장에서 독자에게 근친상간에 의한 결혼동맹에서 두 가문의 화려한 모습을 소개한 바 있다.

Turners은 Fenn이며 CIA에 대한 폭로기사를 썼던 전 CIA요원으로서 다시 한번 소설가가 되려고 고민 중이다. 전처인 Marilyn Marsh Turner와 낳은 아들 Orrin은 자신의 아내인 Julie와 함께 분자 생물학을 전공한 다음 현재 Orrin은 postdoc으로 Fenn을 할아버지로 섬기게 된다. 무엇보다도 Fenwick의 형제 쌍둥이인 Manfred는 신비로운 어둠의 왕자이며 CIA음모에 개입된 백작으로 그 자신의 아들 Gus와 함께 동시에 갑자기 행방불명이 되어 버리는데 그들은 Chile에서 CIA의 테러활동에 반대했다는 것이다.

　　Gus는 집시출신의 유태인으로 명랑하고 널리 알려진 여류사업가인 과부 Carmen B. Steckler의 아들과 비슷하다. Carmen B. Steckler는 유태인 학살과 포로수용소에서 살아난 Nalvah의 딸, Fenn의 아내인 Susan의 어머니, 미문학과 창작을 전공한 장래가 촉망되는 교수, 그리고 Susan의 자매쌍둥이 Mimi의 어머니로 60년대 급진주의 노선을 추구했으며 이란인에 대한 고문과 수많은 겁탈의 여파로 현실을 도피한 인물이다. Carmen의 활동무대는 Baltimore의 음주거리로 알려진 Fells Point지역에 있는 한 레스토랑으로서 Alice의 레스토랑만큼이나 넓고 편안한 공간이다. 이 레스토랑은 Mini의 애인, 베트남 난민인 시인, Carmen의 새 애인, 집시 바텐더인 Dumitru(Do-Me-True)가 함께 기거하는 곳이다.

　　뒤엉킨 미로와 나뭇잎 무늬처럼 어느 쪽으로 통과해 나가든지, Carmen B. Steckler는 근친상간이 주를 이루는 하나의 가계(family tree)를 형성하고 있으며 부모와 자식 사이 혹은 생물학적 직계의 형제들 사이에서 벌어지는 심각한 근친상간이 아니라 혼란을 야기시키는 문화, 비정상적인 결합에서 오는 해학적 근친상간, 족보를 근거로 하여 단지 진부하고 해롭지 않은 주제의 다양성을 불러일으키는 우연한 근친상간이라 할 수 있다. Manfred 백작은 Byron의 "합창비극"(choral tragedy)에서 자신의 여동생 Astarte와 근친상간의 관계를 맺는다. 그 결과 양심의 가책으로 그녀로 하여금 제1막에 앞서 자살을 하도록 유도한다. Susan이 즐기는 Byron의 Faust와 같은 "어둠의 왕자"(Prince of Dark-ness)(*SA* 312)는 드라마에서 사악한 행동이나 고결한 행동을 하지 않는다. 오랫동안 남매간에 근친상간이 이루어지고 난 후 악령들은 높은 알프스 산 속에서 그로 하여금 자신들과 대화할 수 있도록 하면서 자발적인 고독에 빠지게 한다. 어둠의 왕자는 어느 누구에게도 해악을 끼치지 않았으며 자신을 방어하기 위하여 적들을 살해했다고 언급하고 있지만 이 같은 행동들은 제3막에서 자신의 추종자들에 의하여 그의 성격을 언급할 때 드러나지 않는다. 그리고 일상적인 자기방어의 사건에서도 마찬가지이다.

Susan의 관점에서 볼 때 Manfred의 범죄는 괘씸하기 이를 데 없다. 다른 사람들이 아닌 자신의 여동생을 좋아하여 그녀와 사랑의 관계를 맺고 여동생이 자살하자 그는 홀로 죄의식 속에 살아간다. 그는 하나님에게 뿐만 아니라 사탄에게도 초연한 입장을 취한다. 그는 하나님과 사탄 그 어느 쪽에서도 지원을 받지 못하며 자신의 힘은 자아인식의 지식과 도덕적 책임의 부재에서 나오지만 그 힘은 초자연적인 힘과 악마적 혹은 성스러운 존재로부터 파생되지 않는다. 사실 그는 Faust와 Mephistopheles의 관계에서 탈피하려고 할 때 도덕적으로 신중한 입장을 취한다. 드라마에서 입증되듯이 Byron의 주인공은 자신이 사랑하는 여동생의 영혼을 생각하기보다는 자신의 힘을 사악한 방향으로 발휘한다. 그리고 자신들의 근친상간에서 자신의 행위에 대한 용서를 간청한다. Susan은 드라마의 "ground situation"(*LF* 113)이 혼란된 상태라는 것을 인식한다.

Barth의 내러티브 플롯은 "Life-story"에서 밝히고 있듯이 "Scheherazade의 죽고 싶지 않은 욕망(Scheherazade desires not to die)," 즉 "ground situation"과 "끊임없는 이야기를 통하여 Scheherazade가 왕을 속이는 속임수", 즉 "vehicle situation"으로 구성되며 그러한 상황에 의하여 극화되고 있다(*LF* 113).

Manfred 백작은 죽지 못하는 운명과 함께 인내가 결여되어 있지만 그의 태도는 애매모호하다. Susan은 Manfred 백작의 암울한 입장에 미소를 보낸다. 형제간의 근친상간 주제에 관하여 그녀는 Percy B. Shelley가 1819년 11월에 Gisborne 여사에게 보낸 편지에서 솔직하게 표현한 진술을 인용하고 싶어 한다.

Incest is, like many other incorrect thing, a very poetical circumstance. It may be the defiance of everything for the sake of another which clothes itself in the glory of the highest

heroism, or it may be that cynical sage which, confounding the
good and the bad in existing opinions, breaks through them for
the purpose of rioting in selfishness and antipathy.(*SA* 178)

　　Manfred 백작은 단지 자신의 여동생을 우연히 사랑했으며 그
녀도 역시 그를 사랑한 것처럼 보인다. Susan은 성적인 겁탈과
이기적인 성행위를 증오한다. 아버지가 자신의 젊은 딸을, 의사
가 자기에게 진료를 받으러 온 환자들을, 선생들이 학생을, 고
용주가 피고용자들을, Dixie Pagans가 Miriam을 겁탈하는 행위
를 Susan은 인정하지 않는다. 그러나 Manfred 백작과 Astarte
는 성인으로서 서로의 동의와 허락으로 성관계를 갖게 된 것에
대하여 그녀는 묵인하는 입장이다. Susan과의 결혼을 통하여
Fenn은 장모에 대한 사위, 쌍둥이형에 대한 조카, 아내에 대한
남편과 Virtual Uncle와 Niece−in−Effect가 되어 버린 이 같은
관점에서 Barth는 그가 가장 존경하는 두 작가, *Ada*를 쓴 나보
코브와 *One Hundred Years of Solitude*를 쓴 Marqess에 대한 존
경의 표시로 *Sabbatical*을 인용하고 있다. 그럼에도 불구하고
Fenn과 Susan은 보다 더 큰 도박을 즐기고 있다.
　　Barth는 Derrida가 유일한 기원 혹은 최초의 중심개념을 정정
하기 위하여 Aristophanes까지 거슬러 올라갈 때, "하나보다도
더 적은" 그리고 "하나보다도 더 많은" 수학적 논리를 통하여
인식한 "차연"에 매혹된다. 이 논리는 마치 세운 집을 허물기
위하여 준비해 둔 건물 해체공과 같은 것으로 전통적으로 인식
되어 온 절대적 사상을 해체시키기 위한 용어, 즉 "보충" 결혼
을 연상시킨다. "차연"에 의하면, 온전한 하나의 현존이란 존재
하지 않으며 항상 그 하나 자체와 분리된 작고 국부적인 차이,
현존 안의 공간적 분기, 동시성 안의 일시적 지체와 집행연기가
마치 쌍둥이가 서로 정확한 반복이 될 수 없듯이 존재하며 그
들이 출산 시 일시적 간격을 통하여 재분화된다는 것이다.
Barth는 자연의 논리를 이용하여 자궁 안에 있는 쌍둥이와 출

산 이후 쌍둥이 사이의 유사성을 강조하려고 한다. "보충"이란 삭감에 대한 충분한 덧붙임이 아니라 오히려 분열된 자아의 관점에서 자유롭게 유희할 수 있는 나머지 부분이라고 할 수 있으며 "충실하게 하는 또 하나의 충실함"이기도 하고 "현존의 가장 완벽한 척도"이기도 한 것이다.

이같이 보충은 전체성을 보완해주는 기능을 하면서 동시에 비어있는 공간을 채워줌으로써 현존의 확실성을 증폭시켜 주기도 한다. "보충"은 "플러스와 마이너스도 아니고 아웃사이드와 인사이드의 보완도 아니며 우연과 본질도 아니지만 그렇다고 결코 어떤 완성을 의도하지는 않고 오히려 많고 적은 것, 양자부정, 양자긍정에 개방적이라고 볼 수 있다. 예를 들면 처녀막처럼 "연합과 구별, 정체성과 차이, 성취와 처녀성, 은닉과 폭로, 인사이드와 아웃사이드 그 어느 쪽도 아닌 것"(neither confusion nor distinction, neither identity nor difference, neither consummation nor virginity, neither the veil nor unveiling, neither the inside nor the outside.)(Derrida 1981, 43)처럼 말이다. "처녀막"은 결코 처녀성이나 결혼을 의미하지 않는다. 선택 논리에서의 의미는 끊임없는 반복적 대화를 부추기며 비결정적 문장의 유희가 될 수 있다.

Barth의 근친상간적 쌍둥이들은 이중적일 뿐만 아니라 또한 비대칭적이다. 성적인 부부관계에서 아늑한 "co-"는 혼인관계의 본질적인 "con-"에 의하여 조정되고 있다. 현존/부재(presence/absence)라는 대립적 반대쌍의 관점에서 더 이상 상상할 수 없는 하나의 구조이며 이동인 "differance"는 조직적인 차이의 유희이며 차이의 흔적이다. 또한 서로의 상관성을 지닌 구성요소들에 의한 "거리두기(spacing)(Derrida 1981, 43)"의 유희일 수도 있다. 이 같은 틈은 동시에 능동적이며 수동적인 간격의 생성을 유도하며 말하기와 글쓰기, 모든 문장의 공간을 생성시킨다. "differance"의 "a"는 이분법적 대립쌍틀 사이에서는 분산내지는 지배될 수 없는 능동성과 수동성에 관한 비결정성을 나타내준다.

"differance"의 "a"에 함축된 능동성과 수동성은 차이의 유희에서
생성적 이동을 나타내 주지만 "differance"는 동시적이고 분류적
기능이 고갈된 폐쇄적 체계이며 또한 정체적인 구조 속에 각인
된 것도 아닌 우연히 발생된 것이 아니기 때문에 "differance"는
변형된 결과로 나타난다. 이 같은 관점에서 "differance"의 주제
는 구조의 개념에서 정체성, 동시적, 분류적, 반역사적 동기들과
는 양립될 수 없다. Barth는 *Sabbatical*에서 현존 안에 있는 부재,
두 차연의 박동소리를 다음과 같이 활용한다:

> You're my island, sleepy Susan murmurs, kissing her
> husband's chest. She lays her head there briefly in the
> salt-and-pepper fuzz, then sits up: to heart beat breaks her
> heart. He Kissds her lap. You're my cove. Puts an ear to her
> tidy belly as it to listen for a heart beat there.(*SA* 26)

Fenn은 50세, Susan은 35세라는 나이 차이에서 나타나는 불
평등한 모습 때문에 Fenn과 Susan 사이의 사랑의 비극적 관점
은 분리되어 있지만 평등한 부분, 일시적 정지와 지연이 발생하
기도 한다. 거의 항해가 끝나갈 무렵 Fenn은 처음으로 심장마
비를 일으키게 되며 Susan은 자식이 없는 고통을 느낀다. 이
같은 상황에 직면하자 서로가 당황하게 된다. 그녀가 임신한 상
태에서 새로운 생명의 탄생과 다가오는 죽음 사이에서 상호보
완적인 의식에서 Fenn과 Susan은 바람이 부는 쪽을 향하여
Chesapeake Bay 주위를 항해하면서 일주일을 보낸다. 그러나
그들은 큰 돛대를 매달아 순조롭게 항해하는 것과 한편으로 더
이상 지체할 수 없는 상황에 직면하여 항해할 수 없는 양자택
일의 상황을 원치 않는다. 이제는 그들이 처음 항해했을 때처럼
각자는 동일한 문제를 갖고 있었지만, 동시에 서로 다른 개인적
인 복잡한 문제도 함께 지니고 있는 것이다. 즉 그들은 어느 곳
으로 항해할 것인가 그리고 어떠한 방법으로 성교를 할 것인가

라는 문제의식을 함께 느끼고 있는 것이다.

아마도 그들은 "편측성"(lateralization)(Tobin 129)을 수단으로 아웃사이드를 향하여 보다 더 큰 세계로 전진해 나갈 수도 있으며 일상생활 속에서 우연의 일치라고 생각할 수 있는 두 개의 분리된 직선 궤도 사이에서 예기치 못한 측면 충돌을 향하여 나갈 수도 있는 것이다. "두 사람 사이에 존재하는 전압, 한 마음이라는 압력솥"(the voltage bet-ween two people, the Pure cooker of the single heart)을 믿고 있는 Fenn은 20년 동안 세 번씩이나 잃어버렸던 소중한 스페인제 베레모를 자신의 궤적과 우연히 일치시킬 때 두 번씩이나 그 모자를 다시 찾게 된다. 또한 Fenn에 의하면 우연의 일치가 초자연적인 것으로 확대될 때, 그리고 만약 우연 일치에 의한 꿈의 이미지들이 구체화 될 때 환상적 이미지가 구체적인 사건이 되듯이 경이로운 사건은 정신분열증에 걸린 커플을 리얼리즘에 의한 은유적 방법으로 대체시킨다는 것이다.

> Realism is your keel and ballast of your effing ship of story, and a good plot is your mast and sails. but magic is your wind, Suse. Your literally marvelous is your mother-effing wind.(137)

Fenn의 내러티브는 은유의 방법을 취하고 있으며 *LETTERS*의 "은유 물리학"(652)에서 볼 수 있듯이 은유는 인생과 내러티브에 대하여 쉽고 직접적으로 표현할 수 있다. 그러나 실제로 그는 장식적인 묘사로서의 은유에 대한 관심이나 재능을 갖고 있지 않다. 왜냐하면 그는 언어와는 분리된 고전적인 은유를 사용하고 있기 때문이다. Fenn이 은유를 처리하지 못하는 점은 포스트모더니즘의 특징인 수직적 기법을 추구하는 은유의 해체 현상을 Barth가 의도적으로 제시해 주고 있기 때문인데 그 대체 현상으로 Barth는 수평적 기법을 추구하는 환유를 강조하고 있다고 볼 수 있다. 그러한 상황은 Fenn이 버스를 타고 Washington으로 갈

때 잘 나타나고 있다:

> Indeed, when somewhere along Maryland 5 two Porsches pass
> the bus in quick succession, one the color of buttermilk and the
> other of tobacco, Fenn cannot summon up better adjectives for
> them than yellowish-white and brown, though the highway at
> the moment happens to divide a tobacco from a dairy farm.(138)

포스트모던적 은유의 개방에 관하여 Lacan은 Victor Hugo의 시 구절, "그의 볏단들은 인색함도 증오도 품지 않았다"(His sheaves were not miserly nor spiteful.)라는 구절을 인용하고 있다. 여기서 은유는 "볏단"이라는 개념에서 이루어진다. 물론 이 개념의 "signifier"는 다른 "signifier"인 성서에 나오는 인물인 Boaz를 대체하고 있다(Ruth 2: 1). 또한 Boaz는 다른 "signifier"들의 고리에 은연중 연결되어 주인, 아버지, 상속자, 이타주의자, 남근과 같은 존재로 다산적 정력 등이 연상되며 특히 볏단 앞의 소유격 "His"는 억압이나 구속의 의미를 지니고 있지만 주인공 주어의 위치를 대신하여 풍요로움까지 나타내고 있으며 베푸는 자로서 Boaz는 사랑과 관용, 힘을 과시하고 있다 (Lodge 89). 그는 신(神)과 같은 아버지의 위치와 신의 도구로서 은유적 의미를 내포하고 있을 뿐만 아니라 이 시에서 숨겨진 또 다른 차원의 도구는 낫으로써 거세의 이미지를 지니고 있다. Lacan은 "나 같은 늙은이에게 어떻게 자식이 있을 수 있을까?"(How will there ever be offspring for such an old man as I?)라는 Boaz의 기도까지 언급하고 있다. 마침내 Boaz는 Ruth과 결혼하여 자식을 얻게 되며 "아버지의 이름"을 얻게 된다(Lacan 247−48).

Nietzsche에 의하면, 은유에 의하여 형성된 삶은 가치가 있으며 심미적 실존을 통하여 인생을 정당화시킨다는 것이다. 문자적인 것과 은유적인 것을 구별할 수 있는 공간은 추상적 사고

능력을 획득한 사회 속에서 가능하다. 서로 반대되는 범주들은 사상이 구체화되는 곳에서는 불가능하다. Fenn과 Susan의 인생을 항해로 비유하는 것보다도 더 구체적인 것은 무엇일까? 그들의 해석은 연인들이나 스토리텔러가 내러티브 프로그램들을 재현하기 위하여 다양한 종류의 은유를 제공해야 한다는 것이다.

> One is forever in fact making things shipshape from head to stern, getting underway, making headway, giving oneself leeway, taking a different tack, getting the wind knocked out of one's sails, battening down the hatches, making for any port in a storm, getting swamped or pooped, putting an anchor out to windward, enjoying a snug habor.(162)

앞서 Lodge가 모더니즘을 은유로 분석한 것과 비추어 볼 때 아직도 Fenn은 계몽주의와 로망스에 머물러 있는 모더니스트로 볼 수 있으며(*SA* 351, 356) Susan은 Fenn에게 "작가는 무엇을 해야 하는가"를 물으면서 지금까지의 문학이론과 비평, 글쓰기의 과정에서 섭렵해 보지 못한 새로운 인식을 갖게 되어 마치 Seheherazade가 된 기분을 느끼게 되는 것을 볼 때 포스트모더니스트로 볼 수 있다(*SA* 363).

이중적 기원이나 결혼한 커플처럼, 은유는 Figure 11과 12에서 보여 주는 차연의 "문지방"과 같은 공간이며 이 공간에서 정체성과 이분법적 대립쌍들이 등장하게 될 것이다. 아마도 Fenn과 Susan은 쌍둥이라는 그들만의 잇점을 통하여 완벽성을 추구하고 있는 것이다. 그러나 분명히 Susan은 반대 명제들을 소중히 생각하면서 의견을 달리하는 WASP와 유태계 유산들뿐만 아니라 Francis Scott Key—18세기, 계몽주의, 아폴로, 모짜르트, 딸랑딸랑—와 그녀의 에드가 알랜 Poe—19세기, 낭만주의, 디오니소스, Beethoven, 쿵쿵—의 대비를 통하여 Fenn을 조롱한다.

즉 우리는 모두 단지 "위장된"(make-pretend) 성을 소유하고 있으며 인간들은 결코 성취할 수 없는 정반대되는 것들의 조화를 단지 난자와 정자라는 부모들의 성을 통하여 성취한다는 것이다. 그리고 분리된 절반에 대한 추구는 결여와 부재 때문이 아니라 성적으로 혹은 무의식적으로 동기가 부여되기 때문인 것이다.

2. Y 시스템(Y Structure System)

Fenn은 Carmen의 기상(conceits) 때문에 이란성 쌍둥이처럼 두 개의 수정란에서 자란 난자와 결합된 파트너들이 꾸는 동일한 꿈들이 무엇인지 궁금해 한다. 곰곰이 생각한 후 그는 Y자와 같은 지리학적 특색을 나타내 주는 하나의 공간을 제시한다(330). 그들이 우연히 일치하는 꿈을 꾸게 될 때 Y는 두 개의 채널들이 연합하여 하나가 된다거나 혹은 선택적으로 하나의 채널이 분기되어 둘로 나누어지는 Y와 같은 지점에서 즉, Fenn과 Susan이 최초로 근친상간적 연인들이 되었던 Chesapeake Bay에서처럼 그 공간은 문자상의 영역이 되는 공간이라고 볼 수 있다.

> Is a Y a fork or a confluence? Does the Chesapeake channel diverge into York River Entrance Channel and York Spit Channel, or do they converge into the chesapeake Channel? The one inbound, the other outbound; or, in tidewater, the one on floods, the other on ebbs. Analysis versus synthesis; "male" versus "female" sperm swim up; ova float down.(*SA* 137)

그러나 이 같은 꿈의 영역은 여성의 경우 자궁에서 한곳으로 집중되는 쌍둥이 나팔관으로 볼 수 있다. Susan의 꿈은 두 개

132

의 크고 유연한 난자들처럼 물 속에서 자유롭게 헤엄쳐 다니는 그녀의 쌍둥이에 대한 것이다. 한편 Fenn의 꿈은 거대한 정자가 머리스카프를 두르고 가는 곡선무늬를 지닌 모습을 닮고 있는 것처럼 미친 듯이 상류를 향하여 헤엄쳐 가는 자신과 Turner Man에 관한 것이다.

Fenn은 Susan의 끔찍스러운 고백에 대하여 결코 대응할 수 없기 때문에 이상과 현실 사이에 존재하는 유희의 가능성들을 상실하게 된다. 과거 13일의 검은 금요일에(*SA* 287), 그녀는 한번이 아닌 두 번씩이나 낙태 경험을 한 것이다. 두 차례에 걸친 진공흡인법에 의해 Tibor가 두 마리의 새끼 생쥐를 한 입에 삼켜버리는 것처럼 그녀는 쌍둥이를 낙태시킨 것이다(*SA* 332). 이러한 사실에 어리둥절한 Fenn은 두 번이나 심장마비를 경험하게 된다.

Pokey의 이물은 Chessie, 즉 Chesapeake Bay에서 종종 눈에 띄는 바다괴물처럼 흔들리는 폐선의 선체에 의하여 교차된다(*SA* 343). 사진을 찍기 위하여 그가 선상계단을 기어오를 때 페이즐리 정자에 달린 머리스카프 대용품인 Fenn의 boina가 배 밖으로 떨어지며 그들의 배가 채널표지인 Y지점 허용/금지결정 지점에 도달했을 때, Susan은 갑자기 미친 듯이 난폭해 진다. 격분하여 껑충껑충 뛰면서 배 옆쪽으로 피하여 자신의 흠뻑 적은 Seaslimed Boina를 머리에 쓰고 표면상 바다신과 같은 모습으로 나타난다(*SA* 349). 그의 눈에서 베일들을 늘어뜨린 채 한 남편이 된 Susan의 쌍둥이는 밑에서부터 Dom Perignon의 순서를 정한다. 우연의 일치에 대하여 Aristotle을 찬양하며 그들은 Pokey호를 Figure 27에서 예시해 주고 있는 것처럼 "Y의 아귀를 즉, 바퀴의 축. 세 갈래 길이 만나는 장소(for the crotch of the Y. The hub of the wheel. The place where three roads meets.)"(*SA* 350)를 향하여 출발시킨다.

일반적 시각에 나타나지 않는 1/4의 가능성이 존재하는 3개의 다리를 가진 Y지점에서 Fenn은 "세 개의 도로가 만나는 지점에는 네 개의 선택이 있다. 당신의 Y는 세 개의 다리가 있지만 네 개의 가능성이 존재한다"(at a place where three roads meet, there are four choices. Your Y has three legs, but four possibilities.)(SA 351)고 Susan에게 설명한다. 인간은 우측, 또는 좌측 아니면 후진을 하든 그 어느 한쪽으로 꼭 갈 필요가 없다는 것이다. 교차로, 네거리, 교차대구법을 선택할 수 있으며 이것은 "해답의 문제도 아니고 심지어 철학적 입장의 문제도 아니다. 단지 하나의 관점, 우리의 이야기를 위한 우리의 관점의 문제이다"(If is not a matter of answers, or even a philosophical position: just a perspective. Our perspective, for our story.)(SA 360).

모든 우연의 일치가 한곳으로 집중되어 연계사들을 해석할 수 있는 영역에 가정을 꾸미고 있는 Turners는 모든 은유의 이중적 기원이 되는 Nietzsche와 같은 시각으로 자신들의 평화를 도모하려 한다. 즉, "우리의 집은 우리의 이야기이며 우리의 아이이다"(our house is our story is our child)라는 것은 어느 것이 본질적인 술어인지 알 수 없는 공간이며 또한 어느 것이 최상의 술어인지 알 수 없는 수의 차이로서 "그것은 우리 둘의 문제이기도 하고 우리 둘의 문제가 아니기도 한 것"(the thing that's both of us and neither of us)은 커플의 정신분열증을 찬미할 수 있는 영역인 것이다. 처음에 분열되었던 것처럼 인생과 그 각본이 결국에는 두 배가 되는 장소이다. "행동하는 것 그리고 말하는 것, 우리가 글을 쓰는 것과 사랑하는 것—그것들은 쌍둥이들이다. 그것은 우리의 이야기이다"(The doing and the telling, our writing and loving—they're twins. That's our story.)(SA 365)라고 Barth는 주장한다.

Fenn과 Susan이 교차지점에 도달하게 된 것은 전통적으로 서구인 개념의 특성인 이분법적 "대비의 위기"(crisis of Versus)인 V를 제거하고 Y를 해체하는 것과 비슷하다. 교차대비의 X는 다양한 현상들이 다양한 관점에 의하여 1/4의 가능성과 비결정성의 영역을 제시해 줄 것이다. 이 영역에서 아버지의 씨, 즉 정자는 바람과 조수에 밀려 교차대비 지점에서 잠시 지체하는 분산, 분광, 유무의 관점에서 파괴되고 흩어지며 아버지를 벗어난다. 이와 같이 *Sabbatical*은 마치 Derrida의 *Of Grammatology, Writing and Difference, Positions* 그리고 *Dissemination*에서 제기되는 내용은 함축하고 있다.(Tobin 133).

희극적인 소설가와 해체의 대부(代父)사이에 존재하는 이 같은 우연의 일치는 Barth의 문학작품에 역으로 확대될 수 있으며 창조적인 창작과 유랑적 사색 사이에서 상호관련성이 입증되고 있다. Barth의 실험소설에 Derrida의 급진적인 해체이론이 도입될 수 있었던 것은 우연의 일치처럼 보인다.

Barth가 활용하는 편측성은 은유로서의 언어, 분열과 이중적인 정신, 결합으로서 성(gender)관계뿐만 아니라 인간의 모든 교차학문연구 영역을 포괄하는 포스트모던시대의 문제점들에 대한 개방적 입장을 부여해 준다고 볼 수 있다. Barth의 내러티브 전략은 현재 교차된 장르를 통하여 재정립되고 있으며 모든 텍스트는 다른 장르영역에서 하나의 유추영역이 통과될 때 거기서 얻은 정보 그 자체는 "유추관계"(analogy), "상동관계"(homology), "이종 동일구조관계"(isomorph)로 나타난다. 그러나 지식의 목적지를 지향할 때 중요한 것, 즉 도착시간을 보장해 줄 수 있는 것은 문지방의 영역이어야 한다고 Barth는 강조한다.

among the sundry isomorphies of the cycle of mythic-heroic adventure is the career of the rare successful spermatozoon, from its virgin birth, so to speak, through its threshold-crossing; its dark sea-journey; the loss of its companions(and ultimately its own identity and tall); its election, in the deepest chamber of the sacred precinct, to an extraordinary, transcendent union; its rather, henceforward, their subsequent serial metamorphoses, as

ontogeny recaps phylogeny in the gestatory flight; its recrossing
of the threshold and rebirth into the light-so transformed by the
adventure as to go unrecognized until some Carmen B. Seckler
sees through its disguise to its true identity. The story of our
lives.(*SA* 331)

이 영역에서는 엔트로피적이며 이질적 총체성, 처녀막 혹은
교차 대비점과 같은 영역에서 다시 출발함으로써 반복과 차이
의 중간영역이 결정되지 않은 공간이므로 사유적 항해가 전체
성을 지향한다. 그렇지 않으면, 부적절한 전제들, 이질적 총체성
의 기원에 존재하는 전제들 즉, 필연적 반복생성에서 수반되는
이중성에 대한 수치심과 필연적 차이에서 생성되는 이질적 적
대적 단일성을 향한 총체성은 근거가 빈약한 한정적인 사고로
후퇴하는 것이다.

Figure 12에서 볼 수 있는 것처럼 "문지방"의 영역을 초월한
곳에서 생성되는 "타자의 담론"은 무의식적이며 그 무의식은 함
부로 해체될 수 없는 것이다. 무의식이란 표현 과정 중에서 그
자체를 드러내기를 거부하는 교체성 즉, 교체되는 타자성을 나
타내주기 때문에 Derrida는 무의식을 해체할 수 없다고 보는 것
이다. 무의식의 기본적인 사유과정은 "대체"(substitution), "배
가"(doubling), "연결"(coupling)을 통한 무한한 유희를 생성시
키며(Tobin 135) 안정된 정체성, 모순, 인과관계, 부정 그리고
현존의 계시가 존재하지 않는 로고센트리즘이 해체되는 자유로
운 유희와 비결정성의 과정이라고 볼 수 있다. 그러므로 이 같
은 경계선들을 중시하는 "signifiers"를 통하여 무의식을 표현하
려고 시도할 때마다 무의식은 스스로 후퇴하여 달아난다.

Derrida는 Oedipus Complex를 통하여 확고부동한 중심적 위치
를 견지해온 Freud의 무의식보다도 더 탈중심화되었으며 탈중심
화되어 가는 무의식에 대한 Lacan의 해석을 더 선호하고 있다.
Lacan은 무의식의 두 가지 표출양식으로써 압축(condensation)

136

과 치환(displacement)을 주장한다. 압축은 "은유의 영역인 시니피앙의 적재구조"(the structure of the supreimposition of signifier which is the field of metaphor)이며 치환은 환유(metonymy)와 같은 구조로써 "의미의 교체"(veering of meaning)를 말한다(Eagleton 189). 이 두 매커니즘은 무의식의 형성과정에서 은유법과 환유법에 따라 지배되며 압축은 은유적 성격으로 시니피앙들이 적재구조를 형성하지만 치환은 환유적 성격으로 의미의 동일한 진로를 변경한다. Oedipus Complex는 구조적인 무의식이 아니며 이곳에서는 부모의 유전이 어린아이에게 집중되어 이후에 생성된 단일채널은 정상적이거나 비정상적인 사회화 속으로 분기한다고 보기 때문이다. 무의식에 대한 Barth의 입장은 Fenn과 Susan으로 하여금 反Freud주의자의 모습으로 등장시키는 모습에서 잘 나타난다.

> I hate a dream!
> Me too.
> Fenn is incensed. That whole five-dream business is garbage!
> Flashbacks, Flash for words! The unconscious is an idiot!.(*SA* 345)

그러나 *Sabbatical*에 등장하는 교차대비적인 x 구조적 무의식은 이란성 쌍둥이들인 Fenn과 Susan이 각각 잃어버린 반쪽을 찾아 항해를 떠나는 의식적 과정으로 볼 수 있으며 각각의 차이와 반복을 통한 연결고리들에 의하여 둘이 서로 갈등과 협력을 통한 인간의 잠재력을 표출시키는 공간이라고 할 수 있다. 정신분열적으로 둘이 하나가 되는 것이라기보다는 성(gender) 관계에서 언제나 동등한 위치에 존재한다는 여성적 소망이 있음에도 불구하고 여성은 남성성으로 규정되는 총체성에 보완적으로 대처하지 못하기 때문에 평등과 상호작용을 강조하는 욕망을 갖고 있다고 볼 수 있다.

로고센트리즘에서는 남근적 "signifier"의 동질적인 총체성 속에서 오직 하나의 성, 플러스 혹은 마이너스 남성만이 존재한다. 따라서 동성애 관계에 대하여, Barth는 형제-남편, 자매-아내의 관계를 동료관계로 보고 상호작용으로서 시너지 시스템을 그 대안으로 제시한다. Fenn과 Susan은 보완적 관계로서 상호 성적 관계를 통한 포스트구조주의적이며 실험적인 인물들로 부각된다.

Barth는 로고센트리즘의 이분법적 대립쌍들의 문제가 표면화될 때마다 자신이 추구하는 시너지 시스템을 타이포그라피 시스템으로 그의 모든 텍스트에서 제시하고 있으며 "he/she, his/her, and/or, both/and, either/or, neither/nor" 등은 "우측 고급/좌측 저급"이라는 수직적인 대비관계에서 수평적인 대비관계로 해체시켜 제3의 종합적인 통일체를 형성하려고 한다. Barth는 "남성과 여성의 대비는 커플처럼 연결된다"(The male and female couples are coupled like the couple.)(*SA* 272)는 베트남인들의 구전 민요시 "ca dao"를 인용하면서 좌뇌 문화의 긍정적인 측면도 제시하고 있다.

전통적으로 성직자들을 비롯한 종교지도자들은 항상 왼쪽 어깨에 성의를 걸치고 다니며 왼손을 통한 종교적 의식행위는 *The End of the Road*에서 이미 Barth가 주장한 "좌측원칙"(the principles of sinistrality)과 비슷하다. South Borneo의 Ngaju족들 사이에서 종교적 제사 수행자들은 종종 여성들이지만 남성들이 그 기능을 수행할 때 그들은 또한 여성의 신분에서 종교의식을 수행한다. 시베리아의 Chukchi족 사이에서 남성성직자는 여성의 헤어스타일로 여성의 의상을 입고 여성의 과업을 수행하며 "교차섹스"(change sex)를 즐기며 아이까지 낳기를 주장한다(Needham 109-26).

Barth는 "우측 고급" 문화만을 강조하지 않는 전형적인 포스트모더니스트이며 페미니스트라 볼 수 있다. 그는 "왼손과 오른손의 조화"(compatible as left hand and right)(*SA* 332)를 강조하고 있으며 그의 모든 경계선들에 대한 부정은 Y 구조나 문지방 횡단과 같은 공간에서 발생한다고 볼 수 있다. 시너지 시스템은 Barth만의 독창적인 전략으로 볼 수 있지만 포스트구조주의자들의 이론들을 "양성성"(androgyny)의 입장에서 볼 수 있는 것이다.

Heilbrun은 "남성과 여성에 나타나는 성적 특성과 인간의 충동은 엄격하게 구분되지 않는 상태로 정의된다"(It defines a condition under which the characteristics of the sexes and the human impulses exposed by men and women, are not rigidly assigned.)고 양성성을 주장했으며 Cixous는 남성과 여성을 각각 "중성"개념으로, 설명하고 있다(Easthope & Mc Gowan 146). Coleridge가 "위대한 정신이란 양성적이다"(a great mind must be androgynous)라고 표현한 것에 대하여 Woolf는 양성성을 최고의 만족과 완전한 행복에 이르는 이론으로 추켜세우고 양성동체적 정신을 지녀야 작가가 진정한 문학을 생성시킬 수 있다고 평가한다(Woolf 94).

Kristeva는 "남성의 '여성성'은 여성의 '여성성'이 아니며 여성의 '남성성'은 남성의 '남성성'이 아니다"(Man's "feminene" is not woman's "femine" and the woman's "masculine" is not "masculine".)라고 언급한다(Kristeva 224). 그녀는 남성성과 여성성이 신체상의 특수한 인류학적 의미의 결과가 아니라 양성의 비대칭적 결속임을 강조하고 있고 Kofman도 남성과 여성의 이항대립적 요소들이 성차관계에서 오는 틈을 메워 보려고 한다(Kofman 122-42). Heilburn "성의 감옥으로부터의 탈출"(releasing from sexual prison)이나 Lacan의 "남/녀의 대칭"(an asymmetry between the masculine and feminine position)관계를 양성성과 밀접한 관련성이 있다고 라이트는 주장한다(Wright 205).

이러한 주장에 대하여 문화적 지배에 대한 직접적이며 극적인 반발들이 있을 수 있으나 Barth가 반대성을 지닌 쌍둥이로서 교차대비적 커플의 모델을 제시한 점은 우뇌와 정신분석적 무의식에서 해방됨으로써 문화적 탈출과 자아이식의 관점에서 작가적 실험을 해 온 Barth의 양성성이 그 타당성을 인정받기도 한다. Barth는 *Sabbatical*에 대한 내러티브 프로젝트를 구상하고 있던 중 우연히 지켜보게 된 난자와 정자의 결합을 주제로 한 텔레비전 드라마에서 딸의 임신과 자신이 직접 발표한 "Night-Sea Journey"가 시간적으로 우연히도 일치한 데서 *Sabbatical*을 쓰게 되었다고 말한다:

The normal mortality rate of striped bass, or rockfish, between the gamete and the fingerling stage, is estimated at 99.99% Were it a few tenths of a percent lower, the Bay would be overrun with rockfish. Were it a hundredth of a percent higher, as it presently bids to become, there would be none.

But if a man produce only 60,000,000 sperm per ejaculation(the middle range of human male fertility), and ejaculate on the average of thrice weekly for sixty years between puberty and death, dysfunction, or disinterest, and if with those 374,400,000,000 sperm he "father"two children, the mortality rate of his spermatozoa is on the order of 99.99999999999% or 187,200,000,000 dead for each "survivor" Confronted with these calculations, Carmen B. Seckler will remark that by comparison to such odds, the Jew's deportation to the Nazi death-camps looks like a minor hazard, though she alone of her entire neighborhood survived it. Fenwick will ponder the irony that, such is the power of numbers, if a man, despite these odds, decide in normal circumstances to "father" two children, he probably will(*SA* 241)

다음으로 Barth가 시도한 내러티브 전략은 "우리들"과 1인칭 복수의 유산에 관한 것이다. 분명히 그의 행동은 앉아있거나 항해중이라 하더라도 "현자는 세계의 기본이다"라는 연계적 확신과 단호한 유물론자로서 Barth는 세계와 그 지리에 집착하고 있다. 교차 대비 영역에 위치한 자신의 집에서 흘러넘치는 축복의 재능을 명상하면서 우리의 항해자는 무엇을 하고 있는가? 그는 하나의 지도를 손에 들고 있다. 그것은 Chesapeake Bay의 지도이며 일단 Barth는 지도, 우뇌, 무의식 위에 Fenn과 Susan의 위치를 정한다. 그리고 여성은 배의 키를 넘겨받아 창조적으로 수태의 이질적인 섬과 지리, 인생과 글쓰기의 출발 사이를 힘겹게 항해해 나간다:

> I was struck by the fact that it(our spot) looks like nothing so much as two fallopian tubes conjoining in a uterus. And there I sit serendipity! -working on a plot where I have two eggs coming down, about to encounter a spermatozoa …… and my next novel is going to have to wait until my story is finished.(Reilly 21-22)

우연의 일치도 그 시기와 의미를 지니고 있기 때문에 (Ecclesiastes 9: 11) 다음 소설은 Barth의 부분적인 은유 속에 그 모반을 지니고 있으며 타이포그라피 시스템을 통한 반복과 차이의 전체적인 구조를 나타낼 것이다. 빛과 어둠 사이에 존재하는 문지방을 횡단하기 전에 모더니즘적인 주인공은 안내자나 조력자가 필요하지만 *Sabbatical*의 Fenn과 Susan은 항해하면서 항해지도 12221을 분실하고 조력자 없이 항해와 문지방을 횡단해야 하는 포스트모던적인 주인공들로서 주역과 조연이 없는 이분법의 해체현상을 나타내고 있다.

> There's no particular hero in our story. We are the hero. So we'll the helper, too. I'll be your helper; You be my helper. One hand washes the other ……. So if our story strays off course

from the pattern, too bad for the pattern. Have we decided
where to begin it?(72)

Fenn은 Susan의 머리 너머로 Perseus와 Company를 주시한
다. 그는 점점 "사라져가는 이분법"을 상징적으로 보여주고 있
는 Agol의 모습을 윙크하는 Medusa의 눈 속에서 찾고 있다. 새
롭게 태어난 Perseus와 Medusa는 Marland 해변에 새집을 짓고
행복한 가정생활을 시작한다. 그들의 집은 강이 Y자 형태로 분
기하여 두 개의 가지가 되는 지점에 위치해 있다.

Barth는 *Sabbatical*의 마지막 부분에서 내레이터를 통해 자신
의 스토리는 쌍둥이에 관한 것이며 "twins"라는 단어가 의도적
으로 반복되고 있음을 시사한다. 즉 쌍둥이의 반복을 의도하는
내러티브 전략은 "대단원의 결말에서 시작하고 시작에서 대단원
의 결말을 내도록 하자"(let's begin it at the end and end at
속 beginning.)(365)는 반복을 통한 통합을 의미하는 "애너디프
로시스 시스템"(anadiplosis system)과 밀접한 관련성을 맺고
있다.

3. 시너지 시스템(Synergism System)

*Sabbatical*의 주인공이면서 *The Tidewater Tales*의 등장인물이
기도 한 쌍둥이 내레이터인 Peter와 Katherine가 전달하는 스
토리는 매우 복잡한 항해 내러티브 구조의 넌픽션 형식을 나타
내고 있다. *The Tidewater Tales*는 1980년 6월 15일부터 29일
까지 2주 동안 만삭이 된 Katherine과 그녀의 부모인 Henry와
Irma Sherritt, 그녀의 남동생인 Chip 그리고 CIA와 지구 오염
에 관한 다양한 주제를 비롯하여 양육, 항해, 글쓰기에 관한 정
보를 제공해주는 Peter와 그의 친구들인 Franklin과 Leah

Talbott 등과 함께 Chesapeake Bay에서 항해를 즐기며 이야기를 주고받는 내용으로 *Sabbatical*의 내러티브 구조와 유사성을 띤 작품으로 볼 수 있다.

특히 이 작품은 바다, 섹스, 스토리, 선원과 정액, 항해와 내레이션, 텍스트성과 성에 대한 것들이 주된 주제들이라고 볼 수 있으며 절망적이며 야만적인 혼돈의 세계에서 가족과 글쓰기의 창의성과 생산성, 필요성을 강조하고 있어서 초기작품에서 볼 수 없는 개방성과 유연성을 나타내고 있다. *The Tidewater Tales*의 내러티브는 등장인물들로 하여금 극단적인 절망 속에서도 성공한 주인공들의 스토리들을 독자에게 들려준다. 쌍둥이를 해산한 Katherine Sherritt와 임신한 Leah Talbott, 자신들의 다음 작품들을 위해 많은 소재들을 수집한 Peter Sagamore와 Frank Talbott가 행복한 가정생활을 영위하면서 *The Tidewater Tales*의 소설은 Peter 자신의 작품이 되는 것으로 대단원의 막을 내린다.

Barth는 *The Tidewater Tales*의 내용을 소개하는 목차에서 밝히고 있듯이 2주간의 항해 기간은 정확한 2주가 아니라는 점을 *The Thousand and One Nights*를 패러디하여 "The Fortnight and One"으로 표현하기도 한다. Barth가 *Sabbatical*에서 이분법의 통합을 추구하였다면 *The Tidewater Tales*는 이분법을 초월하여 사회적 책임과 스토리텔링의 연계성을 비결정성(indeterminacy)의 과정과 열린 결말의 전략으로 활용하는 내러티브 기법들을 새롭게 제시하고 있다. 쌍둥이 시스템을 선호하는 Barth는 의도적인 대비를 통하여 *Sabbatical*과 *The Tidewater Tales*가 하나의 쌍을 형성하는 모습을 보여주고 있다. 그러므로 *The Tidewater Tales*에서 재현되는 등장인물들은 앞서 출판된 작품들의 등장인물들과 동일한 역할을 하고 있어서 선행된 텍스트들을 읽지 않으면 *The Tidewater Tales*에 대한 이해가 어려워서 마치 *LETTERS*의 내러티브 전략과 비슷한 느낌을 갖게 된다. 또한 소설이라기보다는 비평서적과 같은 느낌을 주는 Barth의 텍스트에 등장하는 내러티브의 이론들이 *The Tidewater Tales*에서 재평가되기 때문에 이전에 활용되었던 메타픽션, 패러디, 패스티쉬 등의 내러티브 기법들이 넌픽션과 뉴 저널리즘형식 등으로 다양하게 나타난다.

*The Tidewater Tales*는 포스트모던 글쓰기의 보화라 할 정도로 소설에 대해 고갈되지 않는 정보들을 풍부하게 제공해 주고 있으며 *Sabbatical* 텍스트의 필요성을 충족시키기 위하여 *Sabbatical*의 등장인물들의 이름을 바꾸기까지 하고 있다(413-14). 이 두 작품에서 이분법적 대립쌍의 관계를 가장 잘 보여 주고 있는 근거로는 작품들의 부제로서 *Sabbatical*은 로망스, *The Tidewater Tales*는 소설로 표현하고 있다는 점일 것이다. 전자는 Fenn과 Susan의 성숙한 사랑과 출산문제보다 자신들의 인생을 풍요롭게 이끌어 갈 수 있는 상호간의 신뢰와 화합, 그리고 바다짐승 Chessie의 출현과 우연히 발견되는 "boina" 등 비개연성에 대한 유희가 나타나지만 *The Tidewater Tales*는 특히 여주인공의 가정생활과 미국인들의 생활에 직접적으로 영향을 미치고 있는 사회, 정치적인 문제와 스토리텔링에 대한 전략 등 다양한 주제를 다루고 있다. 그러나 특정한 시대와 장소를 다루는 리얼리티, 인과관계, 주인공들의 사회 심리적 관계를 다루고 있지는 않다.

Barth는 DAY 6의 "Severn River to Chester River"(363)에서 Chessie의 환상적인 모습을 묘사하고 있지 않지만 독자에게 Chessie의 출현을 상상케 한다. 그러나 Barth는 이 장에서 결코 Chessie는 존재하지 않음을 강조한다(367). 특히 스토리텔러가 스토리텔러에게 전달하는 "boina"의 반(406)은 이 내레이션의 상징적 요소가 되고 있으며 드라마 SEX EDUCATION(145)에서 May와 June이 설명하는 픽션과 May Jump와 Katherine Sagamore의 실제생활의 모습들이 우연히 일치한다.

Sabbatical/The Tidewater Tales 즉 romance/novel의 대비적인 관점은 Barth가 이 두 텍스트의 저자라는 점에서 해체될 수 있으며 이분법 자체는 자신의 창의적 상상력의 확대를 기대할 수

144

있는 공간이 될 수 있다. 이러한 것들이 또한 텍스트 자체의 구성과 내러티브 기법에 관심을 갖게 해 주는 문학적 장치들이라고 볼 수 있다.

*Sabbatical*은 Chesapeake Bay전 지역에서의 항해에 관한 이야기로서 고대 그리스와 중세 스페인의 시·공간 속으로 회귀하기도 한다. 특히 *The Tidewater Tales*의 타이포그라피 시스템이라고 볼 수 있는 내러티브 전략은 Figure 6과 10에서 예시해주고 있는 것처럼 지나칠 정도로 이니셜이즘을 활용하고 있는데 이같은 전략의 효과는 보다 더 광범위한 주제와 소재들을 다루고 있을 때 나타난다. 이와 같은 내러티브의 다양성은 내적 부제에 의하여 잘 보여 지고 있다. 즉 "The Tidewater Tales, or, Whither the Wind Listeth, or, Our Houses' Increase: A novel"(83)로서 *The Tidewater Tales*의 제목은 "A Novel"을 포함하여 셋이라는 것을 알 수 있다. Houses' increase는 Katherine이 낳은 쌍둥이와 Nice와 Easy(425), Said와 Done, Blam과 Blooey(23) 등 이분법을 추구하는 등장인물들로 구성되며 Story, Reprise, Katydid IV, Rocinante IV와 같은 범선들이 모여 마치 소형함대를 구성하기도 한다.

이 소설의 주요 등장인물로 Peter와 Ketherine Sagamore, 그들의 아직 태어나지 않은 쌍둥이, Ketherine의 부모인 Henry와 Irma Sherritt 그리고 그녀의 남동생 Chip, Franklin과 Leah Talbott, 그녀의 어머니 Carla B. Silver, 자매인 Marian, 조카인 Sy, Marian의 애인인 May Jump와 Donald Quicksoat이 등장하는데 14일간의 항해와 14명의 인물들이 수십 명의 다른 인물들과 더불어 스토리텔링을 형성하고 있다.

*The Tidewater Tales*는 포스트구조주의와 포스트모더니즘의 조화를 의도한 작품으로 볼 수 있다. 왜냐하면 이 텍스트는 비결정성의 문제가 주제로서 부각되며 수많은 내러티브들과 등장인물들이 고갈의 문제에 대한 반응을 제공해 주기 때문이다. 또한 1967년 에세이, "The Literature of Exhaustion"에서 Barth는

리얼리즘 소설은 새로운 가능성의 문제들에 대하여 효과적으로 대처할 수 없다고 선언한 바 있지만 1979년, "The Literature of Replenishment"에서 리얼리티와 픽션의 고갈은 새로운 형식의 내러티브 기법들을 등장시키고 있다고 주장하였다. "고갈"과 "소생"의 은유는 내러티브의 "비고갈성"(inexhaustibility)을 초월할 정도로 풍부한 정보를 *The Tidewater Tales*에서 제공해 주고 있다는 점에서 주목의 대상이 되고 있다.

  *Sabbatical*에서는 텍스트와 각주 사이에 스토리가 전개되지만 *The Tidewater Tales*는 각주는 없지만 "장"과 "제목", 스토리 사이에서 하나의 유희적 공간이 설정되어 있고 각 장들의 제목들이 내용의 목차에서 9페이지를 할애할 정도로 상당히 긴 편이며 음악의 "Bb", 수문학의 "39", 감탄의 "Well!", "Yes", "Done?", "Hits" 등 하나의 어휘에서부터 "Amen. Amen. Amen. Amen. Amen. Amen. Amen. Amen. Amen. Amen." 등의 반복, 본문의 내용과 동일한 목차의 내용이 활자를 달리한 타이포그라피 시스템으로 표현되고 있다.

  형식상의 독창성과 사랑에 대한 언어적 유희가 지속적으로 이루어지고 있는 *The Tidewater Tales*의 이중적인 내레이터들은 이분법적 대립쌍을 강조하면서 동시에 초월을 시도한다. *Sabbatical*의 내레이터는 Fenn과 그의 아내인 Susan이지만 *The Tidewater Tales*에서는 Katherine과 Peter가 "아주 잘 결합된 커플"(29)로서 연계된 관점을 보여 주고 있다. 특히 사서직원인 Kath의 묘사에서 "39세 그리고 임신 8.5개월", Peter를 "39년 그리고 8.5개월 나이"로 반복하여 표현하는 것은 이분법적 대립쌍들의 요소들을 아주 공평하게 처리하는 시너지 시스템의 현상으로 볼 수 있다.

Katherine Sherritt Sagamore, 39 Years Old and 81/2 Months
Pregnant, Becalmed in Our Engineless Small Sailboat at the End
of a Sticky June Chesapeake Afternoon amid Every Sign of

Thunderstorms Approaching from Across the Bay, and Speaking
As She Sometimes Does in Verse, Sets Her Husband a Task.
Peter Sagamore, 39 Years and 81/2 Months, an Author with
Certain Difficulties Though Certainly Not a Difficult Author, at
the Tiller Our Little Sloop Story, Respounds in Prose.(*TT* 11)

WASP로서 Dirchester County의 상류사회에서 자란 Kath는
지성적이며 아름다운 용모를 갖고 있으며 "라블레
적"(rabelaisian)이고 긴 문장을 선호하는 반면, Hoopers Island
의 중하류층에서 자란 Peter는 유식하고 잘 생긴 미남자로서
데카르트적이며 단문을 선호한다(29). Barth는 "Well!"에서 두
사람의 이분법을 다음과 같이 주장한다:

If Less is More is Pete, More is More is Kath. Pete's
pet poet is Emily Dickinson ⋯⋯ Katherine Sherritt's is
Walt Whitman.(29)

이와 같은 Barth의 이분법은 "많은 것", "긴 것" 등 로고센트
리즘의 인식론에서 주체적 우위를 차지하고 있는 것들에 대한
대비적 도전으로 받아들여 질 수 있다. 왜냐하면 그는 내러티브
전략이 "Bb OVERTURE"에서 "간결성은 위트의 정수이다
(Brevity is the soul of wit.)"라는 셰익스피어의 담론을 인용
하면서 Pete의 미니픽션과 수많은 미니멀리즘을 다음과 같이
암시해주고 있기 때문이다.

The fine fat novel she'd been floored by had been succeeded
by a lean, which she found fine too but disappointing in its
leanness: she craved more teem, more sprawl, more overflow.
Came then twin novellas; after that(author and reader had remet
now and commenced the story of our life together)those briefer

and briefer fictions of the last decade ……

The Death of the Novel, the Death of the Novella, the Death of the Short, the Moribundity of the Printed Word in the Age of Electronics ……

(*TT* 37)

Barth의 "minimalism"은 LETTERS의 타이포그라피 시스템 Figure 8에서 보여 주고 있듯이(*L* 332) 더욱 확대되어 미니멀 어휘(56)와 함께 초 미니멀리즘으로 발전한다(55). 글쓰기의 단편성 내지는 파편화 현상은 포스트모더니즘 특유의 현상으로 볼 수 있는데 Barth가 의도하는 이와 같은 내러티브 전략은 리얼리티가 고갈되어 더 이상 상상력을 발휘할 수 없는 "작가의 한계"(Writer's Block)(56)를 어느 정도 해소시켜 줄 것이다.

Pete와 Kath는 교대로 화자와 청자, 내레이터와 독자의 입장에서 *Story*라는 범선을 타고 항해를 즐기고 있다. 이분법을 초월하여 교차대비적 관점을 제시하는 Barth는 "하나의 입은 하나의 귀가 필요하며, 하나의 귀는 하나의 입을 필요로 한다"(a mouth needs an ear, an ear a mouth.)(25)고 주장한다. KUBARK로 명명되는 CIA에 대한 폭로기사를 썼던 Tal-bott와 재미있고 유익한 내러티브를 쓰도록 격려하는 미문학 교수인 Leah 커플도 *Sabbatical*의 Fenn과 Susan처럼 교차 대비적인 인물로서 쌍둥이 시스템을 통한 이분법적 대립쌍들을 해체시킨다. 이들의 해체는 단 한번의 사건으로 끝나는 것이 아니라 무한한 순환적 스토리사이클(25) 속에서 재현되고 있다. Barth는 이와 같은 상황을 "The unfinished story of Penelope's unfinished web"(182)에서 다음과 같이 제시한다:

Even the casual viewer noticed and properly admired the little panel-within-a-panel, but there was a further detail known only to the maker and one other. In an area no larger than her fingernail(in a tapestry itself wall-size), she had managed to suggest in the tiniest stitches of the very finest thread the scenes from Panel Two, being woven in Panel Three. That idea she had gotten from Phemius, who, as he sand of Troy, once improvised an interlude wherein an old minstrel entertains disguised the shield forged for Achilles by the gods, on which in turn is figured the story of the war thus far.(195)

Barth가 자신의 새로운 기법으로 추구하는 스토리사이클(25)은 단순한 사이클이 아니라 이른바 나선형의 사이클로서 "이야기 속의 이야기 속의 이야기"(Tales Within Tales Within Tales)(*FB* 218)의 구조와 밀접한 관련성이 있으며 이미 *Lost in the Funhouse*에서 주장한 "인용부호 속의 인용부호 속의 인용부호"를 통하여 실험한 내러티브 전략들이 *The Tidewater Tales*에서 흥미롭고 혁신적인 기법으로 제시되고 있다.

Barth가 선호하는 유희적 혼합장르와 텍스트들은 마치 Chinese Box 구조 속에서 포스트구조주의의 내러티브 테크닉을 대변해 주는 상호텍스트성을 적용시키고 있다고 본다. 실제로 *Lost in the Funhouse*의 "Night—Sea Journey"에서 정자와 수영선수의 관계가 "SEX EDUCATION" 드라마에서 난자와 부동자(floater)간의 관계와 접목되고 있다(150).

MAY(Frowns): Merge! Merge?
JUNE(Embarrassed): You know.(She presses her finger-ends together several times, uncertainly.) Merge.
MAY(Understands): Oh, that. We called it Fusing. So: They told you all to go Merge with Mister Right and make a Baby.(She touches JUNE'S leg.)
JUNE(Merrily takes MAY'S hand): We didn't even know what a Baby was!

MAY: I still don't. But I know I want none of it.(She touches
    June's knee with her free hand.)
KATHERINE: I've heard that Sun-Moon joke before. It's
    Number Thirty-nine.
JUNE(Catches that hand too): I don't think they knew, either.
    The same with Merging. They said we'd understand
    when the time came. Maybe we will, if it's not too late
    already.
MAY: My time isn't coming, if I can help it. Merging!
JUNE: It doesn't sound so terrible to me: Floaters and
    Swimmers putting their Identities together. I'm going to
    keep an open mind ……
MAY(Shakes her head): We called it the Big Wash-Out; but we
    were supposed to choose it over Fusing with Them.
    Coach Lefkowith said that to Fuse our Identity is to lose
    our Identity.(155-56)

연합, 통합, 합병을 추구하는 Barth의 시너지 시스템은 상호
간의 갈등과 반복, 질시와 증오, 모순을 야기 시킬 수 있는 이
분법을 해체하여 화해와 용서, 사랑과 포용, 용기와 희망을 줄
수 있는 "대립쌍들의 연합"을 추구하고 있으며 이와 같은 내러
티브전략은 Mimi와 Fred의 대화를 통하여 다음과 같이 나타난
다.

We really could just live out our time here in this cove, Mimi.
Not a couple, exactly, but a sort of team.
    Mimi says Not like Sun and Moon, though, right? Fred grins:
No, no. Nor Sword and Scabbard, nor Plow and Furrow.(These
are all metaphors from Act Two, May. You said it, says May
Jump. Sounds like they're naming your children.)

150

Plow and Furrow! says Mimi: I should say not! I hate those metaphors.

Fred shrugs his eyebrows. How about Bow and String, then? Or Finger and Thumb?

Our kiddies whirl: Chutes and Ladders! Dungeons and Dragons!

Those are Right Hand and Left? Fred takes her right hand in his left. Mimi squeezes it and nods as if to say Done …….

Fred looks seaward: Merge. Fuse. Combine.

Fred says: the union of contraries.

We're not contraries! Mimi objects: We're partners. Fred says My late friend used to talk about the transcension of categories.(That was back in Act Two, Chip.) But I don't think of you and me as categories, mimi:
You're Mimi; I'm Fred.

But if we were to Combine and Merge Identities …… no more Mimi; no more Fred.(628-29)

*The Tidewater Tales*는 Peter와 Kath가 여행 일정표나 목적지도 없이 문학작품과 CIA의 복잡한 사건에 관하여 이야기하면서 2주 동안 Chesapeake Bay를 항해하고 출발했을 때보다 더욱더 건전하고 건강한 한 쌍의 행복한 부부가 되어 돌아오는 이야기이다. Pavel은 *Fictional Worlds*에서 Barth가 *Sabbatical*에서 픽션의 지시적 원리를 최대한 활용하고 있으며 픽션행위의 목적론적 관점에서는 픽션의 지시적 목적이 존재한다고 다음과 같이 밝히고 있다.

Reference in fiction rests on two fundamental principles that, shared by fiction and other activities, have for a long time constituted the privileged core of the fictional order: the principle of distance and the principle of relevance. Creation of distance could well be assumed to be the most general aim of imaginary activity: the journey epitomizes the basic operation of the imagination, be it realized as dreams, ritual trance, poetic rapture, imaginary worlds, or merely the confrontation of the unusual and the memorable. Scandal, the unheard of, the unbearable tensions of everyday social and personal life, are expelled from the intimacy of the collective experience and set up at a distance, clearly visible, their virulence exorcised by exposure to the public eye, by the safety net of exemplary distance. Sagas and epic poems offer the paradigms for the literary framing of real characters and happenings. The salient two-level structure that furnishes the semantic pattern to be extended to all fictions instantiates the same operation.(Pavel 145)

4. 어내디프로시스 시스템(Anadiplosis System)

Barth는 소생을 위한 목적 때문에 하나의 반복 행동으로 여행을 떠났던 곳으로 다시금 회귀하는, 즉 "종착지의 반복"(the repetition of end at the next beginning)과 같은 기능을 수행하는 "An-a-di-plo-sis System"을 내러티브 전략으로 내세운다. Arthur Quinn의 저서, *Figures of Speech, 60 way to turn a phrase*(1982)에서 "Anadipolsis"가 수사학이 반복되는 방법들에 관하여 정의와 예시를 주고 있는데 이러한 태도는 *The Tidewater Tales*에서 Barth가 보여주는 전략과 일치하며 신화적 비유의 시작과 반복을 처리하는 그의 방법론에서 적절하게 나타나고 있다. 어내디프로시스는 Sagamores가 그들과 헤어져 항해를 떠나는 것처럼 "종착지의 반복"(the repetition of the end)이다.

퀸의 발표에서 보여준 어내디프로시스는 시작된 구(phase)나 동일 어휘를 지닌 한 문장 혹은 절로 끝을 맺으며 컨텍스트와는 다른 입장에서 진술하는 에페너렢시스(epanalepsis)의 교정 요소이다. 예를 들면, "주안에서 항상 기뻐하라, 내가 다시 이르노니, 기뻐하라"(Rejoice in the Lord always; and again I say, Rejoice); "무에서 창조되는 것이란 아무것도 없다."(Nothing can be created out of nothing.)(Quinn 87) 등을 예시할 수 있다.

반면에 어내디프로시스는 잠언의 어휘나 구에서 반복되는 마지막 어휘나 구를 채택함으로써 컨텍스트에 대하여 진술을 연계시키는 것이다. 어내디프로시스는 다음 예시에서처럼, 새로운 모험을 불러일으키는 것이다: "실패한 모든 사람들은 타고난 기질의 측면에서도 실패한다"; "당대의 시대정신을 소유하지 않은 사람은 그 시대의 모든 불행을 소유한 사람이 아니겠는가"(Who has not the spirit of his age, of his age has all the unhappiness.); "재능은 하나의 장식품이다; 하나의 장식품은 또한 하나의 은폐이다"(Quinn 89−90), 어내디프로시스의 미학은 반복을 통한 통합을 추구하는 영역에 귀속되면서 결과적으로 자체를 탈영역화시키는 것이다.

> The first expression for the relationship between immediacy and mediacy is repetition. In immediacy there is no repetition; it may be thought to depend on the dissimilarity of things; not at all, if everything in the world were absolutely identical there still would be no repetition. But when the possibility of repetition is posited, and then the question comes again everywhere. repetition, and remains a religious category. The first form of the interesting is no love change; the second is to want repetition Earnestness is acquired originality. Different from habit-which is

the disappearance of self-awareness. Therefore genuine repetition is earnestness.(Kierkegaard 763-64)

포스트모던 작가로서 Barth가 소생시키고자 하는 새로운 비유전략을 고려해 보기 전에 그가 작가로서 제시하고자 하는 근본적인 관심 즉 주제가 무엇인지도 살펴볼 필요가 있다. *The Tidewater Tales*는 Barth가 결혼의 행복을 다룬 유일한 소설로 이 작품에서 그는 행복한 결혼이란 제한적이라고 주장한다. 아마도 넘어야 할 "문지방"이 예상되지만 결코 넘을 수 없으며 소설이 전적으로 극적인 현실을 묘사해야 한다면 결코 표현해서는 안 되는 하나의 금기사항과 같다고 볼 수 있다. Barth는 "그 후 행복하게"(Happily ever after)(*CH* 55)라는 상황은 동화에서나 나오는 일반적인 결말이 될 수 있지만 소설에서는 판에 박힌 해피엔딩은 가능한 한 피해야 한다고 주장한다. 핫산은 현대소설에서의   스토리가   어떤   형식이어야   하는가를 Scheherazade의 "생존 내러티브"를 인용하면서 다음과 같이 말한다.

What, then, is a story? Scheherazade may have known the answer: so long as she can tell a tale, she lives. A story races against death, and in ending reminds us of the End. Hemingway states that all true stories must terminate in death. Beckett agrees: his unnameable heroes drone endlessly, seeking release from the stories thy are condemned to tell, seeking the final stillness. When Nabokov cries, Speak Memory! he cries against the onrushing night …… Perhaps stories always have two authors: Voice and Silence, the Ego and its Death.(Hassan 102)

포스트모던 작가로서 이분법의 이상적인 공간을 "결혼"이라고 가정한다면 작가는 그 공간의 가치를 위해 시너지 시스템을 극

154

대화시킬 수 있을 것이라고 Barth는 생각한다. *Chimera*에서 내
러티브 전략을 사랑의 관계로 파악하고 있는 Barth는 픽션에서
행복한 결혼은 배제시켜야 한다는 각본상의 이유를 잘 알고 있
다. 결혼생활에서 대소동이나 급격한 변화와 같은 사건들은 발
생하지 않지만 하나의 영역과도 같은 두 사람의 부부생활이 복
잡해지며 나태해질 때, Barth는 커플을 비정하게 별거 시킨다.

Deleuze와 Guattari가 결혼을 혹독하게 비하시키는 것은 핵가
족이 자본주의를 재코드화시킴(recording)으로서 편재적인 모든
코드를 최적의 목표로 삼아 재코드화시키고 있기 때문이다. 후
기 자본주의 논리가 생산 영역의 재코드화를 위하여 광고 형태
와 다량 판매를 야기시키며 인간 욕망 영역의 재코드화를 위하
여 "나는 어머니와 함께 동침하고 싶다. 아버지는 죽이고 싶
다)"(Tobin 145)는 Freud의 Oedipus Complex는 인간의 욕망
을 제한하려는 편집증적 구성개념으로 볼 수 있다. 서로 다른
많은 문화적 영역들이 두 단계의 논리, 즉 "탈코드"(decoding)
와 "재코드"(recording)에 의하여 지배를 받게 된다. 첫째, 산재
한 본질적 많은 의미들과 부분적인 코드들을 제멋대로 제거하
는 것. 둘째, 총괄적인 사안들을 집단적이며 편집증적으로 냉혹
하게 통제화하는 일. 역사적으로 볼 때 결혼은 공식적인 삶의
영역으로서 종교, 경제, 법 그리고 사회적 관습의 분자 집합체
로 연계시키고자 하는 국가의 통제 수단이었다.

처녀를 겁탈하여 죽이고 나라를 파멸로 이끄는 Shahryar 대
왕을 저지하기 위하여 연구한 Scheherazade의 정치학은 대왕의
절대권력 앞에서는 무기력할 수밖에 없으며 그 결과 정치학을
포기하고 심리학으로 전환한 그녀는 Shahyar 대왕이 왕비의 불
륜으로 인하여 여성 혐오증에 집착한 나머지 살인적 분노를 갖
게 되었다고 생각한다.(*CH* 6). 그러나 Doony는 남성과 여성의
완전한 평등은 옹호할 가치가 있는 것이며 여성들이 추구해야
할 최후의 목표라고 주장하면서 Shahryar의 통제 정책보다는
남성과 여성의 양자택일의 사회를 건설해보는 것이 좋겠다고

Shah Zaman에게 제안한다.

> She then set forth a remarkable proposal: legend had it that for to the west of Samarkand was a country peopled entirely with women, adjoining another wholly male: for two months every spring they mated freely with each other on neutral ground, the women returning home as they found themselves pregnant, giving their male children to the neighboring tribe and raising the girls as members of their own.(*CH* 48)

남성과 여성이 분리된 사회가 "중립지역"에서 자유의지로 뒤섞일 때 진정한 미래 사회가 건설될 수 있을 것이라는 것이 Doony 책략이다. 이 같은 책략에 대하여 비관적 태도를 갖고 죽을 수밖에 없는 운명에 처한 제2의 제안을 한다:

> She declared calmly her intention, upon arriving at her virgin Kingdom, to amputate that same breast for symbolic reasons and urge her companions to do the same, as a kind of initiation rite. 'We'll make up a practical excuse for it,' she said: "'The better to draw our bows' et cetera. But the real point will be that in one aspect we're all woman, in another all warrior. Maybe we'll call The Breastless Ones."(*CH* 50)

이는 왼쪽 유방을 제거함으로써 겁탈과 죽음이라는 리얼리티에서 벗어나고자 하는 여성의 공통적인 의식이 작용한 것이다. 따라서 Shah Zaman은 유방 없는 국가를 공공연한 비밀 속에 건설하도록 지시한다. 그러나 "중립지대"나 "유방 없는 여성국가"에 대하여 Doony는 믿지 않는다. 그럼에도 불구하고 Shah Zaman은 Doony가 생각하는 "as if" 철학으로 용서와 사랑, 자유와 평등이 이루어지는 사회를 만들어 보자고 제안한다(*CH*

53).

  기본적으로 Barth가 활용하는 어내디프로시스는 Figure 6, 8,
10, 26의 미니멀리즘에서 보여 주고 있는 것처럼 하부구조에서
출발하기 때문에 사건의 발생은 미시적 단계에서 분열되고 부
분적 대상들이 대규모의 분자 집합체에서 자유롭게 벗어난다.
안과 밖의 가장 확고부동한 개념을 제거함으로써 로고센트리즘
을 무기력하게 만든 Derrida와는 다르게 Deleuze와 Guattari는
로고센트리즘이 이론적 가치를 지니려면 현실세계에서 정략적
으로 효율적인 중재의 실재가 있어야 한다고 주장하면서 외부
적인 것에 초점을 맞추고 있다. 동질적 통일성을 추구하는 어내
디프로시스 시스템은 복사, 위조, 복제와 같은 표현 내에서 단
점 혹은 결점에 대하여 반복을 부여하며 이 통일성 안에서 반
박이나 반대행위로서 차이를 전개시킨다. 이 표현의 외적 요소
에서 그 유동적 차이점과 반복은 완벽하며 적절한 어휘와 사물
에서 정확하게 모방을 하기 위한 조직적인 내부 체계에 의하여
인식할 수 없었던 다수가 배제된 다양성을 나타내주는 긍정적
인 개념으로 볼 수 있다.

  Barth는 "Anadiplosis"가 어떻게 그 마술을 보여주는지 사전
에 분석한다. 그것은 정확하게 지도 제작을 하는 과정과 충분한
영역을 확보하는 것, 그것은 정확하게 지도제작을 하는 과정과
충분한 영역을 확보하는 것 사이의 차이점에서 나타난다. "*Lost
in the Funhouse*"에서 정자가 "사랑의 터널"(Love Tunnel)을 통
과하는 과정에서 위험한 장애물들을 염려하는 것처럼(77),
Barth는 교차로가 보이는 집에서 안락의자에 앉아 지도를 만지
면서 Chesapeake Bay지형과 여성의 생식기해부도 사이에서 그
유추관계를 만들어 낸다.

  Barth는 작품 구성의 한 전략으로 지도에 대한 관심을 가지고
자신의 커플에 대칭, 쌍둥이 낳기와 이중성을 부여하며 결혼에
대한 병렬관계를 유지하기 위하여 우연 발생적인 은유에 지나치
게 집착하지만 은유의 "as if" 철학을 "메타렙시스"(metalepsis)

로 해석한다.

경험이 없는 항해사인 Barth는 Chesapeake Bay의 조수 흐름을 사전에 연구 분석하고 있는 것처럼 소설의 기원에 대한 장면을 상상해 본다. Figure 28에서처럼 구체적인 전제들을 설정하여 자신의 항해 지도를 상상으로가 아니라 실제적으로 그려보면서 계획을 세운다. 추구하는 대상을 떠나서 정신적 지주가 되는 것도 주의 깊게 피하며 처음 속도로 순조롭게 항해하면서 결혼을 위도와 경도를 바꾸어 주는 매개체로 상상해 보기도 하고 "당신은 또 다시 귀향할 수 있느냐"는 질문을 자신의 환상에 사로잡힌 방문객들에게 하기도 한다. 이 질문이 암시하고 있는 것은 반복이 있는 곳에 반드시 갈등이 존재한다는 점이다.

Barth의 어내디프로시스 시스템의 모델은 돛에 묶인 Odysseus와 같다. 그는 아내 Penelope가 있는 고향으로 돌아가려는 자신의 계획(201)을 파괴하려는 사이렌의 노랫소리를 듣게 된다. 그런데 오디세우스는 사이렌의 노랫소리를 듣기 전에 존재했던 인물이 결코 아니다. 다른 신중한 선원에게 처음으로 들려준 sirens의 노랫소리는 "너는 다시 고향으로 돌아갈 수 없다"는 것이며 그 의미와 그 노래는 크게 잘못된 것으로 볼 수 없다. 강가에 선 Heraclitus는 두 번씩 같은 방법으로 갈 수 없기 때문에 고향이 아니라 실존적 "당신"으로 볼 수 있고 방법에 대한 선택은 자신의 정체성에 달려있다고 본다(*FB* 12).

다시는 귀향할 수 없다는 귀향후렴은 "영역의 선을 긋는 표현방법의 집합체"(any aggregate of matters of expression that draws a territory)라고 할 수 있다. 그것은 하나의 영역을 적절하게 나타내 주는 표지와 같은 것이다. 작가의 서명은 작가 자신의 후렴영역으로서 작품 전체를 나타내주며 자신들만의 내면적 언어를 사용하는 커플이 거주지역을 정하는 것과 같다. 리듬은 반복에 의하여 생성되는 차이이며 후렴구로서 비상한다. 리듬의 공명성은 두 존재의 동일한 종 사이에서 비평적 거리를 유지시켜주는 최초의 영역 결합이라고 볼 수 있다. 공명성이 존재하는 곳에 영역이 존재한다. 혼돈과 합병과 다양한 동기, 대위법 등을 통하여 리듬이 일관성을 형성할 때 그 멜로디는 조화를 이루어 하나의 사이클을 그리며 고향이라는 하나의 공간을 형성하는데, 이것이 바로 영역화를 의미하는 Barth의 새로운 내러티브 전략이라 할 수 있다.

*Sabbatical*이 결혼 후렴을 영역화시키는 이야기라면 *The Tidewater Tales*는 Barth의 탈영역화되어가는 후렴에 관한 이야기이며 동일한 과거의 노래를 다시 쓰면서 아웃사이드에서 개방적인 Peter와 Kath 둘만의 고향으로 다시 귀향하는 이야기이다. *Sabbatical*의 Fenn과 Susan은 공동생활의 습관 속에서 더욱 더 아늑하게 해주는 모든 것, 즉 은유적 짝짓기와 커플의 공동 협력 이외에 아웃사이드란 존재하지 않으며 아웃사이드와 공동으로 협력하고 실험하는 공간이 전혀 없는 1인칭 복수 "we-ness"만을 구축한다. Barth는 *Sabbatical*에서 결혼이란 Fenn과 Susan처럼 활기차고 지성적인 커플에 의하여 쟁취되고 유지되며 지속적으로 성숙해지는 둘만의 영역으로 보고 있지만 좋은 결혼을 위한 외적 요소에 관하여 다른 태도를 나타낸다. 즉 결혼한 커플에 의하여 확대되고 추구되어야 하는 탈영역화의 범위를 탐색하는 지도가 없다고 생각하는 것이다.

*The Tidewater Tales*에 "*Story*"라 불리는 새로운 한 척의 배가 등장한다(402). 배의 양측에는 분리했을 때, 항해에서 힘을 불어 넣어줄 수 있는 공동의 화물이 있으며 많은 뱃짐을 실을 수 있는 *Sabbatical*의 범선 *Pokey*와 그 모습이 유사하다. Barth가 보여주는 "*Story*"에는 쌍과 이중성, 이원적 대화, Jewish Stecklers와 WASP Turners, 바다괴물 Chessie와 유령(366), 회귀하는 "boinas"(425), 커플들의 알레고리와 은유가 더 이상 존재하지 않는다. Barth는 변화와 기회의 순풍 속으로 항해하는 한 부부의 미래에 대한 이질적인 리듬들을 위하여 연계 요소를 이용한다. *The Tidewater Tales*의 두 부제 사이에 삭제된 be동사의 연계 요소가 전혀 구별되지 않는다. "Our Hourse's

Increase". "Where the Wind Listeth"(83), 이러한 표현은 명사에서 동사로, 존재의 상태에서 진행 중인 생성의 상태로 변화를 위해 일시적인 긴장을 통한 결합을 조절하는 방법이다. 단절과 소통 속에서 상호간 반복과 갈등에 휘말릴 수 있는 결혼은 밀물과 썰물모델의 관점에서 설명되고 있다.

Barth는 *The Tidewater Tales*에 등장하는 커플들 중의 한 커플인 Franklin과 Leah Talbott처럼 그들의 모든 역사를 Fenn과 Susan을 통하여 재순환시키는 전략을 활용한다. 그들의 멋진 배 *Reprise*는 Katherine Sherritt와 Peter Sagamore라는 새로운 커플의 배 *Story*와 연계되며 Sagamore와 Talbott의 이야기는 서로 일치한다. 그 커플에 대한 Frank/Fenn의 최초 소설은 "슬픈 고백적 멜로드라마"였으며 Barth가 개탄하는 자서전적인 리얼리즘 소설이라 할 수 있다.

> But your stories are made up. I even had Jack Paisley in mine, under his real name, and the story was actually just the log of our cruise: two people going down and coming back, trying to get their heads straight and make some hard calls at certain forks in the channel. Get this: My working title was Reprise …….
>
> Sounds okay so far, encourages Katherine; I know a man wrote a story with a boat in it named Story. Peter says nothing. F. K. Talbott says It wasn't okey; what it was long-faced confessional melodrama. For example, Would you put a spiel like this one into a novel? Of course you wouldn't.(414)

Fenn과 같은 전 CIA 요원인 Frank는 실생활의 추문 등을 폭로하는 데 대단히 능숙하지만 슬프게도 예술 창작에는 무능하다. *Reprise*라는 제목으로 발표한 그의 책은 *Sabbatical*처럼 느껴지는 것 이외에 전체적으로 모방적이며 정치적이다. Company

의 은밀한 공작으로 공포감을 느낀 Peter는 자신의 이야기에서 Agency가 등장하도록 이야기를 이끌어 나간다.

현실적인 CIA의 음모가 Barth가 재창조해 낸 커플의 이야기에서 등장한다 할지라도 그것은 작가로서 Peter에게 그 책임이 있다. Barth는 Jack과 Shelly Barth에게로 다시 통하는 자서전적 출구의 통로들을 즉시 차단하는 데 역점을 두려고 한다. 따라서 *The Tidewater Tales*에서 그 커플의 자서전적인 이중구조를 파악하기란 쉽지 않다. Kathy가 직접 그녀의 잘 생긴 남편을 독자에게 소개할 때 ― 그는 코밑수염, 턱수염도 없으며 안경을 끼지 않는다 ― 라고 주장하는 것은 Barth의 외모적 특징을 부정하고 있지만 1972년에 출판된 *Chimera*의 뒷면 커버에 있는 Barth의 사진처럼 작가의 고뇌(*FB* 279; *TT* 56)에 관하여 저자와 주인공 사이에는 하나의 대립이 존재한다는 사실이 발견된다.

Barth 자신과는 다르게, Peter Sagamore는 내러티브 기법에서 "다산적 초미니멀리즘"(prolific superminimalism)(55)으로 어려움을 겪고 있으며 즐거운 감정을 일으키는 생략법에 의하여 대단히 많은 고통을 받고 있다. Barth는 "작은 것이 더욱더 많다"라는 슬로건하에서 축소지향적 픽션의 기교를 추구하고 있기 때문에 그의 최근의 작품은 "궁극적 비하"(kenosis)를 다루고 있다고 볼 수 있다(Tobin 151).

Sagamores은 Deleuze와 Guattari의 순탄한 지리를 탐험하면서 그곳이 "더 이상 한 지점에서 다른 지점으로 갈 수 없는 곳이라기보다는 어느 지점에서 시작되는 공간을 확보하면서 지속적인 이동 속에서 탈영역화를 지향하여 계층적 공간이 아닌 공간을 차지하려고 한다"(Where one no longer goes from one point to another, but rather holds space beginning from any point; instead of striating space, one occupies it with a vector of deterritorialization in perpetual motion.)(387). Peter와 Katherine은 유목민들이 생각하는 황무지보다도 평탄

한 공간 속에서 축이나 기초가 될 수 있는 바다를 선택한다 (144). Chesapeake Bay의 보호수는 "편재적 수평"(ubiquitous horizontality)과 멋진 고요 그리고 육지와 같은 모래톱, 썰물 때 나타나는 개펄, 바닷물이 드나드는 늪지를 형성케 하며 "육지와 바다의 경계는 결코 두드러지게 나타나는 것이 아니지만 언제나 서로 협상할 수 있는 장이 된다"(Where the boundary between land and sea is never prominent and always negotiable.)(*FB* 126)고 Barth는 주장한다.

Chesapeake Bay은 유사하면서도 자유롭고 다양한 특성들을 지닌 거대한 "보유탱크"(holding tank)와 같으며 상당히 즉흥적이며 임기응변적인 항해자들을 기다리는 "원시수프"(prebiotic soup), 즉 지구상에 생명을 탄생시킨 유기물의 혼합용액과 같은 곳이다. "남자/여자/보트/이야기"(man/woman/boat/story)는 탈영역화의 선도적 입장에서 있는 하나의 집합체로서 갈등의 획책보다는 화해를 추구하는 유랑적 갈등 요소로 등장한다.

Sagamores은 결혼과 임신, 독서와 글쓰기의 단계적 지도에 관한 모든 장애물은 유랑적 선원들을 통하여 제거될 수 있다는 점을 알고 있다. 모든 지점은 파도와 바람, 밀물과 썰물 앞에서 사라지듯이 내러티브상의 의미, 주관성, 유기적 조직체의 계층구조를 제거하는 일은 쉬운 일이며 Kathy는 부모님의 요리사도 할 수 있다고 주장한다. Olive Treadway의 모래시계에 있는 모래알은 매일 아침마다 움직인다(401). 그래서 Katherine은 임신한 자신의 몸을 위하여 보호대를 만들고 자신이 만든 "silhouette"는 사랑하는 부모의 지나친 관용에서 벗어나 신속하게 재영역화되어 가는 하나의 영역표지로 삼는다. Irma와 Henry Sherritt는 손님맞이 별장을 개조하여 그 공간을 쌍둥이 침대를 갖춘 육아실과 유모의 방으로 구분하고 사람들의 시선이 임신한 딸의 불룩이 나온 배에 집중되지 않도록 새롭게 설치한 비디오 인터콤(intercom)을 테스트한다. 뻔뻔스러운 Katherine은 해산의 장소에서 벌어지는 동성연애자들의 난교

(亂交), 파티은어, 지속적인 리사이틀, 섹시한 여성들의 육체미, 수많은 스트립 쇼 때문에 모니터를 탈영역화시킨다(54-55).

그러자 모든 장면들이 Sherritt's Point에서 신속하게 분열된다. Kathy 쌍둥이들이 도착하기 전에 마지막 "둘만의 항해"(duetude of sailing)을 위하여 그 영역에서 Peter를 유인하여 벗어나게 할 기회를 잡는다. 미래의 조부모들은 끔찍스러운 철제 전자 장비를 가지고 그들의 Katydid IV를 타고 추적할 때, Kathy는 한번 더 은밀한 성행위를 하며 그녀가 그의 돛대를 받쳐 들 때, 신중한 감독교회 신도인 아버지를 쫓아버린다(131). Henry는 딸이 "탈영역화"되어 가는 무례함에 대한 적수가 되지 못하며 Sagamores 자신들은 사면초가의 상황에서 자유롭게 벗어난다.

Katherine이 이와 같이 치고 빠지는 유랑벽을 선택한 곳은 다름 아닌 도서관으로 그녀는 카탈로그 편집자로서 책을 뒤죽박죽 쌓아 올리는 것을 거부한다(325). Katherine은 Oral storyteller로서 사회봉사 프로그램에 참여함으로써 Enock Pratt Library를 탈영역화하고 있으며 그녀의 "storymobiles"을 Baltimore의 문맹지역의 "smooth space"에 보내고 있다. 이것은 한 사서직원의 기발한 유랑이다. 그녀는 또한 도서관에 대한 대중들의 탈영역화를 재영역화시키는 방법을 시도한다. 지혈용 솜뭉치 포장지로 포장된 Burton의 *Anatomy of Melancholy*를 어느 학생이 남기고 갔을 때, Katherine은 동료 사서직원에게 다른 "장서표"(bookmarks)를 요구하며 'The Public's Gifts to the Public Library'의 순회전시에 그것을 전시한다. 이러한 항목들이 상호간에 어떤 공통점을 지니고 있다. Mason 항아리 고리, 부서진 안전벨트, 검은색 레이스 양말벨트, 500리라 지폐, 계란부침 등(332). 외형적으로 이러한 것들이 상호관련성이 없지만, Katherine이 그것들의 "Block"과 "Point"를 장서표와 선물로 만들 때까지 내버려둔다면, 그것들은 단지 조화되지 않은 이질성으로 남게 된다.

Borges의 단편 작품에 나오는 도서관은 특히 "고갈의 문학"에 어울리는 이미지로 볼 수 있다. "바벨의 도서관"(Library of Babel)은 모든 언어와 공간, 그리고 인간의 논쟁과 변명을 포함한 모든 책, 진술, 미래의 역사, 모든 가능한 역사의 미래뿐만 아니라 모든 가공의 세계를 수록한 백과사전까지 소장하고 있다. 왜냐하면 Lucretius의 우주에서는 모든 요소와 배열의 숫자는 크고 유한하지만, 매 요소의 각기 다른 경우와 그 요소의 배열은 마치 이 도서관처럼 무한하기 때문이다.

자신의 장서표처럼, Katherine Sherritt Sagamore는 "순환에서 벗어나 순환 속으로"(Out of circulation and into circulation) 들어간다(333). 그리고 일단 Story에 승선하면, 그녀는 자신의 탈영역화된 배(tummy)의 자궁을 재영역화 하는 작업에 착수한다. 자궁은 두 사람이 거주하며 사는 곳으로 부모의 기분(Nice and Easy, Chick n Little, Pomp and Circumstance, Spit and Image)에 따라서 그들의 이름이 바뀌어진다. 그러나 그녀는 항상 진부한 상투적 표현들을 재생시키는 유랑벽을 촉진시킨다. Alert와 Locate는 그 일을 수행하기 위하여 적절한 의미체계를 요구하며 Lo와 Behold는 그들의 어머니 몸을 통하여 지속적으로 순환하는 모든 것들을 검증하고 반응한다. 그들은 Katherine의 운동과 Peter의 페니스에 대한 운동신경반응을 개발한다. 그들은 납작한 빵, Rossini 스테이크, 참치샐러드의 맛을 연구 개발한다. 그들은 매일 밤마다 자기들에게 이야기를 들려주는 것은 아버지의 필수적인 의무라고 생각하며 침실에서 진행되는 이야기들에 귀를 기울인다.

Katherine의 제2의 과제는 자궁해방을 초월하여 언어를 구속하는 작가인 남편을 해방시키는 일이다. Toil과 Trouble은 여성의 자궁을 포근하고 생동감이 넘치는 고향과 같은 곳으로 규정하면서 자신들의 영역화되어 가는 후렴구로 노래하기 시작한다. 오럴 스토리텔링을 통하여 그 회전속도가 빨라진 Peter의 내러티브는 고향영역과도 같은 소설쓰기에 대하여 미래의 쌍둥이

후렴구를 제거한다. 만(bay) 주위를 신비스럽게 떠돌아다니는 cannisters에게서 Sagamores은 "Sex Education, a Play"라는 제목의 익명 원고 처음 2막을 상기시킨다(145). 그들은 서로 결합하려는 정자와 난자의 아마추어적인 알레고리에 대하여 비판적이다. 절망적으로 몸부림쳤던 Frank Talbott는 저작권을 받게 될 때, Peter의 알레고리를 억제하고 계층적 공간을 탈영역화시키는 제3막에 대한 고무적인 아이디어를 갖게 된다. Peter가 최초로 거부하는 말을 했을 때, 그는 Fenn Turner의 열정으로부터 은유의 조화를 위하여 얼마나 멀리까지 탐험해 왔는가를 암시해준다:

> Never mind that it's a kink in somebody's uterus. If I were a playwright, I'd plant that place with cattails and honey locust trees and throw in some blue herons and crabs and oysters. Then I'd fetch a full moon up behind those honey locusts and fly a few Canada geese in front of that moon while June and her pal are making out on the beach. I'd hold the camera right on the moon and freeze frame and fade right there: Smack in the crotch of the Y. But what do I know.(425)

사실 Peter는 이미 그려진 자궁 알레고리를 탈영역화시키는 법과 외부로부터 다른 세계의 불모지들을 재영역화시키는 법을 알고 있으며 많은 내러티브 항목들이 언제나 은유 혹은 알레고리의 실존적 비유를 해석할 수 있을 것이라는 점을 알고 있다. 이 유랑하는 커플에 대하여 스토리텔링하는 어머니, 작가인 아버지 그 어느 쪽도 비어있는 자궁을 수용할 수 없다. Peter가 Frank의 제 3막을 쓸 때(*The Tidewater Tales*를 쓰기 전에 Peter의 최후의 조정), 그는 자신의 씨가 "다른 애인"(uterine lover)에게 정당한 정보를, 즉 그들이 성교 시 두려워하여 스스로 중지하는 것처럼, 스토리텔링하는 어린이를 통하여 불멸성을 보장해 줄 수 있는 정보를 준다: "옛날 옛적에 ……."(632).

Peter는 또한 Frank를 위하여 우연의 일치에 대한 충고도 아끼지 않는다(117). Frank는 자신의 스페인제 베레모(우연일치, 교차, 대조구의 일치를 기다리면서 Wye's Point에서 Fenn으로 하여금 망설이도록 한 boina)를 신비할 정도로 다시 찾은 것을 기뻐한다. 왜냐하면 그것은 자신의 모방소설에서 창작해 낸 단 한번의 사건이었기 때문이다. Peter Sagamore는 다시 귀향할 수 없는 것처럼, 다시 찾은 모자는 Frank가 버린 모자가 아니다라고 주장하면서 때때로 boina는 실패한 각본을 내버린 깡통속의 뭉뚱그려진 낡은 모자에 지나지 않으며 좋다고 하는 모든 것들은 이미 사라져 버려 스토리텔링의 다음 차례는 누구든 가능하다는 것이다.

Barth는 *The Tidewater Tales*에서 탈영역화된 은유를 재순환시키려고 하는데 은유는 결코 이야기의 주체가 될 수 없다. 왜냐하면 이야기 자체는 불안정한 궤도를 지니고 있기 때문이다. 우연의 일치로서 은유는 최초의 접촉점을 제공해주지만 시작이나 끝이 없이 변하기 쉬운 진동의 상승단계가 중간에 위치해 있다. 예를 들면, Cannister Two에 넣어진 페이즐리 무늬가 있는 스카프는 CIA에 의하여 John Arther Paisley의 살인 사건과 연계되어서는 안 된다. Frank는 자신이 침묵하지도 않고 분노를 터뜨리지도 않기 때문에 자신의 글에서 CIA를 중립시키는 방법은 정자에 대한 페이즐리의 유사성을 지적하여 뜨내기 노동자들과 수영선수에 관한 독자적인 소설을 쓰는 것이다. Barth는 자신의 내러티브 전략에서 언제나 은유를 탈영역화, 탈코드화, 탈도식화 하려고 한다. 그의 스토리는 국가의 제도적 계약에서 벗어난 유랑적 방법으로 은유를 이끌어 나가려고 한다.

성서는 "이것은 저것이다" 혹은 "A는 B이다"와 같은 명백한 은유로 가득 차 있으며 이러한 은유들은 반논리적인 것이 아닐지라도 비논리적이라고 볼 수 있다. 이러한 은유들은 별개인 것이 두 사물을 같은 것으로 주장하기도 하는데 이런 경우에 두 사물은 전적으로 달리 보인다. Genesis 49장에는 "잇사갈은 건장한 나귀로다"(Issachar is a strong ass.), "납달리는 놓인 암사슴이다"(Naphtall is a hind let loose.), "요셉은 무성한 가지로다"(Joseph is a fruitful bough.)와 같은 표현이 나온다.

그러나 이것들은 단지 은유이며 언어의 장식에 불과한 것이고 진지하게 여길 필요가 없는 단순한 시적 구절로 취급될 수도 있다. 예를 들어 예수가 Herod을 가리켜 "저 여우"라고 한 것(Luke 13: 22) 역시 은유의 시적인 사용으로 볼 수 있다. 우리는 또한 예수가 자기 자신에 대하여 은유적 발언을 많이 하는 것을 볼 수 있다: "나는 문이다"(I am the door.), "나는 포도나무요 너희는 가지다"(I am the vine, ye are the branches.), "나는 생명의 떡이다"(I am the bread of life.), "나는 길이요, 진리요, 생명이다"(I am the way, the truth, and the life.) 예수는 자신의 의도를 멋진 은유로 말하자면 전략적으로 말하고 있는 것이다.

이 "나"로 시작되는 은유는 Genesis 49장의 은유와 다른 부류이긴 하지만 여전히 은유적인 것은 사실이며 은유가 성서적 언어의 부수적인 장식이 아니라 성서의 사고 통제 양식 중의 하나일 수 있다는 가능성이 드러나는 것이다. 전통적인 기독교의 중심 이론들 중 많은 것이 은유의 형식으로만 표현될 수 있다는 언어적인 사실은 믿음이 이성을 초월한다는 기독교의 인식과 밀접한 관련을 맺고 있다. "그리스도는 하나님이며 인간이다", "삼위(三位)의 세 인격은 일체이다", "빵과 포도주는 그리스도의 몸과 피이다" 등이 그 예로서 제시될 수 있다. 이러한 원리들이 영적 실체 등과 같은 개념으로서 합리화될 때, 은유는 환유적인 언어로 옮겨지게 된다. 그러나 이러한 설명에는 지적 교훈의 자취가 분명히 드러나기 때문에 얼마 못가서 이러한 설명들은 사라지고 원래의 은유들이 변함없이 다시 나타난다. 추론적인 논리를 거부함으로써 개안(開眼)케 하는 선불교의 공안(貢案)에서처럼 "토끼풀"(shamrock)의 구조로 "성부 하나님, 성자 하나님, 성령 하나님"의 삼위일체의 원리를 예증하는 St. Patrick의 구체적인 역설의 세계로 돌아가게 된다. 그러한 원리들은 "이것은 저것이다"(This-is-that.)라고 하는 은유적 형식으로만 진술될 수 있다는 것이다(Frye , 54-55).

　서술적 언어로 표현되는 은유들은 그 특성인 의미의 애매함 때문에 의미를 전달하는 데 장애가 되기도 한다. 단어가 전달할 수 있는 한계 내에서 정확하고 엄밀한 정의를 내리는 것은 서술적 표현의 이상이며, 하나의 은유가 여러 가지를 의미하는 것은 실제로 무를 의미한다는 서술의 공리는 이러한 사실을 잘 말해주고 있다. 그런데 환유적인 글에서 형식, 개념, 실체, 존재, 시간과 같은 단어는 그 단어 하나하나의 다양한 용도가 전체 사고체계의 핵심이 될 수 있지만 시에서는 상황이 완전히 다르다. 왜냐하면 시에서는 위에서 말한 공리가 전혀 통하지 않기 때문이다. 그런데 성서는 은유가 그 기능을 발휘하여 정확성보다는 유연성이 중시되는 언어의 영역에 속하고 있다.

　지금까지 술어 "이다"(is)를 포함하고 있는, 예컨대 "요셉은 무성한 가지이다"(Joseph is a fruitful bough.)와 같은 명시적 은유(explicit metaphor)가 등장했다. 그런데 "이다"를 생략한 은유가 있을 수 있으며, 이러한 술어는 종종 산문으로 기울어지게끔 하는 불필요한 것이 될 수 있다는 사실을 강조했다. 일단 "이다"를 빼어버리면 명시적 은유는 암시적 은유(implicit metaphor)로 바뀌는데 이는 단지 이미지들을 병치시킴으로 만들 수 있다(Frye 1982, 56).

　그러나 Peter는 유랑적 창작의 기법을 터득하기 전에 오랫동안 유랑적 독자노릇을 해 왔다. Katherine이 집중적이며 독자적으로 순환할 때처럼 독서한다. 한 권의 책으로 Peter는 Deleuze와 Guattari가 언급하는 "번호를 부여하는 번호(numbering number)"라고 할 수 있다(Tobin 156). 즉 하나의 자율적인 주체, 주기적, 방향적, 이동적 존재로서 유랑적이며 수학적 대수체계의 필연적 결과인 하나의 암호(war machine으로서의 독자)이기도 하다.

기하학적이며 계층적 공간에 제한을 받고 있는 대부분의 시민들은 Barth는 이야기에 번호를 부여하고 있는 것처럼(*TT* 39) 국가에 예속된 "번호가 부여된 존재들"(numbered numbers)이며 국가는 미터법을 통하여 인구를 통제하며 통계학적 요소를 통하여 혈통과 영역들까지도 코드화하여 사람들의 이동과 변화에 관한 자료들을 계층의 시·공간적 틀구조에 묶어두기 위하여 통계기관에 보낸다(*TT* 387-94). 그러나 Peter가 독서할 때, 그는 전혀 제약을 받지 않는 속도와 자율성을 가지고 책의 영역을 점유해 간다. 또한 글쓰기만을 위하여 고뇌하는 방랑적 실용주의자로서 스토리에서 빗나간 내용, 혹은 산만한 결말, 혹은 조화롭지 못한 플롯에 관한 작가의 의도를 초월해서 독서를 한다. 본래 방랑자에게는 파격적인 것들이 있다.

Peter와 Kathy의 남동생인 Chip(micro chip)을 본 따 지은 이름(*TT* 58)은 수학에서 신동으로 알려져 있으며 복잡하고 난해한 계산을 할 수 있는 대형 컴퓨터는 문학적 수에 관하여 풀어야 할 많은 과제들을 가지고 있다(*TT* 537-41).

Joyce의 "*Araby*"에서 주인공인 소년 Araby는 훔친 2실링 은화로는 Mangan의 누이에게 줄 선물은 물론 손수레를 타고 집에 갈 수 없음에도 불구하고 왜 계산을 하지 못하는 것일까? Scheherazade의 홀수 1001에서 밤의 수에 관한 스토리는 무엇인가? 마법의 나라에서 화폐란 아무런 기능을 하지 못한다는 점은 주지의 사실인데도 Cervantes의 Montesinos 에피소드에서 마술에 걸린 공주들에게 실질적인 4개의 은화(reales)를 빌려줄 때, Don Quixote는 자신의 행동에 대하여 무슨 생각을 하고 있는 것일까?

Barth는 1966년, *Giles Goat-Boy*에서 Sophocles의 *Oedipus Rex*에 관하여 동일한 의문을 제기 한다. Barth는 결코 모더니즘 방식의 신화적 구도-현재를 무시하고 조롱한다거나 황금과 같은 과거를 슬퍼하는-를 자신의 전략으로 활용하지 않는다. 그

는 신화가 현재 속에서 살아 숨쉬지 못한다면 그것은 죽은 것
과 마찬가지라고 생각한다. Barth는 *Taliped Decannus*로 성공을
거두었고 패러디의 과오를 탈영역화시키면서 애너디프로시스의
"de-"와 "re-"의 유랑적 방법을 새롭게 활용하고 있다. 패러디
스트는 이야기를 재영역화시키기 이전에 탈영역화 할 수 없으
며 주변환경과 표류하는 평면적 일관성에 개방적이라 할 수 있
다. 이 같은 방랑적 아웃사이드를 반복에 투입할 수 없는 스토
리텔링은 국부적이며 본래의 영역으로 회귀하는 길들여진 후렴
만을 전달하기 때문에 포스트모던 내러티브의 다양한 기법으로
볼 수 없다(Tobin 157). 자신의 작품구성을 위해 Barth는 탈영
역적 반복을 추구하는 기법을 활용하고 있는바 J. Hillis Miller
는 *Fiction and Repetition*에서 작품 구성상 반복의 외적요소의
가치를 다음과 같이 옹호한다.

> Any novel is a complex tissue of linked in chain fashion to
> other repetitions. In each case there are repetitions making up
> the structure of the work within itself, as well as repetitions
> determining its multiple relations to that is outside it: the
> author's mind or his life; other works by the same author;
> psychological, or historical reality; other works by other authors;
> motifs from the mythological or fabulous past; elements from
> the purported past of the characters or of their ancestors; events
> which have occurred before the book begins.(Miller, 1982, 2-3)

카오스 이론과 같은 내러티브 전략으로 탈영역적 반복을 추구
하는 Barth의 어내디프로시스 시스템은 "혼돈질서"(chaosmos)
에 목표를 두고 개방을 추구하며 인물들을 등장, 퇴장, 분산시키
고 그들의 방랑을 설정하여 내러티브에 대한 새로운 지도와 파
편들을 제공해 주는 기법이라 할 수 있다. 이것은 *The Tidewater
Tales*에 등장하는 *Sabbatical*커플에서 Barth의 플롯으로 어떻게

어내디프로시스가 확대되어 가는지를 보여주는 방법론이기도 하다. Barth가 *The Tidewater Tales*에서 노래하는 세 개의 긴 탈영역화된 후렴은 신화에 대한 후속편이며 그 결말은 새롭고 더 많은 스토리에 대하여 신화의 비후속편적 끝없는 이야기에 대한 개방적 요소들이라고 볼 수 있다. 신화에서 벗어난 신화적 주인공들은 이른바 방랑자들이며 치외법권적 유랑자들로서 그들의 위치가 어디인지를 상상해 본다면, Don Quixote, Odysseus, Nausicaa, Scheherzade는 내러티브 방향 설정에 대한 정책 수립자들로 Sagamores인 스토리텔러들에게 도움을 줄 것이다.

어내디프로시스는 반복을 통한 비유적 출구라고 할 수 있으며 이 수단을 통하여 Barth는 3가지 중심적인 유랑 스토리를 *The Tidewater Tales*에서 보여 주고 있다: 이야기에서 신화적 인물들을 제거하는 것, 바다에서 항해하는 것, 조수가 그들에게 어느 장소에서 영향을 미치고 있는지 주시해 보는 것 (472−77). 언제나 눈을 깜박거리며 호기심이 많은 선장 Don Quicksoat는 *Rocinante IV*배의 이물에 서서 항해진로를 결정한다. 육지가 활동무대인 Doleful Countenance 기사는 Carla B. Silver와 그녀의 딸 Mims에게 정욕의 시선을 보낸다. 선장은 이 기사를 변화시킬 수 있는 조수는 어떠한 조수인가를 생각한다. Peter는 이 나이 많은 얼간이의 출구지점은 Cervantes의 허구적 리얼리티에 의하여 반박할 수 없으며 유일하게 마법에 걸린 강도 Montesinos의 동굴이라고 생각한다(473). 그러나 그곳에서 내려온 요술에 걸린 Don Quixote는 Cervantes의 고갈과 요술에서 풀려나 죽음에서 벗어 난 후 밖으로 기어 올라가 그 자신의 최초의 낡은 소형보트를 발견했어야 했다. *Rocinate II. Differance*는 어내디프로시스를 지연시키려고 한다.

더욱이 100m 길이의 로프를 타고 내려간 Don이 동굴에서 재등장했던 사람이 아니듯이 그가 재추적했던 강은 그가 내려갔던 강이 아니었다. 보다 더 큰 또 하나의 보트와 항해기술을 익혔더라면, *Rocinante III*는 그를 유럽의 최남단이며 대양과 마주

보고 있는 Portugal에 데려갔을 것이다(476). Cap'n Dee Kew 자신이 현재까지 자신에 대한 이야기를 끝마칠 때, Peter는 이 먼 곳까지 도착하게 된다. Columbus를 향하여 Amadis de Gaul에서 방향을 전환하고 수세기 동안 Portugal 은행에 증식을 목적으로 예금해 놓은 최초의 은화를 현금으로 바꾸어 선장이면서 승객이었던 Cervantes가 되겠다고 다짐한 방랑자 Quixote는 대서양을 횡단하면서 Rocinante IV에게 모든 권한을 넘겨주었다. 그리고 이곳에서 그는 선원인 Popeye가 된다.

Peter는 "Scheherazade의 두 번째 월경이야기"에서 Chip과 Carla B.로 하여금 1001밤의 의미가 무엇인지 상상해 보도록 유도한다. 만약 Scheherazade가 1001일 밤 동안 왕에게 세 아들, 즉 "걷는 아이, 기는 아이, 젖 빠는 아이"를 선사했다면 그녀의 임신은 1001일 밤 동안의 시간적 공간이 정밀하게 계획되어 있었음을 알 수 있다(538). $3 \times 266 = 798$을 1001에서 빼면 그 후와 사이에 203일 밤이 남는다. 다른 부수적인 상황을 고려해 볼 때, 1001이라는 수가 과연 산부인과 의학에서 가능한 일인지 Peter와 Katherine은 궁금해 하면서 Scheherazade는 왕에게 이야기를 들려 줄 때, 정확하게 스토리텔링을 왜 중단했을까 그리고 그 같은 의문 속에서 이야기가 존재할 수 있겠는가를 제기한다(454).

그러나 Barth는 이미 *The Friday Book*의 "Don't count on it"에서 Scheherazade의 배란과 멘스 시작 사이의 기간을 평균 14일로, 그리고 266일을 완벽한 임신 기간으로 설정했을 때, 그녀의 첫날밤을 최초의 수태일로 가정한다. 해산과 멘스가 다시 시작되는 기간을 고려하여 그녀의 출산을 세 가지 가능성이 존재하는 스케줄로 다음과 같이 제시한다:

SCHEDULE 1

Night   1   : 1st conception

Night + $\dfrac{266}{267}$: 1st delivery

Night + $\dfrac{42}{309}$: 1st menstruation

Night + $\dfrac{14}{323}$: 2nd conception

Night + $\dfrac{266}{589}$: 2nd delivery

Night + $\dfrac{42}{631}$: 2nd menstruation

Night + $\dfrac{14}{645}$: 3rd conception

Night + $\dfrac{266}{911}$: 3rd delivery

Night + $\dfrac{42}{953}$: 3rd menstruation

Night + $\dfrac{14}{967}$: 4th conception?

Night + $\dfrac{34}{1001}$

Or

Night + 953 : 3rd menstruation

Night + $\dfrac{28}{981}$: 4th menstruation?

Night + $\dfrac{20}{1001}$

SCHEDULE 2

Night +   1   : 1st conception

Night + $\dfrac{266}{267}$: 1st delivery

Night + $\dfrac{56}{323}$: 1st menstruation

Night + $\dfrac{14}{337}$: 2nd conception

Night + $\dfrac{266}{603}$: 2nd delivery

Night + $\dfrac{56}{659}$: 2nd menstruation

Night + $\dfrac{14}{673}$: 3rd conception

Night + $\dfrac{266}{939}$: 3rd delivery

Night + $\dfrac{56}{995}$: 3rd menstruation

Night + $\dfrac{6}{1001}$

SCHEDULE 3

Night +   1   : 1st conception

Night + $\dfrac{266}{267}$: 1st delivery

Night + $\dfrac{49}{316}$: 1st menstruation

Night + $\dfrac{14}{330}$: 2nd conception

Night + $\dfrac{266}{596}$: 2nd delivery

Night + $\dfrac{49}{645}$: 2nd menstruation

Night + $\dfrac{14}{659}$: 3rd conception

Night + $\dfrac{266}{925}$: 3rd delivery

Night + $\dfrac{49}{974}$: 3rd menstruation

Night + $\dfrac{27}{1001}$

Night + $\dfrac{1}{1002}$: 4th menstruation   (*FB* 274-76)

174

이 같은 Barth의 임신 - 해산 - 멘스의 순환적 전략은 어내디 프로시스 시스템을 나타내 주고 있으며 *The Thousand and One Nights*에 등장하는 602번째 밤에 Scheherazade는, 기록자의 잘못으로 왕에게 "*The Thousand and One Nights*"의 맨 첫 번째 이야기부터 다시 시작하게 된다. 다행히도 왕이 그걸 알아차리고 지적해주지 않았더라면 아마 603번째 밤이란 영영 없을 뻔했다. 그리고 그것이 Scheherazade의 문제 - 모든 "스토리텔러의 고뇌"(Storyteller's Block)(540) 즉 "출판하느냐 아니면 도태되느냐(publish or perish)"의 문제 - 를 해결해 주었지만, 그러나 그것은 동시에 작가들을 속박하는 결과를 가져왔을 것이다.

그것이 이야기 속의 이야기의 한 예이기 때문에 Barth는 작가로써 602번째 밤 일화에 관심을 가지고 있다. 그러한 경우에 그의 관심은 세 가지로 대별된다. 첫째, 그가 공언한 대로, 그것들은 우리를 은유적으로 혼란시킨다. 소설의 등장인물들이 자기들이 등장하는 소설의 독자나 저자가 되어 버릴 때, "존재의 허구성"을 깨닫게 되는데 이는 대부분 포스트모던 작가들의 주제가 되고 있다. 둘째, 그 602번째 밤의 일화는 Barth의 모든 주요 이미지와 모티브가 그러하듯, "끝없는 회귀"(regressus in infinitum)(*LF* 114)의 문학적인 예증이 된다. 셋째, Scheherazade의 우연한 함정은 Barth의 다른 "끝없는 회귀"의 경우처럼 문학적 가능성의 고갈, 혹은 의도적 고갈의 이미지인 Moebius Strip을 의도한 순환적 주제로 다시 돌아오게 된다 (*FB* 73).

Barth의 관심은 Scheherazade가 자신의 PTOR(place, time, order of reality) 에서 탈진되어 긴긴밤의 행복한 결혼생활 이후에 일어난 사건에 맞추어져 있다(590). 문제는 이야기들을 교차 대비해 볼 때, 더 이상 대칭에 의존할 수 없다는 것이고 "한 이야기에 등장하는 주술이 다음 이야기에서 주술적이지 못하게 되는 것이다"(The magic words in one story aren't magical in the next.)(Tobin 158) Barth는 은유적 대체와 동

시성 때문에 이 "연출법의 포로"를 또 다시 Sharyhar에게 보낼
수 없다고 강조한다.

> The lock on the door of the prison of dramaturgy is not to be
> picked with Technicolorful gizmos and distractions. Babies don't
> come from storks, and denouements don't come from automatic
> timers.(611)

그러나 아마도 주술은 단지 찰나적 순간에 나타났다 사라지
는 섬광처럼 아웃사이드의 관점에서 볼 때, Scher의 옆방에서
들려오는 이야기에서 나온다. 이것은 Scheherazade의 경우로서
그녀는 Cap'n Don이 Kitty Hawk에 모인 스토리텔러들에게 잃
어버린 로프에 대하여 이야기한다. 중간 지점에서 이야기가 중
단될 때, 그녀는 갑자기 얼굴을 들면서 자신의 자아를 인식한
다. 그리고 언어에서 탈은유화된 삶 속으로 회귀한 Scher는 무
사히 고향에 도착하게 된다.

5. 리조옴 시스템(Rhizome System)

Barth은 *The Tidewater Tales*에서 "리조옴"과 같은 인물을 내
세워 이야기를 교묘하게 처리해 나간다. 리조옴은 Deleuze와
Guattari가 견고한 "나무 조직(tree organization)"의 중심이 된
나뭇가지를 탈영역화 시키기 위하여 유랑의 은유적 방법으로
전개하고 있는 탈중심화되어가는 뿌리체계를 말한다(3-25). 리
조옴은 생물학적 용어로서 "새로운 식물의 싹과 뿌리체계를 생
성시킬 수 있는 수평지향적인 땅 속의 식물줄기"(horizontal,
underground plant stem capable of producing the shoot and
root systems of a new plant)를 말하며 모체식물로 하여금

"무성적으로"(asexually)번식할 수 있게 해주며 다년생 식물로 자라게 해주는 기능을 소유하고 있다. 수선화, 양치류, 숲 속의 약용식물들은 리조옴이 그들의 유일한 줄기가 된다.

Barth의 이야기들은 상호간에 Rhizomes와 Rhizomatic 구조를 형성하고 있는데 이 같은 구조는 새싹, 마디와 접목을 통하여 이야기의 다른 파편적 요소들을 연계시켜주는 사슬적 결합과 같은 것으로 패러디, 패스티쉬, 상호텍스트성의 내러티브 기법보다도 더 세분화된 전략으로 볼 수 있다. *The Last Voyage of Somebody the Sailor*에서 Katherine은 아주 철저하게 준비된 상태이며 Rough와 Ready도 마찬가지이다. 그러나 새로운 More-is-More Sagamore는 이야기들로 임신하여 분만 중이기 때문에 전혀 대비가 되어 있지 않은 상태이다. 그리고 그의 물이 부서질 때까지 Kathy는 Scher가 몸부림을 쳤던 만큼 괴로워한다. 다행히도 그녀에게는 Peter의 내러티브 특성이 시대에 뒤떨어져 있으며 그는 우리가 지금까지 독서해온 책이 될지도 모르는 실재적이며 허구적인 친구들의 모든 이야기들을 잘라낸다. 그 후 Lo와 Behold는 Adam과 Eve로 세례명이 다시 부여되어 Figure 22에서 제시해 주고 있는 것처럼 바다 깃발들의 펄럭이는 모습과 소리들, 소라 껍질들이 윙윙거리는 소리들, 행복을 기원하는 소수의 하객들이 모여 사는 그들의 정원, 즉 이 세상 속으로 들어온다(638).

Story 배와 결혼의 항해는 항상 바람이 불어오는 쪽을 향하여 뱃머리를 돌리는 것이다. Homer의 서사시에서 Katherine이 가장 좋아하는 장면은 오랫동안 별거중인 커플이 재결합되는 것이고 "커플은 친숙한 결혼생활 문제에 대하여 성적인 제안으로 가득 차 있으며 커플만의 움직일 수 없는 결혼 침대와 갓 베어낸 올리브 나무줄기로 만든 튼튼한 최상품의 기둥을 은밀하게 만들어 가는 것이다"(to an antimate marital question rich in sexual suggestion: the secret construction of the couple's immmovable marriage-bed, its stout chief post a living olive-trunk.)(167). 이처럼 혼인에 대한 감성적인 분위기가 있음에도 불구하고 Barth는 *The Tidewater Tales*에서 안정된 결혼생활을 바다라는 무대의 장으로 옮겨놓고 이야기를 리조옴 기법을 구사하여 결혼의 줄기를 탈중심화시키고 그 과정 속에서 야기되는 간음의 해독과 출생의 축복이 될 수 있다는 남근편중현상의 탈영역화를 시도한다. 항해하는 커플의 결혼 에로티시즘은 공식적인 남근숭배나 혹은 편집증적이며 토템적 금기사항으로 가부장적인 사회체계에 순응하지 않는 사람들의 분산적 성행위를 말한다. Odysseus와 Scheherazade의 결혼생활을 방해해왔던 성적 불능과는 대조적으로 Sagamores는 서로를 유인하는 화학작용과 같은 힘의 작용으로 간음 행위라는 죄의식을 전혀 고려하지 않으며 그들이 만나는 다른 커플들의 성적 동요를 개의치 않는다.

물론 Sagamores은 자신들만의 성이야기가 있다. Scher와 함께한 Peter의 "Month of Mondays," 사디스트적인 전 남편의 수중에 놓여있는 Katherine의 "Forest-green crayoning," 그러나 주로 사람들에 대하여 탈중심화시킬 때, 성행위는 Rhizome과 함께 즐거움을 느낀다. 늙은 Don Quicksoat는 갑판 아래서 어머니에게서 딸에게로 교체를 희망하며, 사악한 여성 동성연애 스토리텔러인 May Jump는 두 번씩이나 Kath에게 달려들며, 임신 8.5개월인 커플은 머리와 배에 키스를 하며 저녁에는 페니스를 빨아주는 행동을 통하여 만족을 느끼면서 건초더미 속에서 성유희를 즐기면서 보낸다(115).

Sagamores의 가장 에로틱한 순간은 관습적으로 자신들의 손을 상호간에 펼쳐 보이면서 손가락을 쭉 곧게 펼치어 손가락 끝이 서로 접촉하여 끝과 끝, 접점과 접점이 서로 부딪침으로서 발생된다(117). 성기를 통한 성행위는 리조옴적 탈중심화를 추구하고 있으며 성적 불능은 해안지역에만 사로잡혀 있느라 정착성을 지향하는 성적 불능의 선원들과 극단적인 남근 로고센트리즘에 사로잡혀 있는 것에 대한 자극이 될 수 있다. Barth의 전략은 순수하게 부가적이며 리조메틱한 성행위의 다양성 가운데서 숙박 시설이 잘 갖추어진 성적 욕구를 충족시켜 줄 수 있는 소형선대를 생성시키는 것이다. 내러티브의 중심적 공간이라 할 수 있는 Chesapeake Bay는 역사의 생성과 소멸이 동시에 이루어지는 곳이며 그곳은 화해의 장을 추구하는 공간이 된다 할지라도 성적으로 타락한 죄악의 소굴이라 할 수 있다.

> Doug says good old Dwight Eisenhower knew about the dangers of atomic-test fallout to the U.S. population and authorized the AEC to lie about it. Doug says that torture medicine is becoming as distinct a specialty as sports medicine. We've trained whole squads of counter revolutionaries right next door on the York River, Doug says, without their ever knowing for sure they're in the states. WE also train goon squads and interrogation teams for various friendly dictators. Our Chesapeake Bay is a fucking moral cesspool, Kath.(*TT* 264)

Peter Sagamore는 "여러분을 밀어내는 것이 무엇인지 그 방법과 이유와 장소를 인식할 수 있는 중요한 가치는 여러분을 후퇴시킨다든지 혹은 다른 방향에서 그 같은 후퇴를 이용하여 재출발할 수 있도록 해 주는 것이다"(A chief value of recognizing what's pushing you, and how, and why and where, is that it enables you to pushback or to use that push to go off in some other direction.)(316)라고 주장한다. 그러나 밀어내는 것(pushing back)은 유랑(nomad)의 전략이 아니며 직접적인 대치 국면은 유랑적 갈등 구도를 기본적으로 금지하고 있어서 그러한 상황에 대비하는 Barth의 관점은 "또 다른 방향으로 출발해 가는 것", 즉 코믹한 탈영역화의 방향으로 그의 모든 선택을 지향해 가는 것이다. 이처럼 매우 기교에 찬 입장과 소심함, 우유부단함, 낭만적 개인주의, 자유주의, 정당, 이익집단과 운동의 열렬한 지지의 깃발하에서 방랑자의 선택을 긍정적으로 지지 평가하는 코믹한 개인들에 대하여 독자는 정치적 지성인들이 부정적으로 평가하는 그 어떠한 비판들과 혼동해서는 안 된다. CIA와 테러리스트, 다른 게릴라 집단들처럼, 방랑자의 전략은 미니멀리스트로서 비공개적인 행동을 추구하지만 마치 비단뱀 등 위에서 모이를 쪼아 먹고 있는 병아리들처럼 대담한 내러티브를 구사하는 것이고(144) 초기 비평가들이 인정해 주었던 블랙코미디의 "유쾌한 허무주의"(*ER* 298)에 집착하지도 않는 것이라 할 수 있다.

　　Look here, reader: What finally appalls us, prospective- parent wise, is not that the world contains death and even disasters natural and manmade: holocaust, earthquake, plague, famine, fire, flood, war, the destruction of our natural environment. On the somewhat less than total scale, the world has ended many times: Where are Maryland's Indians these days, Europe's Jews, the citizens of Pompeii, Masada, Lidice, Gomorrah? We do not forget that we are chickens on the python's back. If our particular reptile happens to have slumbered since the Civil War, in his sleep growing fescue and flowers on his scales, perhaps that's because he's still digesting the East Coast Indians, long since swallowed whole. What finally appalls us(P in particular)is not that even good governments have secret forces, more or less laws unto themselves, who harass, sabotage, torture, and kill-in short, "make policy" ⋯⋯ the astonishing National Security Agency complex down there at Fort Meade, and one or two other things. Whereupon raises its ugly head the biggest python of them all, so different in degree from those familiar sleeping ones as to amount to a difference in species and make us think ourselves insane to be deliberately pregnant.(*TT* 245-46)

Barth는 이 비유에서 현대 미국 작가들을 병아리에 비유하고 있으며, 비단뱀들은 정보기관으로 CIA, DEA, NRO, NSA, FBI, KGB 등을 상징적으로 나타내 주고 있다. 또한 그는 "DAY 6: SEVERN RIVER TO CHESTER RIVER"에서 현대인을 가리켜 "비단뱀 등 위에서 삐약 삐약 노래하는 무책임한 병아리들이 되어 간다."(366)고 조롱하고 있다.

> In the long-winded novel of the universe, the history of life on Earth from beginning to end is one tiny episode, and the evolution of human civilization and art is one single moment in that episode, shorter than the shortest Peter Sagamore story. The rest of God's novel is about something else. That single moment, like a certain magnificent B-flat, happened to be the only moment that much interested P.S.-but his in-.(*TT* 260)

여전히 Barth는 서구적인 탈영역화의 기수로서 실험적인 여러 가지 내러티브전략들을 시도하지만 동시에 블랙홀에 빠져들지 않도록 주의해야 한다는 점을 다음과 같이 지적한다. 새로운 전략을 내세우는 Barth는 본질적으로 "영역의 사나이"(A man of the territory)로서 영역을 밀어내기 위하여 해안과 기꺼이 타협한다. Sagamores는 14일 동안의 항해를 하는 과정에서 주기적으로 부모들의 염려를 덜어주기 위하여 집으로 전화를 하며 풍로 달린 탁상 냄비로 요리한 미식가의 맛있는 음식들을 주문하기도 하고 만일에 대비하여 소형보트인 *Story*를 매달고 있다. 그러나 나머지 사람들은 과거와 변함없이 오직 운명의 날에 대비하기 위하여 필사적이다. 작가로써 Barth는 종말론적 과대망상증을 정당화시킬 수 있는 증거들을 갖고 있지만, 자기 자신의 PTOR을 횡단하여 실뿌리처럼 분산시키는 것을 선호하고 언제나 유익하지 않은 것들은 제거하려고 한다.

이야기를 리조옴적인 방법으로 구성할 때, Barth는 용의주도한 "bricoleur"였으며 그 누구도 원하지 않았던 이야기의 파편들과 부스러기들을 주워 모아 복제되어 재코드시킨 것이 아닌 새로운 기법의 내러티브를 구사하고 있다. *Lost in the Funhouse*를 비롯한 중기 이후의 모든 Barth의 텍스트는 일종의 "bricolage"라고 볼 수 있으며 리조옴 시스템의 유인자라고 할 수 있다. Levi-Strauss는 *The Savage Mind*에서 "bricolage"의 개념을 다음과 같이 제시한다.

> The bricoleur is someone who uses 'the means at hand' that is, the instruments he finds at his disposition around him, those which are already there, which had not been especially conceived with an eye to the operation for which they are to be used and to which one tries by trial and error to adapt them, not hesitating to change them whenever it appears necessary, or to try several of them at once, even if their form and their origin are heterogenous-and so forth. There is therefore a critique of language in the form of bricolage, and it has even been said that bricolage is critical language itself.(Lodge 114-15)

John DeJean은 내러티브 전략으로서의 패스티쉬는 "일종의 꿰맞추기"(a form of bricolage)이며 혼성곡이나 잡집을 의미하는 "포푸리"(potpourri)와 같다고 주장한다(DeJean 229). 그것은 교묘하게 처리된 균형 잡힌 전략이라 할 수 있으며 옛것에서 새로운 것을 만들어 내는 멋진 문학적 영역들의 틀을 재순환시키는 것이라고 볼 수도 있다. 반면에 매 순간마다 지도에서 이탈하여 방황할지도 모르는 대표적인 정신분열증—아마도 영역의 사나이로서 비밀 첩보원에 의하여 수행되는 가장 은밀한 작전—에 관심을 기울인다. *The End of the Road*에서 솔직하게 발표했던 Barth의 개성적인 브랜드인 유랑주의는 26세 때 *The End of the Road*을 내놓았던 이래로 확고부동한 위치를 차지하고 있다:

> The greatest radical in any society is the man who sees all the
> arbitrariness of the rules and social conventions, but who has
> such a great scorn or disregard for the society he lives in that he
> embraces the whole wagonload of nonsense with a smile. The
> greatest rebel is the man who wouldn't change society for
> anything in the world.(*ER* 129-30)

6. 블랙홀 시스템(Black Hole System)

Barth의 10번째 작품인 *The Last Voyage of Somebody the Sailor*(1991)는 상당히 난해하면서도 외설적인 내용을 담고 있으며 포스트모던 소설의 일반적 특성을 나타내는 카오스 이론만큼이나 복잡한 내러티브 구조를 특징으로 하고 있다. 그럼에도 불구하고 앞서 발표된 소설들과는 다르게 폭넓은 독자층을 확보하고 있다. 현대세계와 중세 바그다드의 신화세계를 상호 교차시켜 이중적 배경으로 이야기를 구성하고 있는 *The Last Voyage of Somebody the Sailor*에서 Barth는 Sindbad와 Scheherazade와 같은 인물들을 등장시키고 있으며 서사 모험담에 등장하는 괴물들, 악당들, 남녀 주인공들의 다양한 매너들을 포함한 고전 등을 재해석한다. 또한 이 소설에서 Barth는 뉴저널리스트인 Simon William Behler가 겪는 상황을 독특한 기법으로 표현하고 있다.

1980년 Behler는 내러티브 속에 등장하는 Serendib의 마술의 섬이 있는 Sri Lanka해안에서 배를 타고 유람하던 중 배 밖으로 떨어져 실종된다. 그의 유람목적은 애인과 함께 Sindbad the Sailor의 전설적인 항해의 유적들을 재추적해 보는 것이었다. 그러나 그는 최초의 Baghdad에서뿐만 아니라 바로 Sindbad의 집에서 의식을 회복한다. 그리고 그곳에서는 악명 높은 선원이 Serendib로 향하는 자신의 일곱 번째 항해를 위하여 기금을 모집하는 중이었다. Behler는 Sindbad의 복잡 미묘한 미로와도 같은 집안구조와 Sindbad의 미모의 딸에 매혹되어 있지만 필사적으로 탈출하여 현대세계로 복귀하려고 한다(323).

Behler는 내러티브 전략으로 Sindbad에게 도전해 보는 과정에서 자신의 여섯 번의 항해를 회상하는 것처럼 Sindbad의 저녁 식탁에서 행동을 개시한다. 그리고 Somebody는 산문적이며 비유적인 여섯 번의 여행, 즉 자신의 이야기와 Sindbad의 이야기가 교차되고 동일한 내러티브가 통과의식을 거치는 것처럼 자세히 설명한다. 이처럼 이야기 속의 이야기를 넘나들면서 Barth는 상상, 기억, 욕망 등으로 점철된 우리 자신들의 이야기를 생동감 있게 제시해주고 있다.

이러한 전략을 꾸미는 Barth는 제10권에서 Scheherazade가 언급했듯이 선원 Sindbad가 살았던 중세 이슬람 사회에서 처녀성의 문제가 동양 사회의 가치 기준으로 매우 중요시되었기 때문에 혼전 접촉이 있거나 야수와 같은 사람이나 또는 친구들에 의하여 겁탈을 당한 경우도 있으므로 신부가 신부시장(66)에서 전혀 의심을 받지 않도록 중매쟁이는 시각적이며 촉감적인 검증으로 새로운 처녀막을 삽입시켰던 것이다. 이와 같은 동양의 세속적 관행이 전통적 내러티브 기법을 전달하는 teller에게는 상당히 은유적 매력을 갖게 해 주며 또한 문학성의 회복을 위하여 이야기를 재구성케 하고 있다. *The Last Voyage of Somebody the Sailor*의에서는 남성의 욕망과 성교불능이 주 관심사이어서 힘을 과시하는 Zabbs, 참을성이 없는 Zabbs, 미래를 약속하는 Zabbs가 있는가 하면, Wahat(62), 즉 여성의 사랑과 삶의 중심, 오아시스(oasis)에 대하여 무능한 Zabbs도 등장한다.

이 소설은 궁극적으로 모든 반복 즉, 어내디프로시스 시스템을 통하여 자궁으로의 회귀를 추구하는 Barth 자신의 행동을 표현하는 함축적 내러티브 방어기제라고 할 수 있다. 순수성과는 다른 측면에서 내러티브로서의 당위성을 유지하기 위하여, *Chimera*의 "Dunyazadiad"에서처럼 Barth는 이슬람에서 "가장 적

184

절하고 달콤하며, 기억에 남을만하면서도 희망적인" 스토리텔러 (*FB* 56)로 유명한 처녀 Scheherazade를 다시 등장시킨다. Barth는 "스토리텔링을 통하여 자신의 운명을 바꾸어 놓은 사람 이 세헤라자드 이외에 누가 있겠는가?"(Who except Scheherazade ever changed her fate by telling stories?)(66) 라고 반문하면서 그녀의 태도에 아낌없는 찬사를 보낸다.

> What you've done is what you'll do. What had she done? She had helped a catastrophically embittered king to become a gentle and humane one. Though not a radical like Dunyazade, she had introduced a few modest but real improvements in the lot of Islamic women: nothing miraculous, but a genuine beginning, or a high-water mark to be remembered, should things backslide in the current administration. Moreover, so Djean had often told her, she had embodied the storyteller's condition in such a way as to become a symbol: she was not sure of what, but gathered it was something hopeful, of positive valve. Finally, and no doubt most important-the key to all the rest-she had come truly to understand that both in human intimacies and in human language, the key to the treasure is the treasure.(*TT* 595-96)

Barth는 "연출법의 포로 혹은 완결되지 않은 세헤라자드의 미완성이야기(Prisoners of Dramaturgy, or Scheherazade's Unfinished story Unfinished)"가 되었던 Scheherazade의 내러티브 전략이 "WYDIWYD(What you've done is what you'll do.)" 가 시공을 초월하여 현대 포스트모던 소설가들의 전략으로 활용될 수 있으며 PTOR(place, time, order of reality)를 횡단하여 교차대비적인 보다 수준 높은 하이테크형(hi-tech)(*TT* 590)내러티브도 보여 줄 수 있다고 강조한다. 또한 지속적인 WYDIWYD 전략은 과거 장면으로 순간적인 전환을 시도하는 플

래시 백(flashback)의 종말을 가져 올 수 있으며"TKTTTITT
(The Key to the treasure is the treasure.)"(580)가 될 수 있다
는 점을 주장한다.

이 소설에 등장하는 Scheherazade는 운명적인 최후의 순간에
"생존" 내러티브에 도전한다. 임종을 앞두고 눈만을 껌벅거리는
늙어빠진 노파는 Death에게 최후로 처녀성에 관한 자신의 이야
기를 들려준다. 그녀의 임무는 정신병원에 입원해 있는 Simon
William Behler와 함께 살아가는 것이었는데 Simon은 열정에
불타오르는, 이글거리는 눈을 가진 젊은 여의사에게 자기 자신
은 미치지 않았다고 이야기를 해 주어야만 하는 입장이다. 처음
동일한 장에서는 사랑보다 강한 죽음의 세력을 역전시키는 구
조가 형성된다. 단 하나밖에 없는 정조이기 때문에, *The Last
Voyage of Somebody the Sailor*는 운명에 의하여 지배를 받아온
인생과 경험에 대한 Barth 자신의 변명서라고 할 수도 있다.

Barth와 Scheherazade의 연애행각은 Johns Hopkins 대학에
있는 고전도서관의 Orienter Seminary에서 시작된다. 서고를 정
리하는 아르바이트 학생으로서 수많은 전집을 통한 "이야기 주
기"(tale-cycles)를 파악하던 그는 우연히 한기교적인 시인을
발견한다. Barth는 35세 나이에 집필한 자신의 작품 속에 등장
하고 있는 Scheherazade에게 헌신할 것을 다짐하여 "나의 처지
와 희망을 고려해 볼 때, 현재 내가 사용하고 있는 잉크가 바닥
이 날 때 아니면 죽게 될 때에도 여러 가지 많은 이유 때문에
마음속에 떠오르는 사람은 다름 아닌 세헤라자드이다."(*FB* 57)
라고 말한다. 그 이유는 Scheherazade의 집요하고 끈질긴 인내
때문에 그리고 그녀가 "생사"의 갈림길에 있으면서도 궁극적으
로 자신의 종말의식을 항상 느끼면서도 청자에 대한 지속적인
에로틱한 관계를 유지하고 있기 때문이다.

그녀에 관한 소재들을 피하는 가운데 "반리얼리즘에 대한 기
회"(opportunity for counterrealism)를 극대화시키며 이야기틀
장치(*FB* 57-59)를 도입시킴으로써 신화에 대한 신비와 복잡

미묘한 내러티브를 마술적 요소로 하여 사랑과 죽음으로 평생 동안 갈망해 왔던 Scheherazade는 운명적으로 Barth가 가장 친숙해지는 존재가 되었고 그의 이야기는 그가 사랑하는 여인들의 이성과 감성에 관한 것들이 되어 버린다.

이와 같이 Scheherazade는 Barth의 문학적 경험 속에서 자신의 이야기를 갖게 된다. 실제로 그녀의 이야기는 국면을 전환시키는 여섯 번째 작품인 *Chimera*에서 처음 시작되는데 여기에서 Barth는 Genie로 하여금 내러티브 테크닉과 성관계를 이야기하기 위하여 그녀의 PTOR를 방문한다(66-68). Scheherazade는 죽은 Barth의 가장 좋은 친구, 아내, 연인, 시인이 되고 싶어했기 때문에 항해할 수 없는 바다 이야기를 전개한다(108). 늪지대는 부패와 황폐, 여성의 생식기, 죽음과 재생, 흑사병, 학질, 류머티즘, 정맥두염을 발생시키는 독기, 악, 저주, 침체 등을 나타낸다. Barth는 늪지대가 저승에 있는 삼도천이나 지옥의 입구로, "그 진펄과 개펄은 소생되지 못하고 소금 땅이 될 것이다 (Its swaps and pools shall not have their waters sweetened but shall be there in shoals.)"(*Ezekiel* 47: 11)라는 에스겔의 담론과 악어나 살수 있는 곳(*Job* 40: 11)이라는 성서의 구절들을 인용하고 있다(*L* 48).

그러므로 Muse와 시인의 연애사건 속에서 연인이며 내레이터인 Susan과 Fenn Turner는 Scheherazade의 여동생 Doony와 그녀의 군주 Shah Zaman의 "as if" 철학이었던 성에 대한 평등의 꿈을 표현하고 있는 것처럼, 다시금 페미니즘이 강조된다. *The Tidewater Tales*에서 Scheherazade는 과거에 Peter와 열렬히 사랑했던 노련한 storyteller로서 Peter Sagamores를 방문함으로써 Barth의 최초 방문에 보답하지만 *The Tide water Tales: A Novel*에서 자신의 정체성을 다시 회복할 때까지 Barth의 PTOR에서 사면초가에 휩싸이는 인물은 다름 아닌 Scheherazade이다. *The Last Voyage of Somebody the Sailor*에서, Scheherazade의 고향인 Baghdad에 도착하여 귀향을 추구하는 인물은 Simon

Behler이며 가명으로 Baylor the Taler와 Somebody the Still-Stranded를 사용한다(280).

1980년, 성공한 저널리스트로서 Behler는 과거에 Serendib로 알려진 Sri Lanka의 해안에서 해수욕을 즐기면서 애인과 함께 선원 Sindbad의 항해의 자취를 추적하려고 한다. Sindbad의 항로를 따라 가던 중 자신의 배가 난파당한 Behler는 우연히 구조되어 Sindbad 소유의 배 Zahir에 승선하여 Sindbad의 고향으로 향한다. Sindbad는 Serendib로 다시 회귀하는 일곱 번째 항해에서 자신의 사업 투자자들에게 관심을 끌려고 애를 쓴다. 6일째 되던 주인의 호화판 저녁만찬에서 Barth의 *"alter ego"*인 Sombody는 여섯 번의 항해에 대하여 설명해 주면서 Sindbad를 Behler로 교체시키며 그 이야기들이 시작되어 전자와 후자를 완벽하게 결별시켜 끝을 맺지만 중간에서 상당히 많은 집중성과 "반집중성(semi-convergency)"을 드러낸다. East가 West와 만나는 테이블에서 Barth는 친숙한 것과 낯선 것 사이에 설정된 가상의 경계를 해체시키기 시작한다.

첫 번째 항해에서 Barth는 B이분법의 해체를 의도하는 내러티브 전략으로 1937년 7월 1일 Simon W. Behler의 일곱 번째 생일날 일요일 아침 묘사에서 다음과 같이 언급한다.

> 'Familiar' because our parents had lived in that house since before we were born; 'strange' because the night just past was the first I had slept in my brother's room. Today they would bring Mother home: my birthday present, Aunt Rachel said. Bijou's too.(28)

여기서 "그들"이란 나와 형이 아니라 바로 "친숙함"과 "낯설음"을 지시한다. 이들은 시너지 시스템을 통하여 어머니와 만남의 기회를 갖는다. 생일선물을 기대하는 Behler의 실존적인 위치는 이분법적 대립쌍들이 조화와 균형을 지향하는 바스의 시너지 시스템 전략으로 볼 수 있다. 또한 Sindbad의 네 번째 항해는 환상적인 소재, 즉 Whale Island, Valley of Diamond와 Serpents, Ape Island, Swine Island, Peppercornians들이다. Sindbad의 최초 네 번째 항해는 자신의 일곱 번째 생일에 관하여 가정적이며 자서전적인 소재들로 구성된다. Maryland의 East Dorset에 있는 Simon Behler는 처음으로 손목시계를 선물로 받으며 비행기를 타게 된다. 열네 번째 생일날 그는 자기보다 열여섯 살 손위가 되는 Crazy Daisy Moore로부터 성에 대한 비밀을 알게 되며 Bon Ami 세척제통 때문에 도덕적 딜레마에 빠진다. 마흔 두 번째 생일날, Simon은 아내, 가족과 함께 카리브 해를 항해한다.

오십 회 생일날, 그는 사진 동업자와 새로운 애인 Crazy Daisy의 여동생 Julia와 함께 Sindbad의 항해노선을 다시금 항해한다. Sindbad가 초청한 손님들과 가족들은 자신들이 섬기고 있는 주인들에 대한 환상적인 이야기에 마음이 끌리지만 처녀성을 회복시킨 Sindbad의 딸 Yasmin을 제외하고 개연성이 없으며 지루하고 저속한, 도덕적으로 계몽될 수 없는 Sombody 자신의 전기를 듣게 될 때 그들 모두는 흥미를 잃게 된다. 세련되지 못한 이슬람 리얼리즘의 옹호자로서 Sindbad가 Somebody의 두 번째 내러티브 항해에 대하여 비판할 때, 토마토를 가지고 얼굴에 마사지한 Yasmin의 구혼자는 만찬에 참여한 손님들에게 다음과 같이 언급한다.

The high ground of traditional realism, brothers, is where I stand! Give me familar, substantial stuff: racs and rhinoceri, ifrits and genies and flying carpets, such as we drank in with out mother's milk and shall drink-Inshallah!-till our final swallow. Let no outlander imagine that such crazed fabrications as machines that mark the hour or roll themselves down the road will ever take the place of our homely Islamic realism, the very capital of narrative …….

Speak to us from our everyday experience: shipwreck and
sole-survivorhood the retrieval of diamonds by means of
mutton-sides and giant eagles, the artful deployment of turbans
for aerial transport, buzzard dispersal shore-to-ship signaling,
and suicide(Allah forfend) as necessary. Above all, sing the loss
of fortunes and their fortuitous re-doubling: the very stuff of
story! Do not attempt to distract us from these ground-verities
with such profitless sideshows as human copulation which is no
more agreeable to hear about in detail than are our visitor's
other narrative concerns urination, masturbation, and-your
pardon, Sayyid Sindbad-regurgitation.(136)

한사람의 리얼리티가 다른 사람의 상상이 될 수 있다는 점이
라인해체(경계부정)에서 Somebody의 최초 교훈이 된다. 그리
고 East와 West가 서로의 이야기들을 순수하게 받아들인다면
테이블 주변에서 야기되는 상당히 많은 불신의 장벽들이 사라
질 것이다. Barth는 결국 인간의 조건은 고전적인 Sindbad의 상
황이지 않은가? 익사라는 다른 측면에서 우리는 스스로 자신을
인식할 때까지 일상적인 생활 속에서 우리 모두가 바다에서 방
향을 잃고 허둥대고 있는 것은 아닌가라고 자신의 아라비아 청
중인 Somebody에게 묻는다. 그리고 Barth는 Sindbad의 동양적
신화 만들기를 이용하여 어떻게 해서든지 환상적이며 우연한
일상적 리얼리티를 형성하는 것이 인간의 조건이라고 생각하고,
East와 West를 재구성하여 은유를 통제함으로써 경험이 풍부한
plot전문가로 하여금 기술적으로 친숙한 것을 낯설게 만드는 것
과 낯선 것을 다시 친숙케 하여 자신의 항해 이야기를 구성하
는 것을 자신의 전략으로 삼고 있다. Barth는 *LETTERS*의
"Ambrose Mensch to the Author"에서 자신의 내러티브 전략에
활용하기 위한 "은유 물리학"(metaphorical physics)이론을 다
음과 같이 제시한 바 있다.

> a metaphorical physics to turn stones into stars, as heat + Pure
> + time turn dead leaves into diamonds. I have in mind Medusa's
> petrifying gaze, reflected and re-reflected at the climax, not from
> Athena's mirror-shield, but from her lover Perseus's eyes: the
> transcension of paralyzing self-consciousness to productive
> self-awareness. And(it goes without saying) I have in mind too
> the transformation of dead notes into living fiction for it also
> remains for you to write the story!.(*L* 652)

또한 Barth는 자신의 전략으로 은유를 통하여 자신의 "life-story"가 단문이 아닌 "복잡한 중문 속의 제2 독립절에서 이중 술부 주격 표현의 후반부 속에"(in the latter member of a double predicate nominative expression in the second independent clause of a rather intricate compound sentence)(*ER* 257) 있다고 묘사하고 있다.

선원들의 다섯 번째 내러티브 항해 이야기는 사실상 자서전적 리얼리스트가 Sindbad의 이국적인 동양에 몰두하는 것처럼 상호 국경을 횡단하는 경험에 관한 것들이며 Sindbad의 개인적 복수에 대한 욕망은 자신이 계획한 비행을 통하여 환상 속으로 빠져 버린다. Barth는 여섯 번째 항해를 통하여 그들로 하여금 철저하게 동서양의 논리를 파괴하는 수수께끼의 플롯에 휩싸이게 한다. 반면에 일곱 번째 항해에서 Somebody는 Sindbad의 친숙한 환상 속으로 항해하며 Sindbad는 사막으로 힘겨운 여행을 떠나게 된다.

분명히 Barth는 리얼리즘과 비리얼리즘, 패러디와 메타픽션, 환유와 은유 사이의 구태의연한 논쟁을 극복하려는 자신의 비평적 과제를 결코 포기하지 않는다. 그러나 이 작품에서 Barth는 과거의 핵심적인 논쟁을 수용하여 과거보다는 더 유순하게 자신의 내러티브를 구조적인 측면에서 구성하고 있으며 합리적인 헤겔적 변증법을 초월하고 있다고 볼 수 있다. Simon의 친밀성과 Sindbad의 낯설음을 집합 내지는 교차시키는 가운데 Barth는 독단적 이원론에 대하여 가장 멋진 해답을 부여하고 있는데 그의 해답에 의하면, 반대명제를 초월하는 것은 주로 다행스럽게 발생하는 우연한 사건의 결과라는 것이다.

Somebody 이야기의 자서전적인 내용에서, 일상적인 진부함이 환상을 충족시키기 위하여 상당히 타협적인 면을 볼 수 있다. 언제나 "지금 여기에서 버림받은 자(a castaway the Here and Now)"(483)이었던 Simon은 이미 문지방 횡단을 위한 테크닉을 알고 있었으며 그 테크닉은 이른바 "앞뒤로 진동하여 블랙홀로 들어가는" 것이었다. 그와 같은 관행은 초기에 시작된 것으로(59) 일곱 살 때, Simon은 이미 "내성"(Voice Over)(*L* 209, 767)과 함께 청춘을 보냈으며 가상의 놀이친구와 죽은 쌍둥이 누이 Bijou에게 우연히 이야기한 바 있다(30). Bijou는 Simon이 세상에 태어나 성공하기 전 자궁에서 나온다. 내성은 수면과 깨어남 사이에 존재하며 Simon을 혼란시켜 낯선 곳으로 가게 하는 마치 카오스 이론에서 유인자와 같은 역할을 수행한다. 남동생에 대한 Bijou의 스토리텔링은 남동생으로 하여금 국경을 초월하게 만든다.

> It was not long before I reached that state between two worlds sphere distances go strange and the familiar is no more. I was in black space, suspended, or as it were with one eye open above some surface, one below.(59)

그 습관은 혼란기를 겪고 있었던 Simon의 사춘기에 지속되었으며 진정한 황홀함을 맛보게 해주는 Daisy와의 성적 오르가즘을 Simon은 느낄 수 없었다.

> charged suspension, vertiginous, electrically humming, in which the ceiling, the walls, the frames of the doors and windows, and

the very bed beneath me were at once their familiar selves and unspeakably alien, their distance and configuration fluid, and I myself was no longer or not merely I but as it were the very lens of the cosmos: a sentient star of light-years, more compass than anything named Simon Willim Behler.(107)

Simon은 그의 세 번째 항해에서 두 세계 사이에 존재하는 블랙홀을 통하여 겪게 되는 이슬람의 중세시대에 살게 된다. 평범한 Jane Price와 오랜 결혼생활을 하는 가운데 Teaneck 출신의 Teri와 Tangiers에서 탄력적이고 황홀한 시공을, Last Semester 출신인 Theresa와 함께 "as if" 쾌락을 불순하게 경험한 Simon은 빌린 보트 *So Far*의 돛이 뒤엉키자 익사 위기에 놓인다. 필사적으로 헤엄쳐 나온 Simon은 Virgin Islands, St. Thomas 항구인 Charotte Amalia 관광도시에서 새 손목시계를 산다. Marrakesh 시장은 실제적으로 낯선 곳으로서 눈에 띌 정도로 파란 눈을 가진 한 Third World 세일즈맨이 Simon의 새로 산 Seiko 손목시계 줄을 잘라내 자기 손목에 대어 본다 (212). 블랙홀을 낯설게 함으로써 Barth가 의도하는 최초의 매력은 "우주의 렌즈"(107) 즉, "암실"(*camera obscura*)(L 676)의 형태를 취한다. "우주 생성방법"(How to Make a Universe)에 관한 1960년도 강의에서 Barth는 소설가의 "암실"이 가져다주는 문학적 효과를 위해 사진술을 적용한다.

There is on the coast of California, or used to be, or I wish there had been, a big camera obscura, of the sort that once fascinated Leonardo da Vinci. A long-focus lens on the roof of the building receives the image of the ocean and projects it by means of mirrors into a large ground-glass plate inside the darkened room.

You can stand outside and see the ocean firsthand for free,

but people pay money to step inside and see it on the screen. I quite understand them: It's not the same thing at all. There is something about the dark chamber and the luminous plate that marks the commonplace enchanting. Things that may scarcely merit notice when seen directly—a tree, a rock, a seagull—these things are magically displaced, recomposed, represented. Like the drowned man Ariel sings of in The Tempest, the scene is familiar yet transfigured: things shine serene by their inner lights and are intensely interesting.

A novel works like the camera obscura. The arbitrary facts that mark the world-devoid of ultimate meaning and so familiar to us that we can't really see them any longer, like the furniture of our living room-these facts are passed through the dark chamber of the novelist's imagination, and we see them, perhaps for the first time. More, we hang upon them, often with a passion—characters and events that in real life might bore us or simply escape our notice. We stand before them rapt, entranced, like the spectators at the panther's cage in Kafka's "Hunger Artist" story; we do not want ever to go away.(FB 21)

암실에 대한 Barth의 은유적 전략에 의하면 모든 예술을 낯설게 하여 진부한 것을 새롭게 변화시키는 동시에 평범한 것을 다시 보충하는 마술적 탈구(脫臼),(dislocation)전략으로 독자/관객을 자극하여 심미적 행복감을 느끼게 할 수 있다는 것이다. 그러나 The Last Voyage of Somebody the Sailor에서 Barth의 은유는 등장인물들의 리얼리티가 되어버린다. 즉, Simon과 Sindbad의 삶은 작은 블랙홀에 산재해 있는데 이들은 또 다른 활기에 넘치고, 경이로운 세계로 향하는 입구가 되기도 하면서 동시에 출구가 되어 비범한 것들과 예측할 수 없는 것들로 가득 차 있다. 이곳은 열린 출구가 많은 기회의 공간으로 이 공간을 통하여 우주는 아주 작은 삶의 공간들을 극대화시키기 위하여 밀려온다고 Barth는 주장하고 있는바 블랙홀은 Barth의 천일야화를 이해할 수 있는 "해법(Open sesame)"이 될 수 있다.

빛의 부재는 생명의 부재를 의미하며 결코 잠재적인 죽음의 공포를 조장하지 않는다. 우리는 블랙홀의 악명 높은 역사적 사건의 발생을 억제해야 할 책임이 있으며 블랙홀은 동양에서 특별한 배경을 갖고 있다. Calcutta의 블랙홀은 작은 인디언 감옥에 비추어 볼 때, 악명 높은 곳이 되었으며 거기서 억류된 146명의 영국군인들 중 123명이 1756년 6월 30일 밤에 질식사한 것이다. Barth는 물리학자들로부터 블랙홀을 구원해 내기 위하여 지원을 요구하는데 물리학자들은 블랙홀의 리얼리티에 접근할 때 반드시 소설가의 입장이 되어야 한다. 왜냐하면 그들은 과학적 지식의 한계에 도달했기 때문이다.

모든 과학자들의 희망은 수학적으로 우주를 예측하고 기술하고 통제하지만 철학자들은 우주적 현상과 천체의 운행에서 야기되는 존재, 지식, 가치의 수수께끼들을 논리적으로 해결하려고 한다. 그러나 예술가들 특히 소설가들은 "우주를 본질적으로 이해하여 설명하거나 통제하려는 것이 아니라 오히려 자기 자신의 것으로 소유하여 신이 창조하고 입증해 보이는 우주보다 더 질서 있고 의미 있는 아름다운 우주로 만들어 보려고 한다"(*FB* 17)고 Barth는 주장한다.

Barth는 자신의 우주론을 이미 *Sabbatical*에서 블랙홀과 화이트홀의 공간을 설명하는 내러티브 전략으로 보여주고 있다(321). 이와 같은 전략은 이미 앞서 논한 블랙홀 시스템과 일치한다고 볼 수 있다. 고갈된 리얼리티와 내러티브 테크닉이 블랙홀에서 재충전, 재조정되어 리얼리티를 소생시킬 수 있기 때문이다.

처음에는 물리학자들의 블랙홀에 대한 해석은 이성을 잃을 수도, 삼킴을 당할지도, 익사될지도 모르는 Sindbad의 무서운 공포에 대한 해답이 될 수 있는 것처럼 보인다. 그들의 블랙홀은 은하계의 심장부에서 큰 별을 집어 삼키는 것이며, 완벽한 덫의 형태를 갖춰서 마치 회전식 십자문과 비슷하기 때문이다. 그들은 블랙홀에서는 그 어떠한 천체라 할지라도 엄청난 중력에 흡수된다(Calder 5, 40)고 주장하지만 과학의 대중화에 노력하는 Nigel Calder의 *Einstein's Universe*(1979)와 주도적인 이론물리학자인 Stephen Hawking의 *A Brief History of Time*(1990)에서처럼 자신들의 시적 카메라를 블랙홀에 초점을 맞추고 "as if"의 우주비행사 혹은 Somebody the Sailor와 같은 모험가들이 블랙홀의 시공간 속에서 어떻게 될 것인가를 상상한다. 빛과 블랙홀에서 탈출할 수 있는 정보가 없기 때문에 이 두 필자들은 가상의 해석에 의지할 수밖에 없으며 호킹은 흥미롭게도 이 가상적 해석을 "리얼리즘적 해법"으로 언급한다.

이와는 반대로, 블랙홀을 "as if" 원리에 의하여 단 한번 낯설게 할 수 있다면 망상이라기보다는 하나의 새로운 재생 때문에 우주비행사의 멋진 경험이 될 수 있을 것이다. 그는 블랙홀이 마치 플러그 구멍으로 흘러 들어오는 물처럼 빨려드는 것을 느끼지 못할 것이며 끈끈이 종이에 달라붙어 사투를 벌이는 파리처럼 사면초가에 놓이지 않을 것이다. 결국 모든 외부로 발산하는 빛을 차단하여 흡수하는 블랙홀은 그 가장자리에서 시간의 흐름을 멈추게 하며 그 결과 우주비행사에게는 현재라는 시간이나 "순간"도 존재하지 않게 되는 것이다(Calder 40-42) 호킹의 주장에 의하면 특이한 중력의 붕괴와 같은 현상들이 언제나 미래에 항존하고 있고 빅뱅(Big Bang)처럼 과거에도 존재한다는 것이다(*TT* 311). 더욱이 그 공간에서 빛이 굴절된다는 사실은 Hawking으로 하여금 우주비행사가 블랙홀들은 그렇게 어둡지 않다는 것과 "블랙홀이 열체에서 나오는 빛처럼 빛은 발산하며 그것들이 작으면 작을수록 더욱더 많은 빛을 발산한다"(they glow like a hot body, and the smaller they are, the more they glow)는 것을 발견할 수 있는 것이다(97).

칼더의 이러한 해석은 Barth의 소설구도에 산재해 있는 우주비행사의 암실 항해에 도움이 되는 것으로 칼더는 "블랙홀에 접근할수록 빛의 굴절현상은 더욱더 분명해지며 변두리에서도 볼 수 있다. 일반적인 방법으로 알 수 있는 사물들은 블랙홀의 뒤편에 있으며 또한 그러한 사물들은 블랙홀에 의하여 보이지 않기 때문에 한쪽 방향으로 진행하면 볼 수 있을 것이다"(close to a black hole the curving of path of light is much more marked, and you can see around corners. Objects judged in the ordinary way to be behind the black hole, and eclipsed by it will be visible out to one side)(45)라고 말하고 있다.

그것은 우리가 보는 우주는 물리학자의 암실에서 나오는 "측면" 조명으로 이해할 수 있다. 왜냐하면 그것은 우주의 고아가 될지도 모르는 우리가 우주에 대한 친숙함을 회복시킬 수 있는 방법으로 Barth의 재순환론은 희망적이지만 그럼에도 불구하고 아인슈타인 이후의 과학의 시작이 되는 바로 그 경계점을 나타낼 수도 있는 것이다. 그러나 Barth가 내세우는 내러티브 기법으로서 반복은 Bloom의 심리적 방어기제 전략인 "비유"와 비슷하며 Simon과 Einstein이 추구하는 축어적이며 수사학적인 경향을 지향한다.

첫 번째 항해에서 두 커플은 자신들의 이중적 기원들을 분산시켜 공동협력의 장으로 나아가며 평면적 공간서 Einstein를 통하여 탈영역화된 시간여행을 떠난다. 그들의 동시성과 연속성이 "모래시계의 좁은 목을 누비는 요정처럼"(like a genie through the neck of hourglass)(*SA* 63) 대체되며 무시간성과 모든 빛이 모이는 블랙홀로 들어간다. 25년이 지난 후 *Giles Goat-Boy*를 초월한 수많은 광년의 세월이 지난 후에도 Barth는 Figure 11에서 볼 수 있는 *Axis Mundi*(*CH* 261; *L* 647,765) 내부로부터 자신의 메시지를 다시 전하면서 우주에서 궁극적인 파괴의 힘을 보유한 것으로 알려진 블랙홀은 사라진 이후에도 다시 입장이 가능한 계통과 소생의 터미널과 같은 장(場)이 되어 버린다. 우주 안에서 "소생할 수 있는"(reflowering) 잠재성을 지닌

Barth의 설득력 있는 유희는 포스트모던 과학에서 시적으로 항해하는 것이다. 바로 그 한계 지점에서 그는 시적인 물리학자와 함께 공동보조를 맞추어 간다.

*The Last Voyage of Somebody the Sailor*에서는 기묘하고 예기치 못한 세계가 친숙한 것 속에 있는 하나의 구멍을 통하여 등장하면서 또 다른 메타픽션적인 우주를 상기시켜 준다. 그 속에서는 시간이 분기되고 상실된 공간이 재등장하는 곳으로 인생은 마치 하나의 꿈과 같이 되는 곳이다. 그 같은 충격적인 인식 때문에, "Borges가 다시 돌아 왔노라"는 인식을 갖게 한다.

Barth는 Borges를 최후의 모더니스트로 존경했으며 실제적으로 자신이 번역한 *Ficciones*(1962)와 *Labyrinths*(1964)에 실려 있는 그의 모든 단편들은 위에서 해석한 일반적인 내용들에 대한 해답으로 Barth는 분명히 Borges에게 많은 영향을 받은 것으로 생각된다. 미로란 방향의 가능성이 고갈되어버리는 장소라 할 수 있으며 박식한 도서관 사서직원이 가공적이고 상상적인 책들에 대해 붙인 각주의 형식으로 된 소설이다. Borges의 *Ficciones*은 가공의 텍스트에 대한 각주일 뿐만 아니라 문학의 본체에 대한 후기라고 Barth는 주장한다(*FB* 74).

Juan Dahlmann은 Borges의 도서관 사서직원으로서 "*The Thousand and One Nights*"의 사본을 추적하다가 1939년 2월 최후의 날에 블랙홀로 들어간다. 그를 삼켜버린 것은 그의 이마를 닦아주고 피를 빨아먹은 불가사의한 존재이다. 그리고 그는 패혈증 때문에 마지막 죽음의 문턱에서 한 지방 결핵환자 요양소에서 실시한 굴욕적인 치료기법을 통하여 소생한다. 또 다시 그는 Scheherazade와 동행하면서 그가 유산으로 물려받은 가족 목장에서 요양기간 동안 Buenos Aires에서 남쪽으로 기차를 타고 여행한다. 기차를 타고 창밖을 통해 볼 수 있는 시골풍경들은 꿈속에서처럼 우연히 이루어진 것처럼 보인다. 그리고 Dahlmann은 "여행을 하면서 자신의 모습이 마치 한꺼번에 두 사람이 된 것처럼 느낀다: 한 사람은 가을날 조국의 강산을 횡단 여행하는 사람이며 다른 한 사람은 요양소에 갇히어 규칙적인 강제노동에 시달리는 사람"(the man who traveled through the autumn day across the geography of the fatherland, and the other one, locked up in a sanitarium and subject to methodical servitude.)(170)으로 느껴지는 것이다.

Dahlmann은 자신이 시간 속으로 여행하고 있다는 사실을 인식한다. 그가 카페에 들어갔을 때 그는 희미한 등유불빛 아래서 술을 마시고 있는 혼혈인들과 마주친다. 한 사람이 그를 조롱하면서 침을 뱉은 빵부스러기를 그의 이마를 향해 던지고 그리고 또 다른 사람은 그를 향해 단검을 던진다. 자신의 명예에 대한 복수를 하려는 그는 밖으로 나와 평원에서 자신의 운명과 맞서 싸운다. 이 이야기는 Dahlmann의 모순된 두 사고로 끝을 맺는다. 즉, "결핵요양소는 나에게 그러한 행위를 하지 못했을 것이다"(They would not have allowed such things to happen to me in the sanitarium)라고 생각하지만 "넓은 하늘 아래서 죽음을 각오하고 칼싸움을 시도한다면 요양소에서 그들이 그를 바늘로 찌르던 첫날밤의 사건처럼 그것은 하나의 해방이며 기쁨이며 축제의 행사가 될 것이다."라고 생각한다(174). 그는 그 당시 자신의 선택 능력이나 혹은 죽음을 꿈꿀 수 있는 능력이 있었더라면 그 자신이 선택하고 꿈꾸었을지 모르는 죽음이 이루어졌을 것이라고 느낀다.

이러한 메타비전 기법은 Barth에게 구속적이면서 동시에 역으로 블랙홀을 선택하는 계기가 될 수 있었다. 블랙홀의 외계영역이라 할 수 있는 "사건－지평"(event－horizon)은 즉, 새나 혹은 박쥐가 하늘을 비행하는 것과 빵부스러기가 비행하는 것처럼 빛의 세계에서 이중적 사건이 발생하게 되는 것이다.

그러나 Barth의 전략은 그보다 고차원적으로 마지막 항해 출발의 모습에서, 대담하게 Freud를 다시 등장시킨다. 그는 Freud의 죽음 충동, 반복 강요, 신경강박관념과 비정상적인 신경 이중성을 재조정함으로써 정말로 신비스런 처녀동산에 어떠한 꽃을 피울 수 있을까? 양측을 직시할 수 있는 기회를 놓치지 않 겠다는 어느 정도의 강박인식에 따라서 일반적인 리얼리티에 대하여 Freud이론과 작은 통로와 같은 무의식의 궁극적 블랙홀 이 처녀동산을 분해, 증폭, 확대, 분산시킬 수 있다는 점을 밝은 대낮에 드러낼 수는 없을까? 삶의 질을 높이는 추진을 통하여 블랙홀에 들어갈 때 코믹한 포스트모더니스트는 자신의 생애동 안 선택한 문학적 반복의 방어기제를 구별할 수는 없을까? 변 두리의 한계로서, Barth는 *The Last Voyage of Somebody the Sailor*는 모든 정신분석을 구멍투성이의 블랙홀로 화려하게 전환 시키고 있으며 숨겨진 목표가 있기 때문에 그의 모든 이야기에 대해 정신적 강박관념의 구체적인 비유에 초점을 맞추고 있다. Somebody의 네 번째 항해에서도 발표되었듯이 Simon과 양성 반응으로 진단을 받은 Julia는 Sindbad의 항해를 다시 하기 위 하여 배를 구하러 간다. Barth의 독자들은 이미 알고 있었지만 그녀는 Sindbad의 최초의 배와 똑같았던 또 다른 배를 우연히 발견한다:

> "It's an Arabic term for an Arabic legend," Simon explained to Julia Moore. "Imagine some unobtrusive object-it may take different forms in different epochs-that has the power once your eye falls innocently upon it to gradually take possession of your mind, the way a computer virus gradually takes over the computer's memory bank. Finally you can think of nothing else except that one thing, and you freak out altogether. It might be a paper clip or the ashtray on your desk, or one particular pine tree in a pine forest, or one brick no different from all the other bricks in the building, or an incidental face in a crowd shot. But if it happens to be the zahir, then bingo!" …… Cancer, we both said to ourselves. "Sereendib!" offered smiling Julia Moore, the head cocked. "Sold."(328)

재생적 낯설게 하기의 대과제가 Barth와 그의 두 주인공에게 영향을 미친다. Julia와 Simon은 암세포의 성장처럼 우울한 강박관념 메타포를 무시하고 블랙홀의 측면에서 밝은 빛을 직시 그리고 그들은 긍정적인 길조로써 우연의 일치인 것, 정신착란의 음울한 이야기와 장기간의 질병에 대처하여 좋은 건강의 전조로써 인간에게 유익한 강박관념의 반복 형태를 취하려 한다. "Borges"에 대하여 미친 내레이터인 Zahir는 외부에서 온 물리학자에 의하여 이론화된 블랙홀이 되었으며 자히르가 중심부에 위치해 있기 때문에 비록 시력이 원형적 형태를 띠고 있지만 전 세계는 붕괴되어 Zahir에 압축된다.

Zahir는 술집에서 잔돈으로 받은 흔해 빠진 동전이며 그것에 관한 그의 강박관념은 Zahir에 관한 얻기 힘든 장학금을 얻고자 추구하는 한 현학자의 끈질긴 과정에서 모든 내러티브 내용들을 끌어들인다; Zahirs로서 주화의 신화적, 역사적, 소설적 재현들, 단 하나의 Zahir 문화를 통한 확산, Zahir 안에 있는 "가능성이 있는 미래의 레퍼토리"(repertory of possible futures). "Borges"가 과거의 애인 장례식에 참석한 직후 술집에 갔기 때문에 독자는 Freud 이론을 도입하여 과장된 죄의식의 결과로서 그의 강박관념을 진단하지만, Borges의 마술적 해설에 대한 동양적 분위기는 절대적으로 심리분석에 대한 서양의 권위를 예시해 준다고 볼 수 있다.

Barth가 주도하는 메타픽션은 일종의 탐색을 요구하고 있기 때문에 Gene Bell-Villada의 주도적인 역할에 대하여 분석해 보는 것이 유익하다. 벨 빌라다의 자서전적인 연구에서는 동양의 역사에서 등장하는 Zahir와 같은 대상은 나타나지 않는다. 그러나 Zahir는 Allah의 99개 속성 중의 하나이며 "가시적"이고 "악명 높은" 의미를 지니고 있다(213). 또한 그의 주장에 의하면 "Zahirites"는 중세의 한 종파였으며 엄격한 Koran의 비은유적 해석을 믿고 있다(215). 벨 빌라다가 싫어하는 것은 곧 Barth 자신의 입장과 일치하며 자신의 내러티브에 대하여 어원과 종교역사에 선택적으로 의존하는 것은 Barth의 소설에서 중요한 전략적 요소로 등장한다. Somebody 이야기에 대한 회교의 부정적 비판은 아랍풍 자서전에 대한 일반적으로 금기된 종교적 근거를 지니고 있기 때문에 Koran에 대하여 일점일획도 변경을 가해서는 안 된다는 것이 Zahirite 금기사항이다.

그러나 Barth는 자기 자신을 "Late Barth" 혹은 "Jack the Literal"로 명명하면서 문학에서의 Zahirite가 되도록 참된 액션과 실재적인 대상이 되도록 노력해 왔다. *Sabbatical*에서는 놀라운 우연의 일치를 생각해 볼 수 있지만 *The Tidewater Tales*에서는 딱딱할 정도로 진부하다. *The Last Voyage of Somebody the Sailor*에서 지속적으로 등장하고 있는 강박관념의 대상들, 즉 연결고리가 빠진 손목시계 줄, 신분증명이 가능한 팔찌, 버려진 세제통들은 환상적이거나 평범한 것도 아니며 오히려 블랙홀 항해에서 살아남은 대상들이다. 그와 같은 대상을 통하여 예측 불가능한 것에 대한 신앙과 존경심을 갖게 하며 우주생성을 통한 생명이 탄생될 때, 엄청난 불가능성이 은유 혹은 증상이 아닌 마술적 특성으로 구체화 될 수 있다.

그럼에도 불구하고, Barth는 자신의 딸 Yasmin과 근친상간의 죄를 범한 양아들인 Umar를 살해하는 장면에서, 가족에 대한 두 번의 Oedipus적 범죄를 자행한 가장인 Sindbad의 무의식속에 Freud적 죄의식을 자신의 소설에 도입한다.

Barth가 내세운 Sindbad는 교활한 사기꾼으로서 신화적 주인공 이상의 인물로 볼 수 있다. 무의식과 그 환상들을 경이로운 블랙홀로 여기고 있는 양심적인 Somebody와는 다르게 Sindbad는 자신의 5번째 블랙홀 항해 여행을 하면서 그는 짐승 같은 욕망으로 더럽혀진 자신의 모습을 거울 속에서 발견한다. 그리고 자기 자신을 화장실처럼 더럽다고 보고 분노를 느끼는 경험은 이미 *Lost in the Funhouse*의 쌍둥이 Siamese와 *Giles Goat-Boy*의 짝 Eierkopf/Croaker에서처럼 superego와 id 사이에서 분열되는 자아를 통해 드러난 바 있다. Sindbad는 *The Old*

*Man of the Sea*로부터 자신의 참된 무의식을 왜곡시켜야 하며 자신의 더러운 비밀들이 칼리프(Caliph)에게 알려지게 될 때, 범죄자인 Odeipus에게 전통적으로 부여된 추방의 처벌을 받게 된다.

심리분석의 관점에서 볼 때 그의 결정론적인 종말은 욕망과 죄의식에서 나온 Sindbad의 강박관념에서 비롯된 것이며 이 같은 관점의 윤리 도덕관은 인생도 결정론적이라는 점이다. 그렇지 않으면 인생은 우연 발생적으로 볼 수 있으며 항해의 주인공으로서 Sindbad는 과거에 집착한 나머지 강박관념만을 되풀이 하는 인물로서 미래를 상실하게 되는 것이다. 과거의 사건이 미래의 사건이 될 수 있다고 생각한 나머지 오직 배가 파산될 것에 대비하면서 Sindbad는 전에 소유했던 볼품없는 배를 Zahir로 대체시키고 덧없이 사라지는 동료 선원들을 피하여 서둘러 Tub of Last Resort인 배에 승선한다(467). 그곳에서 그는 어쩔 수 없이 운명적인 자신의 익사를 기다린다. 더욱이 Sindbad는 여섯 번째 항해에 관하여 Serendib에게 거짓말을 한다: 그는 결코 "그 도달할 수 없는 섬"에 도착하지 못했으며 Serendib가 간접적인 방법을 통하여 도달할 수 있었던 바로 그 이유 때문에 그의 일곱 번째 항해에 관하여 칼리프의 명령이 있을 때마다 그 섬으로 다시 돌아올 수 없었던 것이다(547). 고대의 Ceylon이라는 실재적인 이름이 있음에도 불구하고, Serendib는 Sindbad와 Somebody의 내러티브에서 하나의 암호로서 작용한다. Sindbad에게 그것은 자신의 탈출을 위한 은폐의 수단으로서 해적행위, 살인, 복수, 예측 가능한 그의 부정적인 강박관념의 결과를 초래하지만 자기 자신의 자서전에 관하여 침착하게 이야기하는 Somebody에게 Serendib는 "인생은 어디서 와서 어느 곳으로 돌아가는 것인가"를 물을 때 우리는 노년기, 중년기, 청소년기, 유아기 그리고 궁극적으로는 자궁의 "Serendib"가 존재함을 알게 된다(23).

찾을 수 없는 보물을 주인공이 우연히 발견하게 되는 삶의 과정에는 심리적 능력이 요구되며 보물들이 나타날 때마다 관련된 대상과 인물에게 새로운 반응이 나타난다. 특히 발견된 대상이 Freud의 Oedipus 성이론에서 상실되었지만 지금 재발견되는 불가피한 사랑의 대상인 Daisy, Julia, Yasmin의 모습에서 Simon Behler는 자신의 쌍둥이 자매를 재발견하게 되고, 일곱 번째 항해에서 배가 난파된 후 제일 먼저 Yasmin이 떠나게 될 때, 궁극적으로 그가 귀향하게 되는 것은 자신의 첫 번째 사랑의 대상이 된 Bijou에 대한 강박관념 때문이다. 죽음에 대한 지속적인 충동에 대하여 사랑을 심어 줌으로써 Barth는 Freud가 정의하는 죽음에 대한 본능적 욕구를 Barth는 제거하는 전략을 구사한다. "첫사랑의 상태로 우리를 회복시켜 주는 것"은 다름 아닌 사랑이며 회교사원의 종탑에서 기도시간을 알리는 종탑지기는 "기도는 잠자는 것보다 더 유익하다"고 환기시켜 주지만 Yasmin은 "사랑은 기도보다 더 유익하다"고 속삭이면서 Simon과 성적 유희를 즐긴다(66). 사랑을 통하여 우리는 자기 자신의 방식대로 죽음을 선택한다는 것이다. 사랑을 자신의 Zahir로 생각하고 있는 Barth는 또한 Freud의 반복적인 강요 충동에서 나타나는 해독을 제거하려고 시도한다. 반복은 억압의 치명적 회귀가 아니라 오히려 다른 측면에서 자기 자신을 재발견하도록 해주는 것으로서 Somebody는 예상치 못한 다행스런 발견을 하게 된다.

Somebody와 그의 친구들은 비본질적 사물을 우연히 발견되는 대상으로 초점을 맞추게 될 때 일이 순조롭게 진행된다. 왜냐하면 평범한 대상들을 통하여 사랑의 강박관념이 소생되며 삶을 재창조할 수 있기 때문이다. Barth가 아주 즐겨 사용하는 표현, 즉 "오랫동안 꿈꾸어 왔던 꿈이 꿈꾸는 사람에 의하여 전혀 의심받지 않고 실제 토양에서 자랄 수 있다"([A] dream long dreamed may grow a real geography, unsuspected by the dreamer.)(26)는 점이 하나의 형식이 되며 Freud의 억압이론에 함축된 "정열은 결코 낭비되지 않는다."는 점을 Barth는 소생시키고 있는 것이다. 악은 연인들 사이에서 결코 되풀이되지 않지만 단지 긍정적인 측면에서 재연될 뿐이다. Yasmin은 Simon을 위하여 그가 전에 사랑했던 모든 여성들을 재연하며 Simon은 Yasmin을 위하여 그녀의 잃어버린 오빠와 애인인 Umar를 다시 찾게 해 준다. 그리고 해적선에서 성폭행이, 해변에서 성적희열로서 재연된다. 블랙홀의 잠재적 가능성을 조금이라도 의식한다면, 이 같은 현상은 우연히 발견하는 능력의 세계 방식이 될 수 있다. Sindbad 세계의 PTOR과 East Dorst와 Baghdad의 Somebody는 비록 간접적이지만 즉각적인 커뮤니케이션이 가능하다. 또 다른 블랙홀을 통하여 Simon의 형 Joe가 행한 것처럼, Sam Moor는 Sindbad와 연합하며 Simon의 카리브해안의 So Far는 역사적인 Tim Severin의 Sohar와 통신한다. 그리고 이 둘은 Arabic Zahir와 관계를 맺으며 그것은 마치 Sindbad 테이블 주위에서 벌어지는 "의자빼앗기 놀이"(musical chairs)와 비슷하다. 몇몇 손님들은 자리를 떠나지만, 가장 충성스러운 노래꾼과 애인들, 친구들은 취하게 될 때까지 남아있다.

최대의 문제는 시간을 어떻게 처리하여 하는가 하는 문제로서 소중한 생명이 Freud가 언급하고 있는 죽음의 단순한 대용품이 되어서는 안 된다는 점이다. Barth와 Scheherazade는 "Destroyer of Delights"는 죽음이 아니라 시간이며 "최음제에 대한 정력 감퇴제로서 시간을 잘못 해석하고 있는 자는 누구인가?"(449)라고 묻고 있다. 그러나 곤경에 빠진 Sindbad가 좌초된 배를 기다리며 재생을 희망하고 있다면, 사랑은 블랙홀의 측면에서 빛나는 빛을 응시하면서 그것에 집착한 채 Zahir가 머나먼 여정을 고향으로 돌아가게 해주는 흡인력과 같은 역할을 하게 될 것이다. 내버린 손목시계, Ingersoll, Bulova, Omega, Seiko를 다시 수집한다고 하여 Simon의 삶이 다시 풍요로워 질 수는 없다(212). 대신에 그는 지금 이곳에서 "내 시계는 맞지 않아. 불평을 해야 하나? 이야기에 관해서"(4)라는 점을 인정하며 자기의 손목시계를 나침판으로 이용한다. Simon은 어디에서

든 언제라도 우연히 나타나 찾을 수 있을 것이라고 생각하는 잃어버린 시계줄을 추적하면서 인생의 항해를 계속한다.

Barth는 "세렌디브에 도착하기 위하여 다른 각도에서 진지하게 우리의 행로를 계획해야 한다. 그 이후에 우연히 방향을 잃을 수도 있다"(To get to Serendib one must plot one's course in good faith elsewhere, and then lose one's bearings —serendipitously.)고 1991. 1. 21일자 *New York Times Book Review*의 독자들에게 밝히고 있다. Barth는 이제 일흔의 나이로 Johns Hopkins 대학에서 은퇴, 11번째 소설의 계획을 중지했으며 *The Last Voyage of Somebody Sailor*에 대한 독자들의 서평에 궁금해 한다. 희망적이지만 그를 아끼고 사랑하는 독자들은 다소 부정적이다. 그는 오래된 속기철과 출석부 사이에서 "불길한 우연의 일치"를 인식하고 있으며 보충을 위하여 "kenosis"를 "다시 글을 쓰기 위한 영혼의 그릇을 비우기"(emptying out of the spirit's vessel in preparation for a refill)로 정의한다.

이와 같은 케노시스 전략은 작가의 상상력의 소생이라는 관점에서 블랙홀의 공간과 일치한다고 볼 수 있다. Barth는 동쪽과 서쪽이, 남쪽과 북쪽이 아무런 의미가 존재하지 않으며 과거와 미래가 사라지는 곳, 태양이 그 궤도를 역류하여 서쪽에서 솟아오르도록 하는 곳, "저녁은 오후가 될 수 있는 곳 오후는 저녁이 될 수 있다"(*TT* 208)는 곳으로 항해하도록 독자들에게 요청한다. Barth가 제시하는 내러티브 시간관은 "알파"와 "오메가"인 기독교의 창조적 시간관과 상반되며 시간이 정지되어있는 블랙홀 속에서 "생존 내러티브"를 위한 Barth 자신의 고뇌를 엿볼 수 있다.

Ⅳ. 결 론

20세기 후반의 시대적 상황을 파편화현상으로 혹은 혼돈의 상황으로 인식했던 Barth는 그의 텍스트에서 탈장르적인 다양한 내러티브 기법으로 자신의 '리얼리티'를 제시하고 있다. Barth는 자신의 작품 속에서 "무질서 속의 질서"와 "질서속의 무질서"를 지향하는 혼돈이론과 직선과 곡선이 뒤엉켜 출구를 찾을 수 없는 미로이론, 인간의 마음과 두뇌관계를 연구하는 인공두뇌학, 철저하게 대비적 중립성을 추구하는 "비지향적 테크닉", "다수문학"보다는 "소수문학"을 중시하는 "미니멀리즘", 그리고 다양한 정보이론 등을 자신의 내러티브 기법으로 접목시켜 자신만의 "신학술소설"을 쓰고 있다. 특히 Barth는 "우리의 이야기는 빅뱅에서 블랙홀에 관한 전반적인 이야기가 우리의 이야기이다."(*SA* 360)라고 주장함으로써 문학이론에 과학이론의 접목을 시도한다.

Barth의 인식론은 Nietzsche와 마찬가지로 로고센트리즘과 그 기본적인 구조라 할 수 있는 이분법을 해체하는 데서 출발한다고 볼 수 있으며 또한 그의 인식론은 기독교적 관점에서 볼 때 "문지방"을 넘을 수 없는 한계를 지니고 있음에도 불구하고 구조적인, 즉 탈장르적 해체 및 다양성을 지향하고 있기 때문에 모더니즘의 영역을 탈피하고 있다고 볼 수 있다.

Barth는 "The Literature of Exhaustion"(1967)에 이어 "The Literature of Replenishment"(1980)를 Barth는 주장하고 있지만 그 준거에는 기본적인 포스트구조주의가 내포되어 있음을 간과할 수 없다. 포스트구조주의와 포스트모더니즘은 비평가에 따라서 그 시대적 구분과 이론 등이 다양하지만 필자의 관점에서 볼 때, Barth는 포스트구조주의자이면서 포스트모더니스트라 할 수 있다.

Barth가 자신의 텍스트에서 활용하고 있는 Derrida의 "차연" 이론은 의미의 다양성을 제시해 주고 있기 때문에 다양한 탈장르적 현상으로, Foucault의 "거대담론"(metanarrative)의 죽음을 의미하는 담론이론은 저자의 죽음과 다양한 저자와 새로운 독자의 탄생으로, 시니피에 보다 시니피앙의 우월을 주장하는 Lacan의 기호학은 타이포그라피 시스템으로, Bloom의 "오독이론"(misreading theory)은 상호공존의 대비적 비평으로, Deleuze와 Guattari의 리조옴시스템을 미로이론 등으로 접목을 시도해 보았다. 따라서 Barth의 내러티브 전략은 다양성 속에서 통일성을 추구하고 있다고 볼 수 있다.

Barth는 "우리는 모두 쌍둥이들이며 잃어버린 반쪽을 영원히 찾아 헤매는 샴 쌍둥이와 같다"고 주장함으로로써 이분법적 인식론의 체계에서 벗어나고자 한다. 선천적으로 이란성 쌍생아(dezygotic twins)로 태어난 Barth 자신은 내러티브 전략으로 자신의 정체성을 암시해 주는 쌍둥이 메타퍼를 *Sabbatical*에서 구체적으로 보여 주고 있다. 소설의 주인공이 행복하게 결혼한 커플로써 쌍둥이를 출산하며 이 쌍둥이들이 사랑만들기, 항해 등의 경험을 Barth 자신의 이야기 창작에 적용시키고 있다.

Barth는 서구적 개념의 기본적 구조라 할 수 있는 이분법, 즉 대비의 위기를 해체하고 Y 구조를 지향한다. Y는 바퀴의 축, 세 도로가 만나는 장으로 힘의 균형이 이루어지는 메타퍼로서 지정학적인 측면에서 Chesapeake Bay으로, 정자와 난자가 만나는 성기관의 구조로 표현된다. 그는 Y 구조에 만족하지 않으며 모든 경계선들이 부정되고 해체되는 영역인 x 구조를 지향해 감으로써 작가로써의 무한한 상상력을 확산시켜 나아간다. Barth는 단순한 이분법의 해체를 극복하고 한 걸음 더 나아가 대비적 요소들의 조화와 통일, 화해와 사랑의 메타퍼로써 시너지 시스템을 내러티브 전략으로 제시한다.

Barth의 실뿌리 시스템은 전형적인 Scheherazade의 생존전략으로 볼 수 있으며 이야기 속의 이야기 기법속에 미로 이론까지 절충된 전략이라고 볼 수 있다. 넌픽션을 지향하고 있는 Barth에게는 모더니즘적 뿌리시스템은 하나의 기본적인 스토리텔링의 기법으로 제시될 뿐이며 *The Tidewater Tales*에서 리조옴 전략은 상호텍스트성의 일환으로 텍스트 밖으로, 즉 텍스트 외적인 일련의 기법으로 나아간다는 전략으로 모더니즘적 영역화와 속령화된 구조에서 끊임없이 해체 및 탈주하여 집시적이고 다원주의 기법으로 지향해 간다. Barth의 메타비전의 일별은 메타비전적 우주관을 상기시켜 주는 블랙홀 시스템에서 나타난다. Barth는 블랙홀을 낯설게 함으로써 "우주의 렌즈"라 할 수 있는 암실의 공간을 선호한다. 암실이 가져다주는 사진효과를 문학적 효과로 보편화시킨다는 전략이다. *The Last Voyage of Somebody the Sailor*에서 Barth의 은유는 등장인물들의 리얼리티가 되며 Simon과 Sindbad의 삶은 수많은 작은 블랙홀로 산재해 있다. 이것들은 내러티브 기법의 입구 내지는 출구라고 할 수 있으며 언제나 열린 공간이며 기회의 공간이기도 하다. Somebody the Sailor와 같은 현대 포스트모던 소설가들은 자신의 인생항해 및 내러티브 전략에서 블랙홀의 시공간 속에서 탈출할 수 있는 정보들을 "as if" 철학을 활용함으로써 자신들의 정체성을 확립하려고 시도한다.

Barth는 *The Last Voyage of Somebody the Sailor*의 마지막 항해에서 Freud를 재등장시킴으로써 작은 출구와도 같은 무의식의 궁극적인 블랙홀이 포스트모던 리얼리티를 분해, 증폭, 확대, 분산시킴으로써 포스트모던 탐색 비평으로 자리매김할 것을 요구하고 있으며 열린 공간이면서 채워져야 하는, 즉 "다시 글을 쓰기 위한 영혼의 그릇 비우기"(emptying out of the spirit's vessel in preparation for a refill)기법인 "케노시스"(kenosis) 전략을 암시해 주고 있다. Barth를 평가하는 비평가들의 비평을 살펴보면 그는 리얼리스트, 블랙유머리스트, 패뷸레이터, 메타픽션이스트, 패로디스트, 미니멀리스트, 패스티쉬스트, 브리콜러 등으로 표현되기 때문에 Barth야 말로 진정한 포스트모더니스트라고 종합해 볼 수 있다. 특히 그는 "도의적 공정성"(Political Correctness)문제를 내러티브 전략의 일환으로 작품 속에서 구체적으로 제시해주고 있다는 점에서 내러티브 전략연구의 대상이 되고 있다.

참고문헌

Primary sources

Barth, John

The Floating Opera. New York: Bantam, 1972.

The End of the Road. New York: Grosset and Dunlap, 1971.

The Sot-Weed factor. New York: Doubleday, 1987.

Giles Goat-Boy or The Revised New Syllabus. Greenwich, CT: Fawcett, 1967.

Lost in the Funhouse: Fiction for Print, Tape Live Voice. New York: Doubleday, 1988

Chimera. Greenwich, Conn.: Fawcett, 1973.

LETTERS. New York: G. P. Putnam's, 1979.

Sabbatical, A Romance. New York: Penguin, 1983.

The Friday Book: Essays and Other Nonfiction. New York: G. P. Putnam's, 1984.

The Tidewater Tales: A Novel. New York: Fawcett Columbia, 1987.

The Last Voyage of Somebody the Sailor. Boston: Little, Brown, 1991.

Critical Essays on John Barth

Harris, Charles B. *Passionate Virtuosity: The Fiction of John Barth.* Urbana and Chicago: U of Illinois P, 1983.

Morrell, David. *John Barth: An Introduction.* U Park: Pennsylvania State UP, 1976.

Schulz, Max F. *The Muses of John Barth.* Baltimore: John Hopkins UP, 1990.

Tobin, Patricia. *John Barth and the Anxiety of Continuance.* Philadelphia: U of Pennsylvania P, 1992.

Waldmeir, Joseph J. *Critical Essays on John Barth.* Boston: Hall, 1980.

Ziegler, Heide. *John Barth.* New York: Methuen, 1987.

Fogel, Stan and Slethaug, Gorden *Understanding John Barth.* South Carolina: U of South Carolina P, 1990.

Secondary sources

Aldridge, John W. *American Novel and The Way We Live Now.* Oxford: Oxford UP, 1983.

Adams, Hazard. and Leroy Searle, *Critical Theory Since 1965.*

Tallahassee: Florida State UP, 1986.

Bakhtin, M. M. *The Dialogic Imagination.* Austin, Taxas: U of Taxas, 1981

Barthes, Roland. *Writhing Degree Zero.* Trans. Annette Lavers and Colin Smith. London: Cape, 1967.

Belsey, Catherine. *Critical Practice.* New York: Methuen, 1980.

Bloom, Harold. et al, *Deconstruction & Criticism.* London: Routledge & Kegan Paul, 1979.

______. *The Anxiety of Influence.* New York: Oxford UP, 1973.

Borges, Jorge Luis. *Labyrinths.* Ed. Donald A. Yates and James E. Irby. New York: New Directions, 1964.

Boyne, Roy. *Foucault and Derrida.* London Routledge, 1990.

Bradbury, Malcolm. *The Modern American Novel.* Oxford: Oxford UP, 1984.

Brooker, Peter. *Modernism/Postmodenism.* London: Longman, 1992.

Brooks, Peter. *Reading for the Plot.* Oxford: Clarendon P, 1984.

Calder, Nigel. *Einstein's Universe.* New York: Greenwich House, 1979.

Cooper−Clark, Diana. *Interviews with Contemporary Novelists.* London: The Macmillan, 1996.

Culler, Jonathan. *On Deconstruction.* Ithaca, New York: Cornell UP, 1982.

Cunningham, Valentine. *In the Reading Goal.* Oxford: Blackwell, 1994.

Chase, Richard. *The American Novel.* Baltimore: The Johns

Hopkins UP, 1980.

Connor, Steven. *Postmodernist Culture.* Oxford: Basil Blackwell, 1989.

Deleuze, Gilles and Guattari Felix. *A Thousand Plateaus: Capitalism and Schizophrenia.* Trans. Robert Hurlry, Mark Seem, and Helen R. Lane. Minneapolis: U of Mineapolis P, 1987.

Derrida, Jacques. *Of Grammatology.* Baltmore: The Johns Hopkins UP, 1974.

______. *Writing and Difference.* Trans. Alan Bass. Chicago: U of Chicago P, 1978.

______. *Speech and Phenomenon, and Other Essays on Husserl's Theory of Signs.* Trans. David B. Allison. Evanston, IL: Northwestern UP. 1973.

______. *Position.* Chicago: U of Chicago P, 1981.

Damrosch, Leopold, Jr. *God's Plot & Man's Stories.* Chicago: U of Chicago P, 1985.

DeJean, Joan. *Literary Fortifications.* Princeton, N.J.: Princeton UP, 1984.

Eagleton, Terry. *Literary Theory: An Introduction.* Oxford: Basil Blackwell, 1983.

Easthope & McGowan Kate. *A Critical and Cultural Theory Reader.* Buckingham: Open UP, 1992.

Fgothey, S. J., Austin. *Right and Reason.* St. Louis: C. V. Mosby, 1976.

Flack, Colin. *Myth, Truth & Literature.* Cambridge:

Cambridge UP, 1989.

Foucault, Michel. *Language, Counter-Memory, Practice,* Ed. D. F. Bouchard. Ithaca: Cornell UP, 1977.

______. *Language, Counter-Memory, Practice: Selected Essays and Interviews.* Ed. Donald F. Bouchard. Ithaca: Cornell UP, 1977.

______. *The Archeology of Knowledge.* Trans. A. M. Sheridan Smith. N.Y.: Pantheon, 1972.

Fower, Alastair. *Kinds of Literature.* Oxford: Clarendon P, 1982.

Frye, Northrop. *The Secular Scripture.* Cambridge: Harvard UP, 1976.

Groz, Elizabeth. *Jacques Lacan: A Feminist Introduction.* London: Routledge, 1990.

Gallop, Jane. *Reading Lacan.* Ithaca: Cornell UP, 1985.

Garvin, Harry R. *Makers of the Twentieth-Century Novel.* New Jersey: Associated UP, 1977.

Gottdiener, M. *Postmodern Semiotics.* Oxford: Blackwell: 1995.

Gaggi, Silvio. *Modern/Postmodern.* Philadelphia: U of Pennsylvania P, 1989.

Heilbrun, C. G. *The Future of Difference.* Boston: G. K. Hall, 1980.

Hoffman, Daniel. *Harvard Guide to Contemporary American Writing.* Cambridge: Belknap, 1979.

Hayles, N. Katherine. *Chaos and Order.* Chicago: U of

216

Chicago P, 1991.

Humphries, Jefferson. *Metamorphoses of the Raven.* Baton Rouge, La.: Louisiana State UP, 1985.

Harvery, David. *The Condition of Postmodernity.* Oxford: Basil Blackwell, 1989.

Huthcheon, Linda. *Narcissistic Narrative: The Metafictional Perody.* London: Routledge, 1991.

Hassan, Ihab. *The Postmodern Turn.* Ohio State: Ohio UP, 1987.

Hawking, Stephen. *A Brief History of Time.* New York: Bantam, 1990.

Hong, Howard V. *SØren Kierkegaard's Journals and Papers.* Bloomington: Indiana UP, 1975.

Jefferson, Ihab. *The Nouveau Roman and the Poetics of Fiction.* Cambridge: Cambridge UP, 1980.

Kent, Thomas. *Interpretation and Genre.* London: Cambridge UP, 1980.

______. *The Novel of Manners in America.* Chapel Hill: U of North Carolina P, 1972.

Kristeva Julia. *Tales of Love.* New York: Columbia UP, 1987.

Kofman Sarah. *The Enigma of Woman.* Ithaca: Cornell UP, 1985.

Lodge, David. *Modern Criticism and Theory.* London: Longman, 1988.

Lacan, Jacques. *Ecrits: A Selection. Trans.* Alan Sheridan.

London: Tavistock, 1977.

______. "Seminar on 'The Purloined Letter.'" Trans. J. Mehlman, *Yale French Studies* 48.

______. *The Four Fundamental Concepts of Psycho−Analysis*. New York: Penguin, 1973.

Miller, J. Hillis. *Fiction and Repetition.* Cambridge, Mass.: Harvard UP, 1982.

Mchale, Brian. *Postmodernist Fiction.*

Ott, Edward. *Chaos in Dynamical System.* New York: Cambridge UP, 1993.

Needham, Rodney. *Right and Left: Essays on Duel Symbolic Classification.* Chicago: U of Chicago P, 1973.

Robinson, Douglas. *American Apocalypses.* Baltmore: John Hopkins UP, 1985.

Ruthven, K. K. *Critical Assumptions.* Cambrige: Cambridge UP, 1979.

Richter, David H. *Narrative/Theory.* New York: Longman, 1996.

Sellers, Susan. *Language and Sexual Difference.* London: Macmillan, 1991.

Scholes, Robert and Robert Kellogg, *The Nature of Narrative.* London: Oxford UP, 1966.

Sturrock, John. Ed. *Structuralism and Since: From Levi−Strauss to Derrida.* New York: Oxford UP, 1979.

Thatcher, Adran. *The Ontology of Paul Tillich.* Oxford UP, 1978.

Tobin, Patricia Drechsel. *Time and the Novel*. Princeton, N.J.: Princeton UP, 1978.

Tillich, Paul. *Systemtic Theology 1vols*. Chicago: U. of Chicago P, 1951.

Tinsley E. J. "The Incarnation and Art." in *The Church and the Arts*. Ed. Frank J. Glendenning. London: S. C. M. 1960.

Tuttleton, James W. *The Novel of Manners in America*. Chapel Hill: U of North Carolina P, 1972.

Wright, Elizabeth. *Feminism and Psychoanalysis*. Oxford, Mass.: Basil Blackwell, 1992.

Woolf, Virginia. *A Room of One's Own*. London: Grafton.

Hyper-Texts

http://www.themodernword.com/scriptorium/barth.html

http://www.eng.fju.edu.tw/English_Literature/barth/

http://www.davidlouiseedelman.com/barth/

http://wiredforbooks.org/johnbarth

[부록]

해외특집논문: "감상적 미학"

프랜스 사전 로케 오스굿(Frances Sargent Locke Osgood)은 "여성"(Woman, 1850)이라는 단순한 제목의 시에서 이상적인 여성상을 자신만의 자연미적 관점에서 다음과 같이 묘사하고 있다.

그녀는 자연으로부터 그녀의 가장 사랑스러운 매력을 모두 강탈 당했다: 그녀의 볼 위에는 아침의 불그레한 광체가 드리운다. 깊은 밤 별빛의 광채가 그녀의 눈에서 반짝이며 황혼의 황금빛이 그녀 의 고수머리에 드리운다.

감상적인 틀에서 이 시는 여성의 미학적 가치를 찬양하고 있으며 보물과 같은 여성의 우아함이 상업성과 정치성을 지향하는 남성적 세계에 구속된다면 파괴될 것이라고 경고한다. 독자는 신성한 가정적인 공간 안에서 여성의 흠이 없는 아름다움을 보존하기 위하여 주의해야할 필요성이 있다.

이처럼 인생의 시, 성스러운 어머니, 누이, 아내를 미리 알리지 마라! 가정의 모든 영광을 빼앗기지 마라. 음악적 기쁨의 선율을 잃지 마라.

이 시가 감상적이며 가정적인 여성상에서 미학적 가치를 지니고 있다고 하지만 소수의 당대 문학 비평가들은 그 같은 시의 형식적인 비유법이나 혹은 경쾌한 운률 속에서 미학적 가치를 발견하곤 했다. 미국문단의 비평적 전통에서 볼 때, 감상주의와 미학을 함께 공존시키는 것은 상당한 모순어법(oxymoron)을 형성케 한다. 특히 시와 삼류여성 작가들의 패거리들을 비난하는 산문에 있어서 19세기 미국 작가들의 감상적인 글에 대한 비판적 판단들이 집약되었다. 허버트 로스 브라운(Herbert Ross Brown)에 의하면, 감상적인 글은 "도전이라기보다는 오히려 도피"를 드러내고 있다. 앤 더글라스(Ann Douglas)에 의하면, 감상적 글이란 "썩은 냄새나는 글"(rancid writing)로써 이미 고약하게 사라진 언어라는 것이다. 이 같은 평가들은 대중문화와 감상에 대하여 모더니즘적 사고의 관점에서 볼 때 경멸하는 것이다. 수잔 클락(Suzanne Clark)이 주장하고 있는 것처럼, "감상이라는 용어는 모더니즘이 배재하고 있는 모든 것, 즉 문학과 비문학의 이중성의 다른 하나를 위한 지름길을 나타내준다." 과거 20여 년 동안 초기 학문의 영역은 감상적인 글을 재평가하는데 초점이 맞추어져 있었으며 특히 제인 톰킨스(Jane Tompkins)는 여성들의 감상적인 글을 "문화적 과제"로서 규정하고 있었다. 시르레이 새무얼(Shirley Samuel)의 중요한 전집인 [감상의 문화](*The Culture of Sentiment*, 1992)는 미국에서 감상적인 여성들의 글을 미학적 가치라기보다는 문화에 대한 사례가 될 수 있는 것으로 최근에 평가한 것이다. 이와 같이 중요하고 점증하는 학문의 영역이 미학비평에 대한 평가기준 사이의 비평적 분할의 상징으로서 보여 질 수 있다. 미학적 비평의 기준에서 볼 때, 감상적 문학은 실패의 영기(aura)를 보유하고 있다. 그리고 문화연구의 기준에서 볼 때, 19세기 중반에 그 확산과 인기도에 의하여 감상적 문학은 문화적 의미와 가치의 마르지 않는 샘과 같다고 볼 수 있다.

많은 비평가들은 감상적인 글에 대하여 문화와 미학의 평가 사이에는 구분이 있다는 것을 지적하고 있으며 감상주의에 대한 미학적 재평가를 요구하고 있다. 예를 들면 조안 돕슨(Joanne Dobson)은 주장하기를 현대문학의 미학적 접근방법은 그 지표를 상실하고 있기 때문에 아주 다른 가치체계들이 감상적 작가들에게 영향을 미치게 된 사실을 이해하지 못하고 있다는 것이다. "역사적으로, 감상주의의 세련되지 못한 수사법과 거짓 감정에 대한 포괄적인 비난들은 미학의 목적들을 오해하거나 하찮게 취급해 왔으며 선택적으로 전통에 대하여 착취 내지는 진부한 인식에 그 초점이 맞추어 져 있었다"라고 돕슨은 설명한다. "감상적 에토스의 가치와 문학적 관행을 인식함으로써 비평적 독자들은 성숙한 작가들 가운데서 감상주의의 투명한 언어와 애정 비유법의 본질적인 주제의 풍요로움을 인정할 수 있다." 문화적 상대주의에 대한 해석이 감상적 텍스트에 대한 미학적 통찰과 가치를 생성시키는데 필요하다. 모더니즘과 신비평 독서전략으로 예고된 미학적 기준들을 전개시키기 보다는 그 기간의 기준들이 찾아내는 일과 원래의 자리에 되돌려 놓는 일이 필요하다. 19세기의 렌즈를 가지고 우리의 렌즈 위에 편승하고 있기 때문에 우리는 지배적인 혹은 파괴적인 문화 형성의 예로서 단지 그 기준들을 보기보다는 오히려 이러한 텍스트들에게 미학적이며 문학적인 가치를 부여할 수 있을 것이다. 돕슨의 주장은 미학의 범주를 회복시키기 위하여 그 영역의 "문화적 전환"을 추구하는 가운데 문학연구의 폭넓은 영역내에서 최근의 시도들과 함께 설득력이 있는 것이다. [다문화시대의 미학](*Aesthetics in a Multicultural Age*)이라는 책의 서문에서 에모리 엘리오트(Emory Elliott)는 미학을 재평가하는 것은 선택적 가치의 기준들을 개발하는 일이 수반될 것이다라고 쓰고 있다. "이 시대에 우리는 새로운 용어와 정의들 그리고 아마도 예술과 문학의 특징들을 묘사하기 위한 새로운 분석체계들, 그리고 특히 오늘날 사람들의 다양성 속에서 전개되고 있는 감성들과 지적 쾌락들을 공식화할 필요성이 있다." 이 같은 형식으로 묘사해 볼 때, 미학의 범주는 기본적으로 평가도구인 측정하는 지팡이와 같은 것이기 때문에 보편성의 결여가 무엇인지 연구하면서 질적으로 정확한 판단과 그 역량을 보존하기 위하여 특별한 문화적 그리고 역사적 순간들에 대한 재조명이 필요하다.

그러나 이러한 미학적 가치에 대한 새로운 해석은 미학의 발전에 핵심이 되었던 보편성에 대한 주장을 무시하고 있다. 정확하게 보편성과의 연계성에서 미학적 판단은 특별히 자유주의의 발전의 관점에서 요원한 정치적 함의를 내포하고 있다. 이 에세이에서, 나는 정치와 문화적 관행으로서 보다 더 미학에 대한 철저한 해석과 특히 미학이론의 발전에 밀접한 연계성을 지적하는 감상주의의 계보학적 해석을 제공함으로써 문화연구와 미학 사이에서 분열을 타개하는 선택적 접근방법을 제안하고 싶다. 나의 목적은 그것이 좋은지 나쁜지에 대한 무차별적인 질문에 대답하는 감상적인 글을 회복시키는 것이 아니라 19세기에 감상주의의 우수성과 20세기와 오늘날에 있어서 하나의 미학적 형태로서 그 후속적이며 평가절하 된 위치를 설명하는 하나의 방법으로 문학연구와 관련하여 미학의 기능을 조명하는 것이다. 어떤 문화적 혹은 역사적 순간에 조화를 이루기 위하여 재조명할지도 모르는 측정의 도구로써 미학을 보기보다는 오히려 나는 진보적 정치체제와 자율적이며 자치적인 시민 지향사회들을 이끌었던 18세기의 혁명에 반응하여 미학의 역사가 전개되었을 때 서양 유럽과 미국에서 펼쳐진 미학의 역사를 연구할 것이다.

　미국에서 미학이론은 기본적으로 두 가지 근거에서 제기 된다: 휴 블레어, 아키볼드 애리슨, 로우드 카메스(헨리 홈), 그리고 아담 스미스와 같은 작가들에 의하여 표현된 도덕철학의 스코틀랜드의 기풍과 임마누엘 칸트, 프레드리히 쉴러, 그리고 요한 울프강 괴테의 독일풍의 이상주의와 낭만주의. 특히 쉴러의 미학 개념을 중심으로 하여 이러한 사상들을 토론 할 것이다. 하지만 현재로서는 공통의 정치적인 상황과 관련하여 미학이론은 유럽과 미국에서 발전했다는 사실을 강조하고 싶다: 귀족적이며 군주적인 체제에서 자유주의적이며 공화적인 체제에로의 전환을 나타내 주는 사회 정치적 구조의 재구성. 개인의 새로운 권위를 내세우는 일은 그 같은 권위에 대한 개인권리의 해석과 책임을 가지고 그 권위를 행사할 수 있는 역량이 요구된다. 미학이론은 정확히 개인 "안에 있는 도덕법"의 해석, 혹은 칸트의

유명한 표현인 "법이 없는 법에 일치"를 제공해 주었다. 미학적
판단은 구속과 복종에 의해서라기보다는 개인적 동의와 판단에
의하여 통일되는 새로운 정치적 공동체———심미안의 공동체
———를 창조해내면서 이상적으로 도덕과 법률적 태도 안에서
그들의 자유를 실행할 수 있는 시민들을 양성해낸다. 미학이론
은 자유주의의 정치적 세계 속에서 기능할 수 있는 자율적인
시민을 형성하거나 상상해내는 계획에 관여하고 있다.

　부분적으로 감상주의는 자퀴스 라신이 언급하는 "자율"
(automony)보다는 "타율"(heteromony)의 순간을 지적하고 있기
때문에 미국에서의 감상주의는 미학이론과 자유로운 주제를 정의
하는 자율에 대한 주장들로부터 분리되어 있는 것처럼 보인다.
리차드 브로드헤드나 라우라 웩슬러 같은 비평가들은 여성들의
신체에 관한 감상주의의 담론과 교육적인 통제 사이의 연계성을
주장해 왔다. 길리언 브라운과 로리 메리쉬를 포함하여 앤 더글
라스와 다른 비평가들은 감상주의가 소비문화의 발흥과 지배에
결정적으로 연결되어 있다는 것이며 돕슨, 매리안 노블, 그리고
메어리 루이즈 케티와 같은 비평가들은 자율적인 관계성에 대하
여 연계성을 강조하는 반개인주의적 에토스(anti-individualist
ethos)의 관점에서 감상주의를 정의해 왔다. 그렇다면 감상주의
는 자율적인 주제들 혹은 자율적인 예술작품과는 관련성이 없는
것처럼 보인다. 그러나 감상주의는 18세기의 미학이론을 정의하
는 자율과 함께 동일한 관심으로 그 뿌리를 지니고 있으며 내가
주장하고 있듯이 나는 자율에 대한 반이론적인 것으로 생각되는
감상주의를 야기시킨 부수적인 분열로 돌아가기 전에 그 같은 협
력을 추적함으로써 나의 분석을 시작할 것이다. 나는 감상주의의
역사적인 근접성과 미학을 추적하는데 목적을 두고 있으며 자유
주의 정치학과 관련된 감상주의와 미학의 변화를 보다 더 폭넓게
반영하는 것과 마찬가지로 그 근접성은 주로 모더니즘 미학과 20
세기 후반의 비평적 궤도에 의하여 지워져 왔다.

　[핵심어들](*Keywords*)에서 레이몬드 윌리엄스는 "예술의 기

초로써 주체적 의미 행위와 사회적 혹은 문화적 해석으로부터 독특한 것으로써 미를 강조하고 분리시켰던 의미들의 집합 속에서 핵심적인 형성"으로 미학을 정의하고 있다. 윌리엄스의 정의는 미학이라는 용어 속에서 통일된 3가지의 중요한 요소들을 다루고 있다: 주체적 의미행위, 미에 대한 관심, 그리고 자율에 대한 관계성. 어원적으로 그리어, *aesthetikos*에서 파생된 이 어휘는 감각, 사물들에 의하여 인지 될 수 있는 사물들을 언급하고 있다. 그러나 이 어휘의 현대적 용법은 알렉산더 바움가튼이 심미안의 비평을 언급하기 위하여 최초로 사용되었던 18세기 중반까지 거슬러 올라간다. 그러나 바움가튼을 이어서 칸트는 감각적 인식의 상태들을 다루는 학문으로 미학을 정의하면서 그리스어의 파생된 의미에 더욱 더 가까운 의미로 이 용어를 이해할 것을 주장한다. 이처럼 당시의 용법은 심미안에 대한 기준과 미에 대한 지적 관심을 강조하고 있는 반면에 우리는 처음부터 미학은 신체적 감각에 초점을 맞추어 왔다는 것을 지적할 수 있다. 미학은 종종 물질이라기보다는 형식의 담론으로 그리고 형상화라기보다는 추상성에 초점을 맞춘 철학적 계산법으로 여겨지고 있는 것으로 볼 때, 미학과 육체사이에 역사적이며 어원적인 연계성을 강조하는 것은 가치 있는 일이다. 칸트나 쉴러와 같은 미학 이론가들은 미학적 경험에 의하여 생성된 이른바 "형식적 감정"(formal feeling)에 대한 가치와 의미를 설명하는데 그 목적을 두고 있으며 미학적 형식의 감성양상은 신체적 감각의 주체적 경험에 결정적으로 연계되어 있다.

미학적 담론의 신체적 차원을 강조하는 것은 감상주의와 의미 있는 관계성을 지적하고 있는 것이다. 감정을 생성시킨다거나 전달하는 능력의 관점에서 종종 규정해볼 때, 감성적인 글은 물질적인 용어로 정의된 감각을 생성시키는데 목표를 두고 있다. "독서는 신체적 행위이다"(Reading is a bodily act)라고 카렌 산체즈 에플러는 설명한다. 감상적인 글은 "이야기 속에서의 감정들은 독자의 육체 속에서 분명하게 표출되는 것처럼 기본적으로 발화된 사건들과 독서의 순간들 사이에 있는 거리와 접속한다." 산체즈 애플러가 지적하고 있듯이, 감상적인 글이 공감하는 독자로부터 불러일으킬 수 있도록 추구하는 눈물은 감상적 담론의 육체적 본성을 나타내 준다. 이와 관련된 관점에서 노블은 감상적인 글이란 주체성을 해체시키며 추상적이며 법률적인 것에 대한 설명과 그것에 반대하여 "형상화되고 애정이 풍부한 개성"의 목소리를 촉진시키는데 목적을 두고 있다고 주장한다. 노블에 의하면, 감상주의는 개성에 대한 억압적이며 법률적인 의미 정의에 저항하기 위하여, 그리고 통합과 개인적인 확신을 근거로 한 개성적인 자기 자신의 자아 정의를 긍정하기 위하여 부여된 구체적이며 애정이 풍부한 개성을 긍정하고 있다. 이처럼 실제적인 감상주의는 주체적 정체성의 강력한 의미를 생성시키는 효과가 있다고 노블은 강조 한다: 감정적 영향의 즉각적이며 물질적인 본성에 관한 것은 자아정의에 대한 역량 혹은 구속하는 법(자아를 억압하는 법률적 정의)으로부터의 자유와 연계되어 있다. 미학과 감상주의에 의하여 공유하고 있는 육체의 연계에서 위험한 것은 무엇인가? 만약 우리가 윌리엄스의 미학에 대한 정의로 돌아간다면, 분리된 주체적 감각행위는 그 용어가 뜻하는 의미의 핵심이 된다. 감각행위는 미학이론에 중요하다. 왜냐하면, 주체성의 한 형식을 드러내 주고 있기 때문이다: 감각행위는 우리로 하여금 주체성의 범주에 접근하도록 해주는 것이다. 미학은 사람들이 느끼고 있는 한, 자유로운 개성, 무제한적이며 창의적인 존재로 자기 자신들의 주체성을 이해할 수 있는 감동하는 사람들을 생성시키는데 목표를 두고 있다. 18세기의 미학이론이 이상적인 인간의 자유와 진보적인 정치이론에 핵심적인 인간의 보편적인 권리가 연결되어 있다는 것은 자유와 개성의 주체적인 감정이다. 관련된 관점에서, 감상주의는 개인들의 능력이 본질적이며 공유된 인간성을 깊이 느끼도록 (종종 고통을 느끼도록) 연계시켜 주고 있다.

우리가 물질세계에서 느낀 경험을 인권과 자유의 보편적인 주장으로 어떻게 이동시킬 수 있을까? 칸트와 쉴러의 미학이론에서, 미학과 감상주의의 주체적 감각들은 결정적으로 정치적 자유주의와 연계되어 있다. "이성의 모순"(antinomy of reason)에서, 우리는 자유로울 수 있으며 자유로울 수 없다는 것이 둘 다 어떻게 가능한 지를 묻고 있다. 자연적이며 물질적인 세계(의미 있고 현상적인 영역에서)의 법에 의하여 인간들은 어떻게 결정 되는가. 그리고 인간들은 본질적으로 어떻게 자유로울 수 있으며 도덕적 기능(실체적이며 혹은 초감각적 영역에서)을 소유하고 있는가? 미학적 판단은 감각과 초감각적인 영역사이에서 중재 역할을 하며 물질세계에서 가시적인 인간의 자유를 형성해 준다고 칸트는 제3의 비평에서 제안한다. 칸트에 의하면, 최고의 도덕적인 인간의 목적은 자유---세계와 도덕적 선택에 대한 비기계적이며 비구속적 관계---이다. 그러나 인간이 이 세계 속에 존재하려면 반드시 물질적 차원을 지배하고 있는 원리들에 의하여 반드시 구속을 받아야 한다. 미학적 판단은 법에 의하여 구속을 받지 않는 물질적 세계의 경험을 내포하고 있기 때문에 궁극적으로 인간 실존의 감각적인 것과 초감각적인 양태들 사이에 놓여 있는 이러한 갭들을 연결해 줄 수 있다: "그것을 결정하는 근거는 하나의 개념이 아니라 오히려 어떤 사물이 단지 느낄 능력이 있을 때 정신적인 능력의 연주 속에서 느끼는 내적 감각의 감정이다. 바로 그와 같은 이유 때문에 판단하는 것을 미학이라고 부르는 것이다." 예를 들면, 아름다운 사물에 대한 반응에서, 주체의 정신적인 능력들은 어떤 고정된 개념에 일치시키기보다는 오히려 자유 할 수 있고 "유희"할 수 있다. 그리고 이러한 정신적인 유희는 정확히 물질세계에서 자유를 위한 우리 능력의 증거이다. 미학적 판단은 순수한 주체성의 실현을 가능하게 해주며 중요한 것은 아름다운 대상의 질, 즉 대상 속에서 자유의 어떤 긍정적인 구현이 아니라 완성된 인식의 부재 속에서 이해와 상상력의 자유로운 유희이다. 칸트의 주장에 의하면, 미학적 판단은 주체적이며 보편적이다. 그것은 모든 주체를 위한 보편적인 경험을 낳게 한다. 왜냐하면 자유롭고 도덕적인 본성 속에서 주체성 그 자체가 야기되기 때문이다.

미학에 대한 칸트의 방향이 철학적인 문제에 대한 해답을 제시해 준다면, 어떻게 우리가 결정되며 어떻게 우리는 자유로울 수 있는가? 이 같은 미학적 주장은 또한 철학적 문제에 대한 해답으로 제시되어야 한다. 어떻게 인간은 자유롭고 자율적인 행위자가 될 수 있으며 동일한 시간 속에서 아직 법에 종속되어 있지 않은가? 여러 관점에서 이것은 18세기 미국에서 혁명에 의하여 제기된 문제이다. 모든 사람들이 인류의 최고의 목적으로써 자유에 대한 권리가 있다면, 기본적인 인권을 파괴하기보다는 오히려 지키기 위하여 어떻게 그들은 지배를 받고 있는가? 도덕법 내에서 어떻게 보편적으로 접근할 수 있으며 억압하는 지배 권력을 요구하지 않는 시민을 만들어 낼 수 있는가를 설명하기위하여 인간의 법 준수와 자유 이 둘을 정의하기 위하여 칸트는 미학적 판단을 이용한다. 이 같은 의미에서, 칸트가 처음으로 시작한 미학적 자유주의의 전통은 사회계약의 형식들 즉, 자유정부의 형식들만을 상상하는 로크 혹은 루소의 노력에 대한 대응으로 비쳐진다. 개인의 자유를 허용하는 지배 구조를 상상하기 보다는 오히려 칸트는 자유 시민 즉, 자치정부를 운영할 수 있으며 통치의 자유로운 형식을 유지할 수 있는 시민에 대한 해석을 제기한다. 쉴러의 관점에서 볼 때, 더욱 더 중요한 것은 불란서 혁명을 쫓아서 쓴 글에서 자유 시민 생성을 위한 틀로서 미학의 정치학은 분명하다. 쉴러의 주장에 의하면, 정치적 혁명은 만약 도덕적 특성을 지닌 대중이 그 틀을 유지할 준비가 되어 있지 않다면 실패할 것이라는 것이다. 강요와 독재의 자연 생태적 국가의 구조가 기울어져 가고 있으며 그 썩어져 가는 기초가 점점 사라져 간다. 그리고 왕권보다도 법을 우선시하려는 것과 마침내 인간을 목적으로서 존중하려는 것 그리고 정치적 연합의 기초로서 참된 자유를 만들려는 물리적인 가능성도 있는 것처럼 보인다. 무모한 희망인가! 도덕적 가능성이 결여되어 있으며 무절제한 기회의 순간이 그것을 수용하기 위하여 준비되지 않은 세대를 발견한다. 쉴러에 의하면, 공화정 혁명을 유지할 수 있었던 것은 사람들의 유일한 "미학적 교육"이다. "만약 인간이 실제적으로 정치적인 문제를 해결 할 수 있다면, 인간은 미학의 문제를 통하여 접근해야만 할 것이다. 왜냐하면, 인간을 자유롭게 만드는 것은 오직 미를 통하여 이루어지기 때문이다"라고 쉴러는 쓰고 있다. 결정적으로 쉴러는 프랑스에서 보여준 절차에 관하여 정치적 혁명을 옹호하는 것에서 등을 돌리고 있지만 그럼에도 불구하고 그는 시민들의 주체적 정신 속에서 혁명을 시도하는 것에 목표를 두고 있다. 그가 생각하는 혁명이란 궁극적으로 기존의 정부형태에 지속적으로 변화하는데 영향을 미치는 것이다.

그렇다면 어떻게 미학이 혁명에 영향을 미치고 있는가? 쉴러는 칸트의 주장과 관련된 하나의 해답을 제시하고 있으며 그것은 상당히 구체적이다. 스코틀란드의 철학자 아담 퍼거슨에 의한 역사의 진보적인 해석에 영향을 받은 쉴러는 칸트의 미학적 교량역할을---의미있는 것과 초의미적인 것, 물질적인 것과 도덕적인 것 사이에서 방치된---발전적 프로그램으로 변형시키고 있다. 자연법만이 도덕적 상황에 대하여 적용할 수 있는 강요의 일상적인 상태에서 좀 더 고양시키기 위하여 인간은 자연과 강요가 선택과 자유에 의하여 대체할 수 있는 미학적 상태에 들어가야 한다. 도덕적 본질을 실현하기위하여 인간은 자연 자체가 인간을 만들었던 것에 대하여 갑자기 중단해서는 안되며 자연이 인간을 위하여 실행하는 조치들을 이성의 수단에 의하여 본래의 모습으로 되돌릴 수 있는 힘과 맹목적인 강요의 작품을 자유로운 선택의 작품으로 변형시킬 수 있는 힘 그리고 물리적인 필요성을 고양시켜 도덕적인 필요성으로 전환시킬 수 있는 힘을 지니고 있어야 한다. 여기서 미학이란 선택의 문제가 될 수 있도록 그 힘이 자연적이든 혹은 정치적이든 외적인 힘으로 인류의 순응을 변형시키는 것으로 묘사된다. 인간의지의 이 같은 양태를 미학으로 분명하게 지시하는 것은 아무것도 존재하지 않는다. 왜냐하면 미란 정확하게 요구되지 않는 것이며 그것은 필요성이라기보다는 오히려 장식적이며 부수적인 의지와 욕망의 산물이다. 쉴러는 "위장"과 "유희"의 관점에서 미학의 변형적인 힘을 묘사하고 있다. "유희-욕구"(play-drive)는 수단적이지 않은 표현으로 인간으로 하여금 이 세계에 개입하도록 해 주는 창조적인 능력이다. 미학적 이해만이 인간으로 하여금 생각 없는 물질적 욕구와 강요로부터 벗어날 수 있도록 해준다. 이 같은 자유로운 미학적 경험을 체득하고 나면, 우리는 자유롭게 우리의 세계를 보다 더 고상한 보편적인 이성의 법칙들을 형성할 수 있다. "감각적인 인간을 합리적인 인간으로 만들 수 있는 방법은 최초에 인간을 미학적인 인간으로 만드는 일 이외에는 다른 방법이 없다"라고 쉴러는 결론을 내린다.

칸트처럼, 쉴러는 미학적 판단의 행위를 통하여 자유를 인식할 수 있는 자유 시민에 대한 해석을 생성시키기 위하여 미학을 활용한다. 칸트처럼, 쉴러는 이 같은 감각의 자유 유희는 개인들에게 자유롭게 해주며 또한 자유와 법 준수를 동시에 생성시키면서 보편적인 도덕법을 따르도록 하게 한다. 그러나 칸트와는 다르게 쉴러는 미학적 판단의 주체적 경험 속에서라기보다는 미학적 대상 그 자체 속에 상당부분 미학의 힘에 안주한다. 쉴러에게는 미학은 칸트가 결코 가지고 있지 않은 구체적인 본성을 획득하고 있다. 대상 속에서 미와 미학의 구체성의 결과는 시민들이 자기 자신의 자유를 발견할 뿐만 아니라 또한 그렇게 하도록 배웠다는 것을 통하여 미학에 부여된 변증법적 프로그램의 가능성이다. 정치적인 관점에서 미학적 교육은 자유적이며 정치적인 공동체의 생성을 위한 수단으로써 기여할 수 있다는 점을 의미한다. 미학적인 "감각 공동체"의 보편성을 의미하는 칸트의 전제를 더 이상 의존하지 않고 있는 쉴러는 공동체적이며 문화적인 가치를 지향하는 아놀드 풍의 시금석으로써 아름다운 것에 대한 가치를 주장한다. 쉴러에 의하면, 아름다움만이 인간에게 사회적인 성격을 부여해 준다. 미학은 개인 속에서 조화를 촉진시켜 주기 때문에 미학은 조화를 사회에 가져다준다. 이처럼 미학은 현저하게 정치적 장점을 수행해 주는 것으로 쉴러는 보고 있다. 미학은 자유를 가능하게 해주며 사회적 통합과 일치를 형성시켜 준다. 미학은 자유에 대한 자기 자신의 능력에 관해서 개인들에게 교훈을 주고 있으며 반면에 자유로운 정치로 하여금 미학의 공동체로써 그 역할을 담당하도록 허용해 준다. 달리표현하면, 미학교육은 사회적인 기준과 법이 연합된 상당히 놀라울 정도의 자유만을 가능하게 해 주는 단순한 자유가 아니라는 점이다.

쉴러의 미학적 관점에서 우연히 일치하는 자유와 사회적 기준은 두 갈래로 갈라진 비평적 유산을 형성해 왔다. 신막스주의자인 허버트 마르크스와 같은 비평가의 영역에서, 쉴러는 유희의 노동 저항적 개념과 미학에 대한 관계성에서 구현된 브르조아적 주도권의 급진적인 비평을 제기한다. 그러나 테리 이글톤 혹은 데이비드 로이드와 같은 비평가들의 관점에서 쉴러의 미학은 내재화된 규율적 통제의 모델로써 기능하며 그 통제 속에서는 야만적인 힘이 미학을 통하여 자유로 변형되지 않으며 규율적 문화의 다루기 힘든 메카니즘이 되고 만다. 시민을 통제하고자하는 욕망은 단순히 중력의 법칙이나 심지어 독재의 힘과 같은 물리적인 힘으로써 더 이상 상상할 수 없으며 후기 자본주의의 시장 세력들과 그레샴적인 주도권과 같은 문화적이며 정치적인 힘으로써 생각할 수 있다. 여기서 미학은 화해의 역할을 담당한다. 쉴러가 지향하는 양극화된 관점은 광범위하게 토론의 소재들을 알려주는 것처럼 보인다: 미학은 사회적인 구조의 자유를 해체시키는데 일조하며 압제하는 사회적 기준들을 초월하거나 그 기준들에서 급진적으로 벗어나 있는 위치에 있다거나 혹은 미학은 고분고분하게 순종 잘하는 시민들의 마음과 정신 속에 이념만을 심어 놓는 일에 일조하면서 권력의 작용을 숨기며 은밀하게 그 기준을 강화시키는 기능을 한다.

그러나 마틴 제이가 제안하고 있듯이, 쉴러의 선택적 독서는 보다 더 광범위하게 가능하다. 법과 내재화된 억압이나 헤게모니와 함께하는 도덕으로 미학적 판단의 정체성을 밝히기보다는 자유와 법을 공존시키기 위한 쉴러의 노력이라는 테두리 안에서 이질성의 공간을 구별할 수 있어야 한다. 쉴러는 전반적으로 도덕을 해체하여 미학으로 만들려는 것이 아니었기 때문에 미학은 사회적 이질성의 가능성을 유지한다. 쉴러에 대한 조셉 취트리의 주장에 의하면, 미학적 인식의 기능적 특성에 대한 자유로운 유희는 이성의 힘과 도덕법의 개념에 대한 인식이 되어야 하며 도덕법 자체와 함께 자유유희를 동등하게 취급하는 것은 경험에 대한 심각한 오해를 반영한다. 달리 표현하면, 미학의 특징을 규정하는 자유 유희와 형식은 형식적인 헤게머니의 영향으로 동시적인 시공간의 영역이 아니라 오히려 일시적이면서 서로 구별되는 것이라고 제이와 취트리는 지적하고 있다. 이와 같이 일시적인 거리유지는 상당히 중요하다. 왜냐하면 미학과 법이 함께 공존하는 틀을 정의해 주기 때문이다. 만약 이 둘이 각각 연합한다면, 그 때 이 관계는 정치적 협상과 경쟁에 개방적이라는 것이라고 제이와 취트리는 주장한다. 그것은 단순히 강요하는 것도 아니며 시민은 사회적인 기준에 전적으로 수동적인 자세를 취하는 것도 아니다. 쉴러의 주장처럼 미학은 자유를 생산해내는 것이라는 주장을 지지하는 것이 아니라 미학의 범주 내에서 이질성에 대한 사상이 분석과 협상의 공간을 추적해내는 수단을 제공한다는 제이와 취트리를 인용하고 있는 것이다. 이것을 통하여 자유와 주권적이며 사회적 정치적인 형성에 관련된 두 요소로써 미학의 기능을 이해하게 된다.

쉴러의 입장에서 볼 때, 미학과 도덕성 사이의 상호 반영적 연계성은 직접 감상주의와 관련되어 있다. [인간의 미학적 교육에 관하여](*On the Aesthetic Education of Man*, 1794−95)를 쓰고 난 후에, [순수와 감상적 시에 관하여](*On Naive and*

232

Sentimental Poetry, 1795—96)라는 그의 논문에서 근대의 이상적이며 문학적인 대상을 감상적인 시로써 정의하고 있다. 이 논문은 2가지의 미학적 형식에 대한 정의를 내리고 있다. 하나는 고대의 순수시이며 다른 하나는 현대 감상적 시이다. 고대인들은 자연과 조화를 이루며 살면서 자의식적인 감각 없이 아름다운 순수시를 창조해 냈던 반면에 현대인들은 자연과의 거리를 느끼며 자아반영적인 시학을 생성시킨다. 자연 속에 내포되기보다는 자연과 분리된 것으로서 이상이 물질세계와 함께 긴장 속에서 표현된다. 쉴러에 의하면, 마치 그의 미학 이론에서 "유희—욕구"가 물질과 이상을 공존시키고 있는 것처럼, 감상적 시는 이상과 감각을 혼합시킨 틀로 정의하고 있다. 감상적인 것에 대한 쉴러의 정의는 세계에 대한 단순한 느낌의 반응이 아니라 감성에 반응을 형성해주는 자의식을 강조한다. 그와 같이 그것은 현저하게 이질적인 것처럼 보인다. 비록 그것이 형식과 내용을 결합시킨다할지라도 그것은 또한 형식화의 자아 반영적 순간에 둘 사이에서 어느 정도의 거리를 열어 준다. 감각의 자연적이며 즉각적인 영향으로써 형식을 결코 강요하지 않는 감상적인 시는 물질적인 자연을 이상적인 형식과 연계시키는 신중한 작품들을 강조하며 그렇게 할 때, 둘 사이에서 얻게 되는 이질성을 가시적으로 만들어 준다. 순수시에서 이 같은 이질성은 문제가 되지 않으며 반면에 감상적인 시에서 한정적이다. 취트리와 제이의 해석을 따르면서 우리는 내용과 형식사이에서 반영적 공간 안에 있는 자유의 가능성을 발견하는 조건에서 전적으로 붕괴되어 이념이 될 수 없는 미학에 연계된 것으로써 쉴러의 감상적인 시를 묘사할 수 있다.

그러나 감상적인 시가 쉴러의 미학교육의 가능성들을 예시할 수 있다면 미국에서 19세기 여성들의 감상적인 글쓰기는 이론적이며 정치적인 관심의 동일한 배경을 지니고 있었을까? 달리 표현하면, 오스굿, 리디아 시고우니, 혹은 해리엇 비쳐 스토우의 작품은 쉴러의 미학적 이론에 어떤 방식으로 연관되어 있을까?

자유주의 및 자본주의와 관련하여 주체성의 재구축함으로써 하나의 관심, 즉 자유시민의 자유를 구축하는데 공동의 관심을 가질 필요성이 있다. 쉴러의 작품이 미국에서 19세기 작가들과 교육자들에게 직접적인 영향을 미치고 있다는 몇 가지 증거가 있다. 예를 들면, 널리 알려져 있으며 영향력이 있는 명시선집인 *The Poets and Poetry of America*(1843)와 *Female Poets of America*(1849)의 교육자인 루퍼스 월모트 그리스울드는 웨이마르 고전주의와 그 미학적 주장의 노선을 아주 잘 알고 있었다. 예를 들면, *Female Poets of America*의 서문에서 그리스울드는 조한 요야킴 윈켈맨을 인용하면서 미학적 감성의 도덕적 가치를 높이 평가한다. 윈켈맨은 웨이마르 고전주의를 시작했던 중요한 인물로서, 그는 사적이며 공적인 감성에 관한 예술작품의 잠재적이며 도덕적인 영향을 강조하는 쉴러의 작품에 생성적 공헌을 했다. 쉴러에 대한 참고자료들은 1850에서 1852년에 이르는 기간 동안 그리스울드가 편집한 저널, *International Magazine*, *North American Review*, 그리고 독일의 이상주의와 낭만주의의 기본적인 도관이라 할 수 있는 초월주의 저널인 *Dial*을 포함하여 그 시대의 많은 정기 간행물들에서 찾아 볼 수 있다. 마가렛 훌러와 그 동료들의 문학계를 초월하여 쉴러의 자품이 읽혀지고 있다는 것은 프랜스 앤 버틀러 켐블의 1859년 시, "Lines: On Reading with Difficulty Some of Schiller's Early Love Poems"에서 분명히 나타난다. 켐블의 시에서 화자는 여성들의 고통에 대한 그의 강력한 호소를 제외하고 그녀 자신에게는 생소하며 무관한 쉴러의 작품을 많이 인용하고 있다는 것을 발견할 수 있다. 켐불은 감성의 보편적인 목소리와 동정을 정의하기 위하여 쉴러의 감상주의에 내포된 여성성의 파토스로 회귀한다: "낯설은 액센트로 기록된, 나는 결코 하지 않했노라/ 아니면, 말하라, 아니면 들으라, 한 여성의 고뇌를/ 아직도 나에게 친숙한 목소리로 말하라."

그러나 마가렛 훌러가 보스톤에 있는 자신의 대화클럽에서

234

쉴러의 미학이론에 대하여 토론하고 있는 동안, 미국에서 회자되고 있는 쉴러의 작품은 기본적으로 그의 미학논문들이라기 보다는 시와 드라마들이었다. 영역본인 *On the Aesthetic Education of Man*은 영국에서는 1884년까지 혹은 미국에서는 1861년까지 작품전체가 출판되지 못했다. 이처럼 쉴러는 미국의 독자가 있었음에도 불구하고 그의 미학이론이 미국에 있는 감상적인 여성 작가들에게 광범위하고 직접적인 영향을 주었다고 주장하는 것은 설득력이 없다. 그들은 스코틀랜드의 상식적 도덕철학과 미학에 내포된 공통의 근거처럼, 그 정치학과 연계된 브르조아 자유주의와 주체적 변형의 정치학에서 공동의 계보, 즉 공통의 근거를 공유하고 있었다. 우리는 미국에서 폭넓게 출판되고 가르치는 아담 퍼거슨, 블레어, 애리슨, 그리고 카메스의 작품들을 포함하여 쉴러를 부분적으로 스코틀랜드의 전통에 기초한 감상주의와 미학 사상들을 전달하는 정확한 대변인으로 볼 수 있다. 미학에 대한 교육적 자질을 요구하는 주장들은 특히 19세기 미국의 감상적 담론에서 등장했으며 이 같은 사상의 근간은 스코틀랜드의 상식학파에서 차용해온 것이다. 그래그 캠필드는 미국에서 감상문학, 특히 스토우의 작품에 관하여 스코틀랜드의 상식 철학자들의 영향이 미쳤음을 보여준다. 스토우는 가장 널리 알려진 두 명의 상식철학자들인 애리슨과 블레어의 철학을 잘 습득했다는 점을 캠필드는 입증하고 있다. 캠필드의 지적에 의하면, 애리슨은 미학에 관하여 가장 설득력이 있으며 가장 인기있는 미학에 대한 해석을 하고 있으며 많은 스코틀랜드의 사상들을 집약하여 스미스, 허치슨, 그리고 카메스의 사상들과 함께 자신의 수필, *Essays on Taste* 에 담고 있다. 특별히 애리슨은 감정 혹은 감성은 도덕적 발전과 연계되어 있다는 점을 강조하고 있으며 도덕적 감각은 미학에 의하여 영향을 받으며 미학은 도덕적 공동체를 창조해내는 수단으로 가르칠 수 있다는 것이다. 쉴러처럼 애리슨은 미학은 물질세계의 경험을 상상할 수 있는 능력과 결합되며 도덕은 정확하게 이 능력 안에 존재한다는 점을 강조한다. 미학적 판단 혹은 미학의 상상적 양태와 관련한 애리슨의 관심에서, 그는 도덕적 행동에 대한 인간의 자율과 능력을 정의하는 사상의 자유유희 속에서 쉴러의 관심을 반영한다. 그러나 애리슨은 이 같은 경험 속에서 생성된 도덕성에 관하여 쉴러보다도 더 많은 것을 주장한다. 애리슨에 의하면, 우리 주위에 있는 물질적인 우주가 도덕적 훈련의 장이 될 수 있다는 것은 미학적 경험을 통하여 가능하다는 것이다. 상상력의 활용을 통하여 분명해지는 도덕법은 쉴러보다는 애리슨에게 훨씬 더 실재적인 현실성을 지니고 있다. 애리슨은 미학의 교육적인 능력을 다음과 같이 설명한다.

> 자연의 숭고함과 미에 대한 본능적인 미각을 젊은이들에게 격려하는 것은 교육에 있어서 대단히 중요하다. 교육이 유아기나 청년기에 순수하고 지속적인 즐거움의 자료들을 개방하면, 교육은 그들이 예측할 수 없는 미래의 행복한 삶과 그 성격에 많은 의미를 부여할 수 있으며 사회적 소용돌이와 시련 가운데서, 겸손하고 온순한 친구들과 함께 선과 미덕으로 연합한 그들의 목소리와 어느 것이 불행을 줄일 수 있으며 어리석음으로부터 다시 개선될 수 있는 것인가를 젊은이들에게 제공하는 것이다. 그들이 속해있는 자연의 행복으로 그들의 정체성을 일깨워주는 것이며 자신들을 에워싸고 있는 모든 유기체들에게 관심을 갖도록 해주는 것이다. 그리고 호기심과 기쁨의 시간 속에서, 그들의 내재된 자선과 동정심을 일깨워 주는 것이다. 바로 여기서 인간의 도덕적 혹은 지성적 위대성이 등장하는 것이다.

도덕적 감각이 각자의 개성 속에 있지만, 미학적 경험은 개인들로 하여금 도덕적 감각을 발견하게하거나 일깨워주도록 허용한다. 이 문장에 의하면, 미학적 판단이 깨우침을 주도록 기여하는 도덕성은 동정심, 즉 자유와 자율의 칸트적 이상보다는 아담 스미스의 *The Theory of Moral Sentiments*에서 그 윤곽을

236

드러내주고 있는 공동체의 행동과 상호이해의 공유된 규범과 밀접하게 연관되어 있다. 감상적 미학은 동정적으로 내재화된 도덕률과 감정을 통하여 공동체를 결속시키는 능력이 내포되어 있다.

미국의 감상적인 글에 대한 해석을 살펴본다면, 도덕과 미학의 관계성에 관하여 스코틀랜드의 상식의 편재성을 찾을 수 있다. 예를 들면 캐로린 메이의 명시선집인 *The American Female Poets*(1848)는 미각과 미학에 대한 애리슨의 개념을 상기시키는 용어로 프랜스 오스굳의 시를 찬양하고 있다. "은총, 위트, 공상, 감정, 그리고 감각에 대한 소리의 적용이 동등하게 관찰될 수 있다. 그러나 오스굳은 단순히 환상적인 것들보다 더 고상한 자질들을 지니고 있다. 그녀의 고상하고 정신적인 시에서 공상적이며 재치 있고 그리고 부드러운 것 이상으로 지혜와 진리의 선생이 될 수 있다는 것을 분명하게 입증하고 있는 멋진 도덕적 각성의 힘이 존재한다. 애리슨과 동일한 언어를 활용하고 있는 메이는 감상적 시의 미학적 영향을 도덕적 감각을 일깨워 주는 것으로 묘사하고 있다. 작가인 엘리자베쓰 오우크스 스미스를 그리스울드가 높이 평가하는 것을 생각해보라: 그녀의 많은 작품들 속에는 철학의 아름다운 동일한 맥이 흐르고 있다. 진리와 선이 거룩한 빛을 단순한 지성을 초월할 수 있는 힘을 지성인들에게 나누어 주고 있다. 최고의 인간 지성의 질서는 이성적 능력으로부터 나오는 것이 아니라 도덕으로부터 나온다. 감상적 글의 정교하게 묘사된 도덕적 분위기는 기독교적 개혁의 언어라기보다는 오히려 감상적인 글의 비평적 평가들이 주장하는 것으로서 미학이론의 생성으로 인식될 수 있다. 미는 도덕적 감성을 일깨우기 위하여 적용되며 변증법적 목적에 영향을 미친다. 감상주의의 변증법과 교훈적 주장들은 미학적 교육이론과 결합될 때 나타난다.

오스굳의 시 "Woman"에서처럼, 도덕과 미는 종종 감상적인 담론에서 여성들의 가정적인 위치와 연관되어 있다. 페미니스트

로서 심지어 여성작가들의 작품을 높이 평가하는 작가들조차도
도덕적 요청에 대한 가정생활에 대한 감상적인 고취를 여성들
에 대한 규범적이며 억압적인 것 이외의 다른 어떤 것으로 보
고 있다는 것이 어려운 점이다. 그러나 쉴러의 미학적 관점에서
볼 때, 자유 유희와 자율사상을 가정생활에 대한 감성적 찬양을
통하여 엮어진 강력한 논리의 축을 구축하는 것으로서 보는 것
은 가능하다. 예를 들면, 장식, 꾸밈, 그리고 유희는 감상적 담
론 내에서 중요한 요소들이다. 여성들은 감상적 문학에서 가정
의 사적인 공간을 강렬하게 일치시키려고 하는 반면에 이 공간
은 또한 물질적 욕구나 강요에 의해서가 아니라 자유의지, 사
랑, 그리고 욕망에 의하여 결정되는 것으로 본다. 여성성의 영
향이 침투해있는 가정이라는 공간은 감성적인 풍요와 비실용주
의를 통하여 자유시민의 자유를 생성시키는 데 기여하고 있다.
위르겐 하버머스는 브르조아적인 가정을 자유로운 개인의 자유
를 나타내주는 것으로서 묘사하고 있다: 시장에서 물건 소유주
들의 자율은 가정에서 인간들의 자아 표현과 일치한다. 사회의
제약으로부터 분명히 자유로운 후자의 친밀성은 경쟁에서 노출
되는 진리에 관한 표적이었다. 하버머스의 제안에 의하면, 자본
주의 시장은 개인들에게 자유와 자율을 주고 있으며 이 같은
자유는 개인들이 겉으로 보기에는 자신들이 원하는 대로 행동
할 수 있는 가정이라는 공간과 사생활이 문화적으로 일치한다
는 것이다. 약간 다른 관점에서 볼 때, 파멜라 해그는 시장의
자유와 가정의 자유를 미국에서는 역사적으로 자율의 다른 형
태들이라고 묘사 한다: 자유란 처음에는 기본적으로 19세기의
경제적인 용어로 여겨지다가 후에는 가정의 사적인 공간과 연
계되었다. 고전적인 자유주의가 자유방임주의적 경제정책의 용
어로 자유를 기술하고 있었지만, 이 자유는 19세기 말경에 이르
러 시장과 노동관계에 대한 정부의 규제가 증가함에 따라서 사
라지기 시작했다. 비록 해그는 고전적 자유주의에서 20세기 초
의 근대적 자유주의에 이르기까지 이 같은 변화의 내용을 추구

하고 있었지만 자유와 시민권을 향유하고 있는 핵가족과 연결된 논리는 19세기 감상적인 글에서 상당히 분명하게 나타나고 있다.

예를 들면, 오스굳의 시, "Woman"에서 일어나는 사건은 저녁식사의 준비와 아이들을 돌보는 것이 아니라 오히려 "인생의 시"와 노래의 생성을 묘사하고 있다. 역사학자인 보이즈톤의 주장에 의하면, 여성들의 가사노동에 대한 목가적 양식은 경제법규 밖에서 그 평가가 점진적으로 이루어진 시장혁명이후에 등장했다. 즉, 가정에서 여성들의 노동은 가족의 재정적 복지에 기여한 것이 아니라 도덕적이며 미학적 헌신으로서 비쳐진 것이다. 이러한 목가적 양식은 주로 감상적인 담론, 즉 노동은 가정에서 발생하지 않는다는 중심적인 전제가 쓰여진 것이다. 예를 들면, 레바 시걸은 비도구화의 감상적 논리는 특히 결혼과 관련하여 19세기 여성들의 법적인 신분을 구조적으로 만들어 주었다:

> 감상적 결혼은 법의 영역을 초월하여 사적인 영역에서 지속되며 번창하는 애정적인 관계였다. 아내는 가정에서 수행하는 자신의 노동에 대한 보상으로 남편과 계약을 할 수 없었다. 왜냐하면, 그 같은 노동은 자신의 이익추구라기보다는 이타적으로 수행되기 때문이었다: 보상이 아닌 사랑을 위하여…. 세기 전환기까지 아내들의 지속적인 법적 무력감을 정당화시키기 위하여 법원은 결혼을 법의 영역을 초월하여 사적인 영역에서 지속할 수 있는 감성적 관계로 설명했다.

보상이 없는 사랑을 위한 노동은 강요라기보다는 선택의 문제였으며 노동이라기보다는 구속받지 않는 감정과 의지의 자유로운 표현으로 묘사되었다. 그녀의 *The American Female Poets*의 서문에서, 메이는 여성들의 노동에 대한 감상적이며 미학적인 목가양식을 문자적으로 표현하고 있다. 여성들을 가사

노동자로서 기술하기 시작하는 문장이 여성들을 순수하고 자율
적이며 애정 있는 대리인들로 묘사하면서 끝을 맺는다:

> 그것이 선택이든 아니면 삶의 수단이든 문학적 추구를 향
> 한 자신들의 인생을 충실히 하면서 가사의 돌봄과 의무로 부터
> 충분한 여가를 허용 받는 여성들이 이 나라에는 많지 않다는 점을
> 명심해야만 한다. 이어지는 시들의 대부분에서 제시하는 주제들은
> 사건과 일상생활을 연상하는 것으로부터 파생되고 있다. 조용한 기
> 쁨과 깊고 순수한 동정심으로 가득 차있으며 지나가던 낯선 사람
> 이 끼어들 수 없는 은밀한 슬픔들이 깃들어 있는 가정은 결코 여
> 성들에게 제한적인 공간이 아니다. 여성들의 영적인 감성은 머리보
> 다는 가슴에 더 많이 내재해 있다. 깊고 심오한 감정들은 고귀하고
> 아름다운 사상들을 위한 좋은 토대가 되고 있다. 토대가 깊으면 깊
> 을수록 그 상부구조는 더욱 더 고양된다. 더욱이 시의 본질은 미이
> 다; 미의 본질은 사랑이다. 여성들이 아무런 제약을 받지 않고 가
> 장 풍요로운, 가장 따뜻한, 가장 순수한, 가장 변화를 겪지 않는 애
> 정을 아낌없이 주고받을 수 있는 장은 어디인가? 그러나 가정의
> 성스러운 휴식 속에서 완전한 빛이며 기쁨이라는 사랑은 어디에
> 있는가?

이 문장의 서문에서 "돌봄과 의무"라는 것은 가사노동은 여성
들에 관한 구속의 형태라는 것을 지적하고 있다. 그러나 이 문
장의 말미에서 노동은 사랑으로 대치되었으며 여성들은 솔직하
게 그 어떤 형태의 구속을 받지 않고 사랑을 확대할 수 있게
되었다. 가정적 배경은 구속의 공간에서 자유의 공간으로, 노동
의 장에서 미학적이며 도덕적 진리의 장으로 변형되어 왔다. 이
문장의 수사적 노동을 정확하게 묘사하기위하여 쉴러의 표현을
상기시킬 필요성이 있다. 작가는 맹목적인 강요의 노동을 자유
로운 선택의 노동으로 변형시키며 노동이라기보다는 오히려 사
랑으로 가정생활을 재정의 함으로써 육체적인 필요성을 정신적

인 필요성으로 고양시켜야 한다. 미학적 자율과 연관된 목가적 공간을 차지하기 위하여 여성들에게 나타나는 방법은 19세기 미국의 문단에서 페니미즘적 감상주의를 위하여 가야할 길이 멀지도 모른다. 줄리아 엘리슨이 주장하고 있는 것처럼, 만약 유럽 전통에서 감상주의가 남성적인 동료감정의 뿌리가 있다면, 감상주의가 미국의 여성 작가들과 여성 문화에 대하여 어떠한 방법과 이유로 일치하고 있는지를 이해하는데 중요하다. 그 당시 남성적 감성에 대한 해석을 확인해 보는 것은 가능하지만 이러한 연상들은 여성성과 가정생활에 대한 해석과 연계되어 있다. 예를 들면, 그리스울드는 남성에 있어서 가장 본질적인 천재성은 우리가 여성적이라고 부르는 자질들에 의하여 표출된다는 다소 온건한 시학적 해석으로 주장한다. 만약 19세기 미국에서 자유주의가 프라이버시와 관련하여 정의한다면, 그리고 만약 해그가 주장하고 있는 것처럼, 가정이 시장이라기보다는 오히려 자유의 장이 된다면, 그 때, 우리는 엘리슨이 밝혔던 것처럼 감상적인 것의 기원으로서 남성적이며 정중한 동료감정의 가치변화로써 이 같은 변화를 목격할 수 있을 것이다. 정치적인 동료애로부터 감상주의는 쉴러의 저서에서 찾아볼 수 있으며 미국에 있는 19세기 감성적 여성 작가들의 가정 이데올로기에서 주로 쓰여진 자유와 반실용주의와 연계된 목가적 미학으로 일치하게 되었다.

그러나 만약 목가적인 가정 영역이 비실용주의와 미학적 가치를 줄 수 있다면, 우리는 또한 경제의 필요성을 벗어나 이상적인 가정의 공간을 찾는 일은 그 자체가 환상이었다는 것을 지적해야만 한다. 예를 들면, 하버머스의 주장에 의하면, 막스 페니미즘적 비평가들이 주장하고 있듯이 생산의 물질적인 조건들을 재생산하기위하여 그리고 영속적인 자본과 노동을 가능하게 하기 위하여 가정은 그 자체 자유의 공간으로서 드러내야 한다는 것이다. 자율의 미학적 개념들과 부분적으로 감상적 담론들 사이에 있는 지속적인 것들을 지적하고 싶다. 왜냐하면,

이 같은 연계는 일반적으로 감상주의에 대한 비평해석에서 제시되지 않기 때문이다. 목가적이며 가정적인 자유의 그 어떠한 개념도 이상적인 미학적 자율에 반대하는 동일한 비평에 종속될 수 있다. 즉 이 같은 자유의 형식은 결코 자유롭지 못하며 결정적으로 사회적인 헤게머니와 강요의 형태로 연결된다. 요약하면, 감상적인 담론은 미학에 관한 비평적 논지에서 우리가 보아왔던 딜레마를 제기하는 것처럼 보인다: 감상주의는 자율 혹은 헤게머니에 관심을 갖는다. 감상주의는 시장 지향적 행동의 강제적인 형태들 밖에서 급진적으로 존재하고 있거나 아니면 그들 속에 깊숙이 잠복해 있다. 쉴러의 미학에 대한 질문에서 타율성(heteronomy)이라는 용어는 이러한 논쟁이 제기되는 이분법적 용어들을 협상할 때 유용할지 모른다.

감상주의에 대한 미학적 타율성의 관계를 설명하기 위하여 오스굳의 두 번째 시로 돌아 가보자. 이 시는 미학적 가치의 난해한 특성을 가정생활과 여성성과 연계하여 명상한다. "결혼한 여성들의 재산보호에 대한 법안이 의회의 상하원에서 통과되었다"는 것을 시는 제시하고 있다. 오스굳은 미학적 자율과 경제적 가치사이에서 연계와 단절을 시험한다. 시의 제목에서 보여주듯이, 오스굳은 결혼한 여성들로 하여금 가정 밖에서 행한 노동에 대한 수입을 포함하여 어느 정도 분리된 재산에 대한 권리를 가질 수 있도록 허용하는 법안의 통과에 반응하고 있는 것이다. 그러나 놀랍게도 오스굳은 그 법안의 통과는 여성들에 대한 명백한 승리가 아니다 라는 것을 제안하면서 법안의 논리에 비판적 입장이다. 그녀는 마음 혹은 정신의 문제와 물질세계의 문제들 사이에 존재하는 이중성을 묘사하면서 의원들에게 시의 제언을 보낸다:

오, 의원나리들은 명령의 권한을 가지고 있구려!
그 영혼 속에는 사상의 주권, 햇살이
그 손에는 황금이 없구려!

당신들 가운데는 사랑의 전율을 느낄만한 가슴이 없지 않은가,
당신들이 법안을 통과시키기 이전에 약간의 수정만을 가하기 위하여.
우리는 금과 대지를 안전하게 할수 있다.
아마도 당신들은 모를 것이다.
우리는 다른 재산을 가지고 있다는 것을
우리는 앞서고 싶지 않으리.

남성의원들을 지칭하는 "ye"와 결혼한 여성들을 가리키는 "we"에 대하여 분명하게 반대 입장을 표명하고 있는 오스굳은 남성들은 물질세계의 논리로 여성들은 비물질적이며 영적이며 감성적인 논리로 그 초점을 맞추고 있다. 제 3연에서 그녀가 언급하고 있는 "다른 재산"이란 외적 가치보다는 오히려 내적 가치의 재산을 말한다. 그것은 금과 땅이 거래되는 시장이라기보다는 오히려 가슴과 영혼에 관심을 갖는다.
이 시는 단지 의회에서 통과된 법률로 보호받지 못하는 "다른 재산"에 대하여 여성들의 요구를 제기하고 있다:

공상, 미각, 애정과 같은 것들이
여성들의 마음에 존재하는 것들이다.
이것들을 빼앗아 갈만한 것들이 있는가?
그것들은 "보호"가 필요 없구나.
....
우리는 황금시간을 낭비하고 있다.
우리의 미의 "부동산"을,
인생 청춘의 열정인 꽃의 만개를,
그리고 여전히 그들은 "의무"만을 논하고 있으니.
오호라, 그들에게는 모든 재산들이 그들의 영혼과 얼굴 속에 있구나
유일한 그들의 집세는 마음 속에 있는 집세 뿐
유일한 그들의 세입자들이 ---은총이로세.

별 볼일 없는 보호 법안이 그들의 쓴 웃음을 어떻게 자아내고 있는가
그들 자신들은 생명을 담보로 하기 때문인가
그리고 그 이후에는 봉급날도 없으니.

　여성들이 소유하고 있는 재산은 미학이라는 것을 지적하고 있다. 그들이 실제 소유하고 있는 "부동산"은 "아름다움"이다. 이 아름다움은 미각, 세련됨, 도덕성, 그리고 가정을 가치의 장으로 만들어 주는 모든 것이다. 그러나 미는 여성들을 보호하는 재산법으로는 보호를 받을 수 없으며 시장논리에 의하여 지배를 받고 있는 법적이며 정치적인 조건에서는 가치가 없다. 이 시에 대한 2가지 반대하는 해석은 있을 수 있다. 한편으로 오스군은 여성들의 미학적이며 도덕적인 가치는 초월적이며 시장과 법률의 이해와는 분명히 다르다는 사실을 높이 평가하고 있다. 그러나 동시에 그녀는 여성들의 미학적 "부동산"의 가치로 평가할 수 없는 본성의 형식적인 인정을 요구하고 있는 것이다. 그렇다면 여성들의 미학적 가치는 남성들의 경제에 대하여 본질적인 것인가 아니면 비본질적인 것인가? 특히 작가로서 그녀의 기교와 성의 문제와 관련하여 예리한 위트를 구사하는 그녀의 취미로 비추어 볼 때, 이 문제에 관하여 복잡한 양상으로 비추어 질 수 있다. 오히려 그녀는 미학과 감상적인 용어로 제기된 여성들의 모순적인 본성에 그 초점을 맞추고 있다고 볼 수 있다.
　페니미즘적 시각으로 볼 때, 오스군이 여성들의 재산법의 통과에 이의를 제기하는 것이 이상하며 불안한 시각처럼 보일 수 있다. 그 법은 전통을 해체시키는데 결정적이며 여성들에 대한 보호정책들을 약화시키는 내용이었다. 다른 한편으로는 오스군의 시는 여성들의 가치개념과 차별에 저항하여 단순한 경제논리로 풀어가려는 법안에 반대하고 있다. 부분적으로 여성들의 미학적 가치는 바로 그 같은 저항에 달려 있으며 시의 첫 부분에서부터 제기된 이중성에 놓여 있다. 남성들을 위하여 본질적

인 가치를 지니고 있는 여성들의 영역으로서 사적인 영역에 대한 참조와 함께 시를 맺는다:

나머지 모든 것들에 의하여 당신들은 즐겁게 소망하리
이 지겨운 회기가 끝이 날 때
여성이 여서의 재량에 의하여
하늘에 감사를 할 수 있는 가정의 평화!
관대한 기사도의 빛이 있다면,
이 같은 거친 호소가 일어나리라.
더 참되고 고상한 법안!
그리고 그것을 통과시켜라. 모든 가정들을 위하여!

"모든 가정들"에 대한 그녀의 참조에서 오스굴은 사적인 공간은 공적인 영역에 대하여 중요한 정치적 관계에 놓여 있다는 것을 지적하면서 의회의 공적인 공간을 가정의 사적인 공간과 궁극적으로 결합시킨다. 오스굴의 시는 서로 대립되는 가치관을 지적하고 있다: 공적인 것과 사적인 것, 감상적 미학과 시장논리, 느끼는 가슴과 형식적이며 법적인 입장을 동시에 결속과 분리시키는 욕망이다. 오스굴의 감상주의에 대한 주장에서 이처럼 급진적인 분규에 대하여 어떻게 의미를 부여할 수 있을까? 이 같은 양면성의 근거는 감상주의 그 자체 안에서 기록된다. 정의에 의하면, 감상주의는, 예를 들면, 자율과 도덕적인 의미를 향하여 주관적인 통로를 개방시킬 때, 감정의 활용에 대한 선택으로 감정과 그 감정에 대한 부수적 반영을 포함시킨다. 감상적 시에 대한 쉴러의 개념에서처럼, 내용과 형식은 이 둘의 반영적이며 감상적인 접속으로 결합된다. 미국의 감상적인 작품의 맥락에서 볼 때, 준 호워드의 지적에 의하면, 감상주의는 일상적인 용법으로도 과잉의 개념에 묶여 있다는 것이다. 그녀의 주장에 의하면, 감상주의는 누구나 인정하고 있듯이 배양되며 심지어는 구조화되는 일종의 감정이 내포되어 있다는 것이다: 감상과 그 파생적인 것들은 감정이 사회적으로 구조화된 것으로 인정을 받게 되는 한 순간을 가리킨다. 감상주의의 지나친 본성은 감정이 다른 목적의 서비스를 위하여 존재하는 방식으로 존재할지도 모른다. 감정이 주체적으로 생성되며 각각의 개성으로 주관적 감각을 생성시키는 동안에 그럼에도 불구하고 감정은 감상적 담론에서 더 고상한 도덕적이며 정치적인 목적과 연계되어 있다. 이처럼 감상주의는 애정적 즉시성, 즉 주관적 자율성과 형식적 타율성, 즉 정치적이며 문화적인 이상과 목적에 감정의 연계성 둘 다 관여하고 있다. 호워드가 언급하는 감상주의의 사회적 구조는 감상적인 것 안에 있는 타율성으로 비쳐질 수 있다. 혹은 바로 그 구조의 물질성과 주체성이 변형되어 형식적이며 보편적인 주장이 된다. 호워드의 결론에 의하면, 광의의 관점에서, 우리가 가공품이나 혹은 제스처를 감상적이라고 부를 때, 우리는 감정을 불러일으키기 위하여 기존의 관습을 활용하고 있다는 것을 지적하는 것이다. 우리는 감정을 구성하는 추론적인 과정들이 가시적으로 나타나는 순간을 표시할 수 있다. 이 같은 아이러니한 타율적 순간은 그 즉시 감상주의를 소중하게 가치 있는 것으로 만들어준다. 즉 정치적 문화적 의미를 부여해 주며 즉시성이라기 오히려 보다는 문화에 의하여 고려 혹은 거짓으로, 자유라기보다는 오히려 구속에 의한 것으로 폭로하게 한다. 감상적 담론의 변증법적 특성을 묘사하기 위하여 타율성과 자율성 사이에 있는 대립쌍들을 활용할 때, 미학에 관련하여 라신이 제기한 분석적인 틀을 이용해 볼 필요가 있다. 라신에 의하면, 미학은 그 자체 자율과 타율의 변증법에 의하여 정의된다. 한편으로는 철학적 전통은 미학을 예술 작품의 자율성에 대한 모던적 개념에 연계시킨다. 그러나 다른 한편으로는 쉴러의 자유유희 혹은 칸트의 법이 없는 법 준수와 같은 자율의 경험은 사회적인 결속, 자유, 그리고 도덕성에 관심을 갖는 정치적 담론의 서비스에 달려있다. 쉴러의 "미학적 상태"는 완벽하게 이 같은 모순을 구현한다. 미학적 판단에서 실현된 자율은 자유로운 상태를 위한 장벽을 구축하며 미학의 자율은 거기서 목적적이며 타율적이 된다. 예술작품의 자율성은 국가, 시장, 그리고 문화의 메카니즘에 저항하거나 혹은 선택적으로 동의하는 시민들에게 체제의 주장들을 발전시키기 위하여 정치적이며 타율적인 도구로서 이용될지 모른다. 라신에 의하면, 미학의 힘은 구속(자율)에 대한 저항과 미학(타율)의 개혁적인 힘을 위한 형이상학적이며 정치적 요구들 사이에 존재하는 바로 그 변증법에 달려있다. 예술의 미학적 체제에서 예술의 생명은 정확하게 이질성에 반하는 자율성, 자율성에 반하는 이질성, 그리고 그 간은 연계에 반하는 예술과 비예술 사이에서 하나의 연계성을 유희하는 이러한 시나리오들 사이에서 왕복하는 것으로 구성된다. 오스굳의 시는 시장논리에서 벗어나 여성들의 미학적 가치에 대한 해석과 바로 이러한 가치는 시장논리의 물질주의적 가치관을 변형시킬 것이라고 상상하면서 역시 이 두 극단 사이를 왕래한다. 라신의 분석은 현대비평에서 왜 미학은 이데올로기의 형태로서 혹은 그 반대, 즉 이데올로기로부터 해방의 장으로 보는 경향이 있는가에 대한 지적이다. 어느 정도까지 미학은 20세기 혹은 그 이후에 가치 있는 것으로 볼 수 있다는 것은 아웃사이드, 즉 사회문화적 통제를 초월한 장의 꿈을 실현하고 있기 때문이다. 분명하고 인정할만하며 심지어 지나칠 정도로 목적을 형식화하는 감상주의는 전적으로 이러한 외적 특성의 꿈과는 다르게 보이며 감상주의가 오늘날 미학적 가치의 장으로 결코 볼 수 없다는 것은 바로 이 같은 이유 때문이다. 그러나 라신의 주장을 따르게 된다면, 우리는 외적인 것의 불가능한 꿈을 인정할 수 있다. 심지어 이러한 꿈은 내적인 것의 이상적인 공간 안에 이미 내재되어 있다. 감상적인 것은 타율적인 실패들은 이중성이 훨씬 적게 보이며 유희와 불가피하게 상호 연결되어 있는 내외적인 공간들에게 활동의 여지를 부여해 주는 개연적인 수단들이 더욱 많이 보인다.

최근에 감상적 담론의 가장 예리한 시험과 비평 중의 하나는 라우렌 베르런트의 작품에서 등장한다. 그의 주장에 의하면, 감상주의는 메시지에 감정을 결합시킬 때, 고통을 사적인 것으로 처리하는 경향이 있으며 고통의 원인들에 관하여 정치적 논쟁의 가능성을 미리 제외시키는 경향이 있다. 사적인 감정의 관점에서 정치적인 문제들을 버리는 한 감상주의는 비정치적이며 탈정치적이라고 베르런트는 설득력 있게 주장한다. 그녀는 "감상이 정치와 충돌할 때"를 다음과 같이 주장한다.

> 감상은 구조적인 영향을 말하기위하여 개인적인 이야기를 활용하지만 그렇게 할 때, 정치적으로 완화시켜야 만하는 고통의 장면을 수사적으로 수행하려는 시도를 방해하는 위험성이 있다. 진정한 감정의 이데올로기는 고통의 비보 편성을 허용할 수 없기 때문에 그 같은 경우는 모두 함께 혼합되며 사회적 변혁을 향한 윤리적 명령은 시민지향적 이지만 감정이입의 수동적 이상으로 대체된다. 공공성을 지향하는 행위의 장으로서 정치성은 사적인 사상과 학식과 제스처에 의하여 대체된다.

베르런트의 제안에 의하면, 정치를 감정의 자세로 해석하는 것, 특히 고통의 감정으로 해석하는 것은 이러한 감정들을 토론이나 협상에 저항하는 상황으로 몰고 간다는 것이다. 그러나 감상의 주체적이며 자율적인 감정들은 결코 자율적이 될 수 없기 때문에 감정들은 토론의 주제와 정치적 의미의 장과 가치로 남게 된다. 감상주의는 속임수를 쓰며 감정과 형식사이에서 미학적 연계의 결과들을 형식화하면서 이데올로기를 드러내기 때문에 미학적으로 실패한다. 쉴러가 했던 것처럼 우리는 이 같은 혼돈 속에서 단순한 실패라기보다는 가능성의 틀을 발견할 수 있다. 외적인 것의 꿈을 추구하기 보다는 감상적 타율성의 순간을 형식화하면서 자아 반영적인 가능성들을 시험하는 것이 유익할 것이다. 이것은 감상주의에 대한 주의를 집중시키는 목소리가 아니며 또는 감상주의는 미학의 가능성과 한계들을 둘 다

248

연합시키고 있다는 주장만큼이나 자유로운 정치를 입증해주는 것도 아니다. 최근에 미학을 문화연구로부터 분리시키는 비평적 구분은 미학에 대한 2가지 해석을 반대 한다: 미학은 문화연구의 틀과 같은 이데올로기의 형식으로 작용하는 것과 미학적 가치는 문화적 규범을 억제하는 힘에 대항하여 작용하는 것. 그러나 미학적 판단에서 생성된 "미학적 국가"의 의미로서 미각의 공동체는 미학적 자율과 자유주의 정치학의 개념에 불가분 연계되어 있다. 공동체 구성과 관련하여 미학적 판단을 보는 시각은 매우 중요하며 타율성과 함께 감상주의를 정치적 에이전시의 해석과 연계된 것으로, 그리고 미리 차단하기 보다는 정치적 협상을 가능케 해주는 문화에 감정의 반영적 연계로 보는 것은 중요하다. 요약하면, 미학과 보다 더 변증법적인 양식으로 감상주의의 평가 절하된 영역을 전체적으로 분리된 것으로 보기 보다는 오히려 상호 관련되어 있는 관점으로 보는 것은 가능하다. 궁극적으로 감상적 담론의 형식적인 감정들을 초월하기 보다는 오히려 그 안에서 미학과 정치학의 가능성들, 즉 내적인 것과 외적인 것들의 틈 사이에 존재해 있는 협동과 단절, 협상을 찾아낼 수 있다. (Elizabeth Maddock Dillon)

American Literature p. 495–523 Volume 76 Number 3 September 2004

• 저자 •

심영보
（沈泳輔）

• 약 력 •

대전대학교 인문대학 영문학과 졸업
대전대학교 대학원 영문학 석사
대전대학교 대학원 영문학 박사
연세대학교 대학원 신학 석사

한국 영어영문학회 회원
현대영어영문학회 회원
호손과 미국소설학회 회원
미국소설학회 회원
한국기독교교육정보학회(KSCEIT) 회원
극동방송(FEBC) *Guidepost* 해설위원
[타임연구] [타임에세이] 편집위원
[문학 21] 편집위원
영문학박사
대전대학교 영문학과 교수
[English Bible Study] 지도교수
[TIME] 연구 동아리 지도교수

감리교목사고시 패스
목사안수
연세대학교 목회클럽(YPCC) 학술위원장, 감사
한국백향목선교회(KCM) 기획위원장
실버랜드교회, 대전대둔산한방병원교회 원목

• 주요논저 •

「인간회복 인간상실」
「Utopia는 가능한가?」
「John Keats의 정직성-Ode on a Grecian Urn을 중심으로」
「신학적 관점에서 본 *Tess of the D'Urbervilles*」
「John Barth의 *Chimera* 연구-포스트모더니즘 관점에서 본 양성이론」
「제유적 이미지의 반전과 전환-*The End of the Road*」
「John Barth의 내러티브 전략-*LETTERS*를 중심으로」
「John Barth의 Narrative 전략연구」
「존 바스 소설의 내러티브 기법연구-*Sabbatical: A Romance*」
「Cyber-Literature의 현황과 전망」
「사이버신학의 관점에서 본 사이버처어치」
「현대문학의 예술성과 외설성」
「바스의 케노시스와 블랙홀」
「우연적 필연성과 필연적 우연성의 담론: *Being There*를 중심으로」
「Incarnation과 해체: John Barth를 중심으로」
「So It Goes의 미학: *Slaughter-House Five*를 중심으로」
「The Cyber-Church in the Hyper-theology」
『하나님의 힘』(역)
『밤바다 여행』(역)
『자서전』(역)
『인지과학-마음의 지도I』(역)
외 다수

존 바스
-고갈과 소생의 변증법-

• 초판 인쇄	2006년 5월 15일
• 초판 발행	2006년 5월 15일
• 지 은 이	심영보
• 펴 낸 이	채종준
• 펴 낸 곳	한국학술정보㈜
	경기도 파주시 교하읍 문발리 526-2
	파주출판문화정보산업단지
	전화 031) 908-3181(대표) · 팩스 031) 908-3189
	홈페이지 http://www.kstudy.com
	e-mail(e-Book사업부) ebook@kstudy.com
• 등 록	제일산-115호(2000. 6. 19)
• 가 격	15,000원

ISBN 89-534-5010-1 93840 (Paper Book)
　　　 89-534-5011-X 98840 (e-Book)